◆
◆

U0729372

漫娱图书
SINCE BOOKS

VOID CONTRACT

VOID CONTRACT

禁止犯规

禁止犯规

Jinzhi Fangui

吕天逸 著

长江出版社 CHANGJIANGPRESS　　漫娱图书

禁止犯规

| VOID CONTRACT

霍昕澜 HUOXINLAN

霍先生……
真的是个很坏很坏的人.

叶辞 YECI

禁止犯规

VOID CONTRACT

JINZHI

只愿你高飞，愿你翱翔天际，自由飞翔
愿你的羽翼 不再沾染 土地的泥土。

F A N G U I

目录

CONTENTS

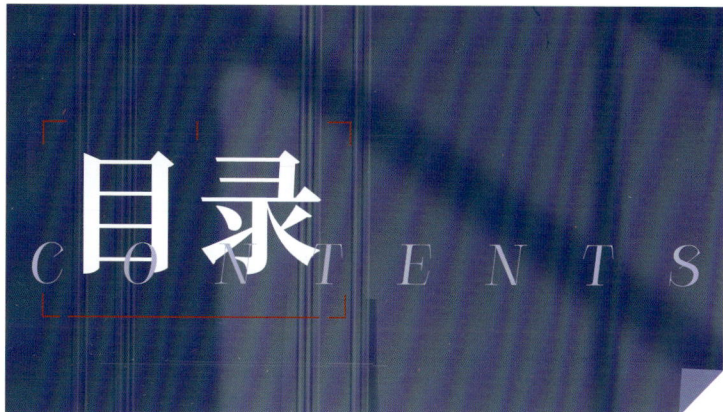

CHAPTERS
01
第一章 / **重遇** 009

CHAPTERS
02
第二章 / **搬家** 037

CHAPTERS
03
第三章 / **治病** 067

CHAPTERS
04
第四章 / **距离** 103

CHAPTERS
05
第五章 / **守护** 140

J I N Z H I F A N G U I

CHAPTERS
06
第六章 / **要求** 167

CHAPTERS
07
第七章 / **礼物** 197

EXTRA
CHAPTER
番外一 / **运动会** 220

EXTRA
CHAPTER
番外二 / **春节** 237

EXTRA
CHAPTER
番外三 / **照顾病人** 248

EXTRA
CHAPTER
新增番外 / **平行世界** 256

CONTENTS ◆ CONTENTS ◆

Jinzhi Fangui

禁止
VOID 犯规 TRACT

◆
◆

十八岁的少年，水灵、鲜活，
青葱得像是自茶树尖儿掐下的一朵春芽，
还沾染着朝露与晨晖。

CHONGYU

重 遇

| 01 |

下午两点，地处市郊的风驰赛车场正热闹着。

赛道边，一辆重型机车停在射灯下方。车身的金属配件在片刻前的比赛中升温至滚烫，被午后炽热的阳光烤着，热度灼人。

车旁的骑手是个高中生模样的少年。他身穿一件深色卫衣，连帽的设计略显稚气，帽檐下漏出几缕细软的黑发，服帖地搭在眉骨上。他看上去与周围装扮猎奇的飙车族格格不入。

少年叫叶辞，十八岁生日刚过，因故休学一年多，目前正在天成私立学校重读高二。

他捏着一沓钞票，数清了，揣进口袋。

叶辞望向赛道，心想，还差得远……他的浅淡瞳色与皮肤都透着股冷劲儿，薄瓷般又硬又脆。

风驰赛车场在市郊经营多年，提供赛道与多种赛车的租赁服务，摩托车、方程式赛车都能玩。车场合法经营，但过来玩车的大多不是善茬儿。飙车烧钱，赛道、车、油，处处都要真金白银，于是常来这一片比赛的人中渐渐兴起了"民间比赛"的规矩。一开始都是交点参赛费众筹奖金，纯属贴补赛道费和油钱。后来这群人玩比赛玩惯了，奖金数目也越来越吸引人，有时一场奖金几千上万，连赢几场大的保不准可以买辆新车。

"玩一把？"一个"黄毛"骑着辆哈雷朝叶辞滑来，"黄毛"身上戴着一堆耳钉、唇钉、铁链子，卸下来能称出好几斤。

"黄毛"是赛车场常客，技术不赖且擅使阴招，屁股底下那辆哈雷就是飙车赚来的。

但叶辞不记得这号人，只简略道："好。"

"玩儿多大的？""黄毛"舔舔嘴唇。

叶辞调整头盔，咬碎口中牛奶味儿的糖块："都行。"

"黄毛"笑了笑，杵着地的细腿像多动症般荡来荡去，他端详着叶辞的穿着，开出个不算过分的参赛费然后问道："敢玩儿吗？"

叶辞垂眼："敢。"

两辆摩托车滑向赛道起点。

"黄毛"斜眼打量叶辞，目光黏糊糊地转过一圈，落在叶辞脚上——杂牌球鞋，廉价、磨得发旧，但干净，许是用漂白剂漂过，白得发光。

"黄毛"一咧嘴，心里直乐，都说这位是这个月新来这片玩儿的厉害车手，飙起车来怎么疯怎么猛，其实不就是个小孩儿？

引擎咆哮，两辆重型机车冲出起点。

哈雷势头生猛，起速马力全开，铆足劲要给叶辞来一记下马威，奈何叶辞给油更狠，纵使硬件不敌仍死死咬住距离。

两车战况胶着僵持不下，直到飙至赛道中段，叶辞精准捕捉到了前车身后一米多的低压区，靠尾流抽头反超，造型硬派的川崎重机车咆哮着擦过"黄毛"。

"黄毛"输不起，凶相毕露，爆出两句不堪入耳的粗口。他本来想欺负小孩儿，岂料惹上的是一条穷追猛打的小狼狗。

叶辞充耳不闻，高速压弯驶过第三处弯道，把两人的距离越拉越开。

"黄毛"眼看着奖金要飞了，还被小孩儿给碾压了！他手背青筋暴凸，拼着命加速过弯，堪堪撵上后，无赖地往叶辞身边粘。二车并驾齐驱，水平距离不超过一米，黄毛瞄准机会单手撒把，突然伸手去捏叶辞的车把……

飙车途中强迫对手刹车，这岂止是耍阴招，说蓄意伤害也不为过。

车身剧烈抖动，颠簸蛇行，叶辞使出浑身解数稳住，旋即闷声不吭地穷追猛打，不一会儿又追平了。"黄毛"没再逮到耍阴招的机会，气急败坏，连飙脏话。

几分钟后，两车双双冲过终点线，叶辞领先了半个车身的距离。

"黄毛"滑出赛道，晃着腿儿耍无赖："哟，平手啊？"

叶辞摘下头盔，扫了他一眼。

"黄毛"啐了口痰，活动下颚，露出凶相，嘴里不干不净："你什么表情……"

然而话音未落，远处飞来一个头盔，砸得"黄毛"满嘴飙血。他回过味儿，正欲发难，又被一脚扫中肩膀，栽倒在地，紧接着非要害处挨了几记暴踹，疼得他直不起腰。

叶辞捡起头盔，垂眸觑他捏刹车的左手，问："手欠？"

"黄毛"喷着血沫："我……啊啊啊啊啊！"后半截脏话全吞了回去——叶辞一脚踩在了他的左手上。

周围聚来不少看热闹的，却没人上来拉架。

叶辞的外形透着股掩都掩不住的稚嫩，神情却暴戾得骇人，像把新磨的刀，纤薄却锋利。

"黄毛"又疼又怕，方才挨的那几下足够他评估出叶辞的实力，本来以为这小孩儿是只软脚虾，现在只能赖自己不长眼。他不敢再吭声，嘶着气，红着眼，直往墙根缩。

叶辞蹲下，谨慎地掀起"黄毛"的衣摆，用一种漠然的视线检查着"黄毛"的上半身。

"干……干什么？""黄毛"慌忙把衣摆往下扯。

软组织挫伤面积小于十五平方厘米，口腔黏膜破损，指骨骨折，总体属于轻微伤。

叶辞睨着他，热心肠似的摸出手机，口吻却隐透威胁："报警吗？"

好汉不吃眼前亏，"黄毛"摇头："哥我不报，真不报。"

叶辞颔首，起身，声音清凌凌的："那奖金……"

"是……奖金，我这就给你转钱。""黄毛"掏手机。

叶辞摇头，过了几秒，才慢吞吞道："……当医药费。"

叶辞走进赛车场洗手间时面色苍白。冷汗沿脊骨滑坠，腰窝处湿漉漉的，冰凉的衣服布料贴着皮肤。

片刻前，那充满高度攻击性的场景激发了他的病理反应。

"黄毛"爆出的那些粗口仍回荡在耳畔，连那音色都跟回忆里的像极了。

北方的初春，水龙头里喷出的水凉得透骨。叶辞却不嫌冷，掬起水反复冲脸，直到面部皮肤变得麻木，显出春桃般的艳粉，他才强迫自己停了下来。

"呕……"冲完脸，叶辞手撑着陶瓷洗手盆边沿干呕了几声。

晚上没吃东西，他呕不出什么，但这样下来莫名轻松多了。他漱了漱口，抹去唇边的水珠，抬眼瞄向洗手台后的镜子。

洗手间里没别人，镜中，叶辞身后的几个厕格静悄悄的。

叶辞静了一瞬，忽然重复起十分钟前的台词。

"那奖金……"

"当……当医药费。"

"那奖金当……医……医药费……"

磕磕巴巴的。

楚文林嫌叶辞丢人现眼，送他去口吃矫正中心待过一个月，可超过三个字的话他仍说不连贯，或许是因为他的语言障碍源于更深层的问题，而那些课程触及不到问题的核心。好在他早已习惯这个自小落下的毛病，为不惹人讥笑，他平时说话极力简短，像天生就这般冷峻、寡言。

方才险些在那个混混面前丢人，幸好他在关键时刻硬憋住一口气，遮掩过去了。

才七个字。他连七个字都说不利索。

叶辞又不大甘心地重复了几次，结果越焦躁越磕绊得厉害，唯一的收获是脸蛋憋得通红，眼尾也泛起了潮意。

这时洗手间外传来脚步声，叶辞抿唇，扣上兜帽，不吭声了。

来者是个高大的赛车手，进门时无意朝叶辞瞟了一眼，认出他是方才揍人的那小子。

大庭广众下揍完人，今天晚上估计也没人敢找他比赛了。叶辞不想干耗着，转身去还车，从口袋里掏出厚厚的一沓钱，抽出三分之一来结算赛道费和租车费。

这一晚上他一场都没输，算下来净赚不少，比之前那些端盘子、刷碗、当网管的兼职强得多。

出了赛车场，叶辞立在路边发了会儿怔。

按惯例，他自我调整，把软弱的情绪清理干净，随即揣着刚赚来的钱去市场买了些日用品和水果，然后赶往叶红君所在的疗养院。

｜02｜

初春天黑得早，才五点钟，院内的路灯已渐次亮起。半边天仍是紫红的，满湖霞光托着灯影，天鹅优雅地在水面游弋，风景怡人。

叶红君的高级病房在三楼。叶辞进门时她正昏睡，她的肌肤白得病态，缠绵不愈的重疾磋磨着她，连骨头都磨细了似的，一张脸盘窄小得可怜，深深陷入软枕中。

楚文林高薪聘请的护工伺候得尽心尽力，纵使是处于不能自理的状态，叶红君仍旧洁净得体，病号服散发出柑橘香，一条羸弱的小臂自病号服宽大的袖口伸出来，上面的针孔密密麻麻的。

叶辞用指腹在叶红君的小臂上抚了抚，眼睛酸涩得发疼。

她正在打一种进口针剂，一针两万多，虽难治愈，却能延续生命。然而，尽心尽责的护工、疗养院、续命针剂全是钱。

叶辞有个账本，楚文林为叶红君治病花的每一笔钱他都端端正正地记在上面，打算以后慢慢还。然而数字浮升速度之快使叶辞渐渐从惶恐到木然。

若楚文林良心尚存，他本该无条件地给予叶红君母子援助。

他辜负过他们。

楚文林是叶辞的生父。

年轻浪荡时，他因一时情动，赌咒发誓要与小门小户出身的叶红君共度一生，甚至不惜教唆叶红君放弃学业随他私奔。直到叶红君冒天下之大不韪未婚先育，婴儿的啼哭声与贫穷的重压才渐渐碾碎了楚文林的认知。

联姻、门当户对、家产……他像是初识这些词汇，悔不当初。他是锦衣玉食的阔少，受不得苦，他毅然回祖宅磕头领罚，央求母亲遮掩丑闻，并在一年后听从家族安排与名门贵女联姻。

叶红君哭过、闹过、哀求过，咬牙放下矜持抱着襁褓中的叶辞撒泼打滚过，但终究无力挽回。

未婚先育的单身女性就是苦难的代名词，她在贫民窟拉扯叶辞长大，然而天性使然，受过再多伤也不肯长记性，始终残存着少女的天真烂漫。她换过几任男友，都不长久，分开时都撕扯得难看。

叶辞幼年时试图从那些形形色色的面孔中寻觅父亲的影子，却找不到。他随了母亲姓，这方面也并无线索。

长大后，他对父亲的念想也就淡了。

转折发生在几个月前。

一直死死攥着楚家大权不肯放手的楚老爷子暴病入院，人是救回来了，但楚家的几房子孙接收到这个危险的信号，家产争夺战登时进入白热化。

楚文林才干平庸，为人自私重利，八岁的幼子楚睿亦顽劣愚笨，因此三房素来不得楚老爷子的喜爱，在遗产争夺战中处于绝对的下风。

楚文林不甘心只捡些兄弟姐妹们牙缝里漏下的垃圾，狗急跳墙之时想起流落在外生死不明的长子，觉得那孩子或有价值可供榨取，这才调查了这对母子的下落，头一回找上门来。

"妈妈……我……我今天跑……跑比赛，"叶辞搜刮出一条好消息，结结巴巴地讲给叶红君听，"赚了不……不少钱，够……给你治病。"

在妈妈面前，叶辞完全卸下了伪装。他变得乖顺，眉眼弧度柔和，瞳色清浅，一副惹人逗弄的模样，与叶红君根本是一个模子刻出来的。

然而，在贫民窟，羊羔般软绵绵的母子俩唯有被人敲骨吸髓的下场，叶红君柔弱，他就得刚强，得装得戾气横生，竖起一身虚无缥缈的刺。

叶辞在病房待了两个多钟头，给叶红君做四肢按摩，减缓肌肉萎缩，还扫了地，可惜叶红君太过虚弱，一直没醒。

他还磕磕绊绊地说了两个多钟头的话，捡不坏的消息说，说学校，说同学，说在赛车场看见一辆很帅的重机车，说疗养院人工湖上的天鹅有多美。

他不是真的寡言少语，可除了妈妈，这世上没几个人有耐心听结巴长篇大论。

最后，他把叶红君床头瓷瓶里发蔫的太阳花丢进纸篓，换成他来的路上买的一枝香水百合。

她常因昏睡错过探视，故叶辞每次来都会换花。

百合鲜嫩水灵，她会知道他来过。

探望过叶红君，时间尚早，叶辞不想回楚宅和楚文林大眼瞪小眼，于是坐地铁去了本市一处流浪动物救助站。

他两年前在救助站做过兼职，这种救助性质的机构工资给得低，但一来可供他选择的兼职少得可怜，二来多与动物接触能舒缓压力，所以这份工作叶辞断断续续做了很久。后来手头不那么急用钱了，他就偶尔去做一做义工。

救助站近日新收留了一条德国牧羊犬，也就是人们习惯称呼为"黑背"的犬种。

这条黑背耳部残缺，身体有多处陈年旧疤，防备心强，性情凶戾，显然是遭受过许多虐待。半个多月前，它被好心人送到救助站时，一条后腿被车轮碾压得血肉模糊，奄奄一息。成功救治后它的情绪一直不太稳定，救助站的工作人员投喂食物都要慎之又慎。

"小辞来啦！"同样来救助站做义工的小姑娘正在分拣一盆新煮好的鸡胸肉，一见叶辞，小圆脸儿登时喜气洋洋，眼珠透亮。

叶辞不自在地撇开视线："嗯。"

小姑娘得救般抚了抚心口，以一己之力营造出一种叽叽喳喳的效果："我跟你说，大黑今天特别暴躁，下死劲地咬笼子，我们刚才还犯愁呢，怕它把牙咬坏，又不敢放它出来，正说着要是你来了就好了，结果你就来了，你快去看看吧……"小姑娘疑似患有"社交牛人症"。

"嗯。"叶辞微一颔首，像急欲脱离令他不适的亲密社交，疾步走向关大黑的笼子。

大黑啃咬着笼门，将门闩漆面磨得斑驳，牙龈已轻微渗血，眼神凶戾。

救治后兽医为大黑进行过全面体检，除去营养不良与残疾之外，其他方面还算健康，高度攻击性的根源在于心理。

叶辞沉默地将手指插入铁笼网隙，轻挠大黑两耳之间的硬毛。

指尖就这么反复摩挲了几下，大黑困惑地眨了眨泛红的眼睛，停止啃咬，只用牙尖勾着铁栏，从喉间溢出"呼噜呼噜"的低吼以示威胁。

仿佛有什么在空气中弥散开——是叶辞身上散发出的气味又或许是沐浴露、洗发水之类混合而成的味道，是一种类似香草或奶油的气息，甜蜜无害。

如紧束的花苞，逐渐膨胀、丰盈，终于绽开，让人感觉有什么柔软香甜的东西在心口融化，心灵的痛苦得到慰藉。

大黑的牙关缓缓松开，叶辞轻轻掰开它勾在铁栏上的嘴，打开笼门，将它揽过来揉了两把。

大黑迟疑地摇了一下尾巴，旋即疲惫地把脑袋窝进叶辞怀里，温顺地不动了。

"哇，"小姑娘端着一盆拌好的狗粮凑过来，神情活泼，"我每次看你照顾小狗都觉得特别神奇，像有超能力似的……"

她来救助站工作也有一段时间了，知道叶辞的神奇之处——不仅招流浪动物喜欢，还特别擅长安抚，初来乍到的流浪动物精神状态大多不稳定，或孤僻怕人，或敌意满满。但无论什么样的，被叶辞随手抚摸几下，基本都能变得温顺。

叶辞不语，唇角像是闪过一抹笑意，但又像错觉。他接过食盆递到大黑鼻子下面，大黑埋头吃起来。

叶辞在救助站帮忙，一直忙到救助站关门。

走出救助站大门，叶辞掏出手机看时间，才晚上九点，也不知道楚家那位消停了没有。

叶辞关闭飞行模式打探情况，刚关了也就五秒不到，楚文林的电话就拨了过来，隔老远都能嗅到电话那端的戾气。

叶辞选择拒接，又点开微信。楚文林从几个小时前开始电话轰炸，见叶辞不接，就换成信息轰炸。

楚文林：周末怎么不回家？又和那帮不三不四的人飙车去了？

楚文林：你给我立刻回来，楚家丢不起这个人！别等我派人去抓你！

楚文林：一身市井无赖的习气，也不知道在哪染上的！就你这个层次，这份素养，这套下等人的做派……

剩下一大堆千篇一律的垃圾话叶辞懒得看，光速打开飞行模式，双手抄兜晃到地铁站。

从流浪动物救助站出发，去最近的地铁站，坐六站，在中山路下车，出站直走三百米后左拐，一百米后右拐……走过羊肠般扭曲虬结的一段路后，就到了门楼胡同。

叶辞就是在这条门楼胡同里长大的。

门楼胡同本名叫狗尾巴草胡同，后来有人嫌难听，正巧附近有古城门和箭楼，前些年就改名叫门楼胡同了。但叶辞觉得狗尾巴草这名其实挺合适，因为这胡同里确实生活着一群狗尾巴草似的人，穷，但耐磋磨，再难再苦也能满地打滚地活下去。

有个似乎头上顶着"社会闲散青年"字样的人相当没眼色地蹲在胡同正当中，摇晃着一头红毛，就着一大盆水搓洗娃娃菜，洗得正欢，菜盆就让人用脚尖轻轻碰了一下。

"谁的破脚长得那么欠……"许越一个猛抬头，后半截话卡住了，"辞哥！"

"让个地。"叶辞抬抬下巴。

之前为了给叶红君治病，叶辞把门楼胡同的老房子卖了，目前学校寝室还没开放，除了许越家、赛车场和流浪动物救助站，他没什么能待的地方。

许越把板凳让给他，自个儿蹲着，仰着脸念叨："哥儿几个都一个多星期没见着你了，还以为你一富贵就忘了兄弟们呢！"

叶辞默然，只一言难尽地望了许越一眼，将卫衣袖子折两折，露出一截清瘦小臂，帮许越抓起几颗娃娃菜丢进盆里洗去浮灰，轻声道："前两天入……入校摸底考……楚文林给……给我突击补……补了一周课，有门禁。"

六科名师轮流教，一排保镖堵门口，浮夸得像是在拍电影。

生怕从胡同里捡回来的"下等人"给他们楚家丢脸。

"什么玩意儿。"许越很明白，管他大事小事，反正在叶辞面前骂楚文林就肯定没毛病，"老东西仗着有俩破钱儿不知道怎么嘚瑟，那你摸底考考得怎么样？要我说，你干脆借这机会考个大学，我记得你以前学习成绩挺好，上次哥儿几个去探病，红姨老夸你，还说你高一那会儿本来有机会参加一个区物理竞赛……"说着，这文盲略一犹豫，"是物理吧，还是地理？"

"物理。"叶辞眸子黯了黯，没什么表情，"考了一……一百……一十三。"

"这么厉害！"许越眼睛一亮，用看神仙的眼神瞻仰着叶辞，"满分一百二还是一百五？"

叶辞静静地扫了他一眼："七百五。"

许越猛地噎住：……

叶辞："我说的，是总分。"

许越不敢吱声了，默默埋头搓洗娃娃菜。

不是他没眼色，哪壶不开提哪壶，实在是叶辞哪壶都不开，提哪壶都是错。

胡同里安静了一阵子，许越憋了憋，没忍住道："我说……那楚文林也真是够厚脸皮的了，你搁烧烤店给人刷烤盘赚生活费那会儿，你那弟弟住着大别墅，吃香的喝辣的，恨不得天天被八门外语熏陶着。十七年来楚文林就没管过你们死活，这会儿倒垮起个脸嫌你学习不好了，他可真有脸啊……"

叶辞没搭茬，只静静听。

洗完娃娃菜，许越指挥叶辞换水洗茼蒿："姓楚的也就是看他家那老爷子快不行了，争家产缺人手，这才含泪管管你们娘俩，你十七岁以前都不知道你爸尚在人世，还以为你爸早已化作天边的星辰了呢。"

叶辞把许越替他做出的血泪控诉当相声听，没什么表情。他早就无所谓了。

"对了，红姨身体怎么样了？"许越关切道，"好点儿没？"

"还行。"叶辞抿了抿唇，"没……没有进展。"

"这个病……"许越忍不住唉声叹气，想安慰安慰，憋了半天也只是勉强憋出一句，"没进展就是好事儿。"

叶辞轻轻"嗯"了一声。

"唉，要不是红姐治病得靠他们，谁搭理他们，一天天想一出是一出的。"许越老父亲般，又替叶辞担忧起来，"今儿让你上学，明儿让你帮着争家产，后儿一拍脑门子还指不定让你演哪出，可别把你推出去商业联姻……"

叶辞唇角微微一抽，奈何嘴巴没许越利索，只得扬手往许越嘴里塞了颗茼蒿，意思是"说完了吗"。

许越是个会察言观色的，见叶辞的脸蛋又绷成小棺材板了，急忙摆摆手道："还差一句总结。"说着，他往叶辞肩上猛拍两下，"辞哥，记住，那帮混蛋玩意儿无论再怎么折腾你，你都得像石缝里的小草似的，不让他们压趴下，茁壮成长，青……青……"

许越当喷子时是一把好手，轮到说成语就卡壳。

叶辞："青……青翠欲滴？"

许越："对，你得青翠欲滴。"

叶辞：……

|03|

两人忙活到十点多，把许越那小店明天要用的菜都料理干净了。

说起来，许越的麻辣烫小店就是他和叶辞认识的契机。

叶辞在这片旧房危房满地的老城区——也就是被一些市民不屑地称为"贫民窟"的地界里算是有点儿名气。他身板清瘦，年纪小，模样好看招人疼，结果揍人比谁都疼，下手又狠，一个能打好几个，一身戾气跟刺儿头似的。有不怕死的私下给他起了个绰号，叫小刺猬。

前两年许越同几个兄弟在夜市凑钱开了个小店卖麻辣烫，因为没有经验，得罪了地头蛇。许越和几个兄弟外形挺莽，实则胆子小得可怜，尤其是许越，嘴巴向来不饶人，实际上连杀只鸡都要龇牙咧嘴连念"阿弥陀佛"。结果小店开了之后就一直被地头蛇踩着欺负。

幸好他们中有人认识叶辞，辗转求来他帮忙，叶辞手狠，三招下去疼得地头蛇涕泗横流，哭得像个孩子。

许越还记得那个扬眉吐气的夜晚。

地头蛇的几个小弟"哎哟喂"叫着躺了一地，地头蛇双手背后蹲在餐桌前，叶辞修长白净的五指死死扣住地头蛇锃光瓦亮的脑袋，不让他乱动。

"背。"叶辞一脚踩地，一脚踩着椅子，腿又长又直，飒得不像话。

"严惩黑恶势力……"地头蛇哆哆嗦嗦，"维……维持……"

叶辞抬眸，扫一眼墙上的宣传标语，格外正气凛然。

"错。"叶辞的手猛地一摁。

地头蛇一头撞上桌面，五官都快碾平了。他虎目含泪，急急道："维护社会稳定！"

"下一句，连着背。"

"严惩黑恶势力，维护社会稳定！净化市场环境，共建和谐平安！"地头蛇全神贯注，拿出小学生背课文的劲头，一口气背了下来。

经此一役，那地头蛇再也没在这一片出现过，不光许越这家麻辣烫小店，其他店面也跟着沾光，而许越也把叶辞当亲弟弟一样对待，虽说自己也苦哈哈的，帮不上叶辞太多，但向叶辞开放"全场麻辣烫免费畅吃"还是不成问题的。

洗完菜，许越毫无素质地把洗菜水往胡同地上一泼，把洗好的菜一波波往厨房运，运完回来，发现叶辞仍坐在小板凳上，两条长腿杵在地上一荡一荡，凝视着胡同尽头的黑暗发呆，没有要走的意思。

"辞哥，饿不饿，给你煮碗麻辣烫？"许越擦擦手，"你不着急回去吧？"

"饿。"叶辞言简意赅，"不急。"

"你这么晚回家没事儿吧？"许越开始烧水，"他们不得念叨你啊？深夜游荡在外，'不守男德'啥的。"

叶辞对许越的造词与贫嘴能力无语："没事。"

吃完麻辣烫，叶辞又在许越家待了一会儿，直到关闭手机飞行模式后没有新消息出现，估计楚文林的就寝时间已过，他才回楚宅。

能少看那人渣一眼也是好的。

他之所以在外面东游西荡，就是不想和楚文林产生任何非必要的接触。

几个月来，叶辞没叫过楚文林一声爸，以后也绝不会叫。

他不需要楚文林这个父亲。

对父爱的渴盼早已被日久月深的失望浸透，仅余黄连般的苦涩。

楚文林对叶辞晚归一事相当不满，第二天一大早起来便沉着脸。

叶辞视若无睹，吃过早饭就回卧室念英语，棉纱窗帘掩着，门落了锁，光线昏暗。

楚家大宅有几十个房间，蚁窝般烦冗，楚文林认回他后，他像蚂蚁没入楚宅的孔洞深处，鲜少释放存在感。

宅子够大了，可叶辞那位弟弟楚睿像猪崽一样的尖叫声仍能穿透重重墙壁直抵脑仁。

一点鸡毛蒜皮的小事不顺心，他就制造出这样的噪音。用人们哄着、劝着，脚步声循着正牌少爷的叫声飘来荡去，乱纷纷的。

叶辞当没听见，艰难地读英语课文。卧室没人，他却将声音压得极小极轻，像是怕自己滑稽的口语被空气听了去。

为了给叶红君治病，他辍学打工一年半，学业荒废得厉害，最糟的是英语。他开口说话有障碍，而英语学习最忌讳不张嘴，辍学前他的英语也一直是瘸腿科目，全靠成绩不错的另外五科把总分拉上去。

楚文林给了他重返学校的机会，他本该珍惜，不该浪费时间在二流赛车场跑比赛，可是……

窗外传来车声。叶辞踱至窗前，将窗帘挑开一条缝，向外窥探。

一辆陌生轿车驶入楚宅内院，缓缓停下。车头的直瀑式进气格栅与前盖上的铂金小人被擦得光洁铮亮，车身纯黑，深沉贵重。

司机拉开后车门，管家佟叔垂手侍立，楚文林朗声大笑阔步迎上，一副生意人攀关系时的热络做派，来者却姿态疏离，仅微微颔首。

楚文林处事圆滑，忙敛起过度谄媚的笑容，与来者寒暄。

叶辞皱了皱眉，直觉要糟。

春日的天气难以捉摸，中午的温度较早晚高出一大截，地砖被大太阳晒得白晃晃的，看着都热，霍听澜却穿着正式的三件套西装，以彰显他对这次会面的重视。几万一米的西服面料光泽深沉，穿在人身上本该显得儒雅矜贵，可霍听澜那健美有型的身材却透着一股雄兽式的野性。

他看过霍听澜的病历，这种病症的患者在发病时可能确实与野兽相差无几……叶辞掐着窗帘的指尖泛白，胃部随之一阵痉挛。

他想象了一下为霍听澜进行安抚性治疗的场景，抗拒得浑身毛孔都炸开了。

几人鱼贯进入楚家大宅，叶辞站在二楼，从这个角度他看不清这位霍先生的脸，可是身影却莫名眼熟……

叶辞试图回忆，却没回忆出个所以然来，只好暂时放弃。

时间回到一个月前。

那是个周日，傍晚五点，叶辞在卧室捧着手机，陪买他陪玩套餐的老板冲游戏分段。

一套犀利连招后，叶辞操纵的英雄砍翻了对面摁着老板暴揍的英雄。叶辞一脸冷漠地在队伍频道敲字："老板厉害，走位不错。"

事实是老板刚才闭眼走位，还卡在草丛里了。然而，身为一位收费标准超过同行平均水平的高级陪玩，叶辞不仅要带领老板在血雨腥风的竞技场冲上"传说"排名，还要呵护老板的心灵，吹捧老板的操作，歌颂老板的走位。

整场无输出，全程被对手暴揍的老板扯着一口破锣嗓子，开着语音厚颜无耻道："你辅助得也凑合，小兄弟！"

还真一点儿都不客气。

就这么开麦说句话的工夫，老板让两只野怪打死了。

叶辞眉梢微微一抽，这……这要怎么吹？

叶辞轻车熟路地捏死那两只野怪，略一犹豫，在队伍频道敲字道："您的仇恨拉得挺稳。"

老板心花怒放，连自己都没想到还有这么刁钻的赞美角度，光速顺杆爬，自吹自擂道："那是，我玩别的游戏打副本都是抗伤害的，就喜欢这种当盾的快乐感觉，想碰我兄弟，那得先从我的尸体上踩过去！"

那尸体都得让人踩平了吧。

叶辞抿了抿唇，又在队伍频道敲字，想附和一下。

他敲了删，删了又敲，敲了再删……良心刺痛，实在是连一个字都夸不出来了。

一局带完，人菜狠话多的老板额外发来 188 元红包，附言：小兄弟真会说话。

叶辞："谢谢。"

一局结束，叶辞带着老板又开了一局。他游戏打得好，在普通分段虐菜鸟虐多了，玩游戏早已失去挑战性，一招一式近乎机械操作，纯为赚钱才玩。

这时，楼下传来嘈杂的人声，叶辞没留意。

楚宅人来人往是常事，毕竟单负责各类杂事的用人加起来就有十几名。

忽然，他卧室的房门被敲响，用人张姨隔着门板恭顺地叫他："少爷，先生请您下楼会客，霍先生正在一楼等您。"

叶辞走到门口，浅色瞳仁冷得像玻璃："霍先生？"

张姨回答他："对，霍先生来做客，想和您见一面，霍先生人很好的……"

"哦。"叶辞反手就把卧室门锁上了。

张姨：……

霍听澜，叶辞知道这人，是楚文林最近正在死命巴结的霍家家主。

霍家传承多代，家族庞大历史悠久，目前全球资产以百亿为单位，与上个世纪乘着娱乐行业东风一夜暴富的楚家不同，是真正的隐世富豪。

最近霍家有一个项目需要与其他家族进行合作，楚文林眼馋这个机会。

这一点原本不关叶辞什么事，问题是楚文林用来巴结霍听澜的"人形道具"就是叶辞。而叶辞不打算做这个道具。

叶辞烦躁地抓一把头发："他们……在客厅？"

张姨："对。"

叶辞转身走到走廊窗口朝下看，自己的房间在二楼，墙面攀爬条件不赖，窗户下面是花圃，就算失手也有缓冲。

于是他果断翻窗而出，向下攀爬一段距离，跃入花圃。

半小时后，楚宅监控室中，一道挺拔身影立在显示屏前，是霍听澜。

安装在楚宅庭院中的多个监控探头忠实地记录了楚家小少爷为了逃避与霍听澜会面，自二楼翻窗落入花圃，绕过牵着罗威纳犬的巡逻保镖，跑酷般蹬上庭院三米五高的外墙一跃而出的画面……

楚文林立在霍听澜身后，面色泛青："霍先生，这……孩子不懂事，贪玩，他绝对没有别的意思……"

霍听澜莞尔："身手不错。"

楚文林急忙陪着干笑两声。叶辞这小子骨头太硬，楚文林不彻底收服，日后说不定还会暗中给他使绊子。

楚文林正琢磨着如何改换战术收服叶辞，谁知霍听澜就杀上门了。

霍听澜回身，修长的手指操作着中控台。

"您说过他是自愿签订协议，为我进行安抚治疗的……"他这边说着，叶辞疾跑、蹬墙、翻跃的一幕在屏幕中反复回放，堪比"鬼畜"视频，霍听澜一笑，"叶少想必在练跑酷。"

楚文林脸上的笑有些挂不住了，上扬的嘴角僵硬地半垮着，看上去有些滑稽。

霍听澜今日登门拜访前并没和楚文林打招呼，以他与楚文林的社会地位而言，这种行为堪称失礼，不啻突然袭击。但楚文林不敢得罪这视社交礼仪如无物的混账，又怕叶辞不配合，正欲扯谎说叶辞不在，不懂事的新用人却说漏了嘴。

霍听澜派张姨去请，干等半小时不见人影，神色却不见波澜，像意料到了似的，只催楚文林调监控。

结果……

见这次瞒不过，楚文林索性不辩解，脸上变出一副苦相，向霍听澜这晚辈道歉赔罪。两人都是有头有脸的人，他自个儿先把脸皮丢到地上踩两脚，霍听澜不仅不能跟着踩，还得打两句圆场。

岂料，他嘴皮子都快磨破了，霍听澜也没打一句圆场，单是立在那，双手抄兜，不冷不热地瞧着他，任由他尴尬。

他自导自演了两分多钟，霍听澜半点儿情面也没给。

楚文林车轱辘话说得喉咙发干，又急又怨，加重语气带着几分哀求道："霍先生……"

霍听澜像是耍猴耍够了，终于宽和一笑："嗯。"

楚文林卖惨："是我教子无方，也是这孩子从小没和我们一起生活，没有规矩，等他回来我肯定会好好教育他的。"

霍听澜静了片刻，温声反问："您既然自认教子无方……那还教什么？"语气挺和善，就是不说人话，问得楚文林老脸通红。

这波闹剧过后，楚文林对叶辞的态度从纯粹的威逼压制变成了怀柔政策，之前他仅帮叶辞偿还了那一大笔为叶红君治病而欠下的债务，在意识到这样远远不足以打动叶辞后，楚文林将叶红君送进高级疗养院中，并全权接管了叶红君的治疗事宜，更换了更加专业的医疗团队。眼下叶红君的病情还算稳定，也算是有霍听澜的一份间接功劳。

眼见母亲的病情像是有希望的样子，叶辞只得硬着头皮答应了楚文林的一些要求。

| 04 |

楚宅会客厅中，来客已等候多时，包括霍听澜和他的特助、律师以及公证人员。

叶辞磨蹭了半天才走进会客厅，拣了个边角的单人沙发落座。

他太紧张了，脸孔像骨瓷一般白，却仍强作镇定。修长的双腿被洗旧的牛仔裤包裹着，故意分开撑着地，上身前倾，手撑着膝盖。

这是与贵客会面时不该有的粗鲁坐姿，那身地摊货看起来也上不得台面。

他希望霍听澜嫌恶自己，拒绝自己为他治疗，又不敢做得太过火，因为叶红君的命还掐在楚文林手上。

楚文林容色阴郁，用眼神警告叶辞。

叶辞却压根儿不看人，垂着眼，手指飞快地划着手机屏幕，俨然一副有事忙不开的模样。

从走进会客厅到现在，叶辞连看都没往霍听澜那边看上一眼。

直觉告诉他霍听澜正在看他，那目光犹有重量，沉沉地压在他头上。

霍听澜可能是用了古龙水，叶辞能闻到一丝烈酒般霸道凛冽的气息，大约是龙舌兰的味道。

霍听澜周身散发出的压迫感与侵略性使有严重社交障碍的叶辞浑身不舒服，像有根弦自天灵盖拉到脚底板，硬生生地扯拽着自己。

叶辞恨不得蜷成一团，钻进沙发缝里躲避霍听澜存在感强烈的目光与气息。他咬牙压制那股冲动，扳直身体。

"你好。"霍听澜开口，一把低而充满磁性的嗓子。

叶辞抗拒得气息都抖了，他将手机从头翻到尾，再从尾翻到头，把花里胡哨的 APP 图标移来移去，掌心尽是冷汗。

直到确认嗓音不会打战，他才冷淡地回了句："您好。"

楚文林打着圆场说孩子内向怕生，急忙切入正题，商谈合作协议中的细节。在两方正式达成协议后，霍家会与楚家合作开发某个体量庞大的项目，那将为两家带来天文数字级的回报，互利共赢。

楚家大权仍死死握在楚老爷子手里，这个项目做成之后，楚文林能分到的利益有限。

因此，对楚文林而言，真正关键的不是项目本身，而是楚家未来与霍家的合作关系以及他即将为楚家立下的汗马功劳。这将成为他在家产争夺战中的资本，并将大幅提升他在楚老爷子心目中的地位，一改以往自己在楚老爷子心中的形象印象。

而作为有合作关系的"友人"，楚文林会让他的长子叶辞帮助霍听澜治病。

霍听澜患有一种罕见的遗传性疾病，在科学不断进步的今天，医疗界对这种罕见病依然束手无策，只能根据表现出来的症状进行一系列以缓解患者痛苦为目标的治疗。

这种疾病的症状主要表现为令人难以忍受的剧烈头痛，五感超敏反应带来的海量芜杂信息以及惊人的破坏欲与暴力倾向。那是精神与生理的双重折磨，未亲历者难以想象，有些不堪折磨的患者甚至会在发病期间做出种种伤害行为以求转移部分注意力，临床治疗以止痛、镇定、强制隔离避免伤人为主。

唯一能令这种遗传病患者们稍感安慰的是，这些年的临床研究表明这种疾病的发作和缓解与患者的精神状态存在一定联系，有些非药物的"安抚性治疗"可以通过精神抚慰的方式减轻症状。

霍听澜的父亲霍昌裕就是一个典型的例子。霍昌裕也从霍听澜的爷爷那里遗传到了这种顽固的家族病，他的初次发病是在十五岁，多年来药石罔效。直到后来认识了霍听澜的母亲林瑶，霍昌裕惊异地意识到与林瑶的日常接触能有效缓解自己发病的症状。

至于怎样的安抚性治疗才是有效的，目前还没有确切规律，只是找出了几处或许存在意义的基因点位，与患者的这几处基因点位高度契合的人更容易成为有效的安抚者。同时安抚者们大多具有亲和力强、共情能力强、高敏感度等性格特质。

楚文林在接叶辞回楚家前，将这位流落在外的长子调查得明明白白，虽然叶辞的性格特质不太符合，但是他与霍听澜的那几处基因点位高度契合，理论上能够通过日常接触为霍听澜进行安抚性治疗，减轻霍听澜的发病症状。

楚文林清楚，对于霍听澜而言，能缓解发病症状的叶辞是相当有价值的。

沙发那头，稚气未脱的少年寒着脸，气质尖锐，像只小刺猬似的。他摆出一副对这场交易满不在乎的样子，却一直不敢抬眼看人，捏手机的指尖用力得泛白。

硬拗出的冷峻，糊弄外人还成，但在霍听澜的眼中糟烂得像片浸水的纸，一碰就破。

霍听澜目不转睛地望着叶辞。

果然是他……霍听澜有点儿想笑。

十八岁的少年，水灵、鲜活，青葱得像是自茶树尖儿掐下的一朵春芽，还沾染着朝露与晨晖，多被人看几眼都像能看化了似的。

事实上，霍听澜对所谓的"精神性安抚治疗"持怀疑态度，无非是林瑶与霍昌裕病急乱投医，念起这件事就不停，他只得答应先将据说与他基因契合的叶辞带回家居住一段时间，看看自己的病是否真的有改善。

仗着叶辞不敢抬头，霍听澜把他细细端详了一番。

水亮的眼，鼻尖秀挺的软骨，清晰的下颚线与抿得变形的唇瓣……直到那张冷冰冰的小脸儿快要绷不住了，霍听澜才微微勾了勾唇，在叶辞狐疑地瞟向他的一瞬敛回视线，也敛回眼底的好奇，不动声色。

霍听澜没盯着他，刚刚是自己的错觉。叶辞朝霍听澜突击检查了一眼，暗舒一口气，绷得酸疼的面部肌肉总算松弛了些。

然而……松弛了才不到三秒，叶辞就又像见了鬼一样惊恐地朝霍听澜望去。

这不是……这不是那个人吗？

霍听澜唇角微微一翘，仿佛在说"没错，又见面了"。

叶辞受惊地收回视线。

那边，楚文林正与律师敲定具体条款。

这份合作协议是之前就已经拟好的，两家已就其中的重要条款沟通过数次，霍家明显是一门心思急着向楚家要人，各项条件拟定得极为宽松，协议配合着两家的一套合作项目捋下来一共也没用上几天工夫，就连楚文林都觉得这姓霍的未免猴急得吓人。

今天霍听澜登门拜访就是为了与叶辞正式签订协议。

叶辞竖起耳朵捕捉协议内容，商业运作的部分他听得云里雾里，给霍听澜当人形药罐子的部分倒是简单易懂。

按协议规定，叶辞需要帮助霍听澜延缓发病的频率，并在发病后帮助霍听澜减轻痛苦，听那字里行间流露出的意思，霍听澜的病症发作频率似乎比正常患者要频繁，持续时间也更长些。

叶辞看过霍听澜的病历，这人确实病得不轻，估计发作时的暴力倾向会很严重。他并不确定自己那点儿精神安抚力是不是真的能派上用场。

因对不可预知的未来充满了茫然与不安，叶辞默默攥紧拳头。

他早就想好了，无论如何，他就算打不过霍听澜也不可能让对方落了好去。他要努力拖延，等叶红君的身体有所好转了，他就带她远走高飞，换个城市落脚，再想办法解除这份荒谬的医疗协议。他可以边念书边打工，再找场子多跑跑比赛，把治疗费慢慢还给楚文林，不欠楚文林的，就再也不必受要挟。

可是，叶辞的脑海闪过一个念头，叶红君的身体真的会好转吗？现在她只是靠那种昂贵的针剂勉强延续生命，暂时看不到治愈的希望，楚文林待她的病也并不上心……

忽然，有敲击声敲散了叶辞乱七八糟的念头。

霍听澜手指屈起，用指关节在叶辞眼前的桌角上叩了两下，像提醒课堂上心不在焉的学生："听协议。"

胡思乱想被看破，叶辞窘得乱了方寸。

他扫了一眼霍听澜，那人有一张极英俊的脸，轮廓与五官线条似刀一般锋利，虹膜较寻常人更黑，深浓晦暗，令人辨不明其中隐藏的情绪。身上是一套青金石粉混纺的高定西服，胸口衬衫被胸肌撑得略显紧绷，面料随呼吸起伏，涌动着细微的光。

面对这张还算得上熟悉的脸，叶辞蹙起眉头撇开脸。

律师诵读规则条款的平板声音隔了几秒才涌进叶辞耳朵里。

"……禁止一切形式的、主观故意的、违背乙方意愿的肢体接触……

"……禁止甲方以违背乙方意愿的言语、文字、图像等方式对乙方实施骚扰……

"……禁止……

"……禁止乙方仅限以日常接触的形式提供精神安抚……"

医疗协议中事无巨细地对霍听澜的行为举止进行了规范与限制，很多都是根本没有必要的条款，只为确保霍听澜不会做出任何危害叶辞人身安全与心理健康的举动。

意料之中的，叶辞的脸色变得能看了一些。霍听澜盯着他，乌黑眼瞳犹如某种仪器，熟稔地观测、计量叶辞的情绪，并以此为依据斟酌着措辞，安抚道："我在协议中增加了一些规定，或许这能让你安心一些，霍楚两家是世交，关系一向亲厚，论起来你还要叫我一声世叔……"

两家老爷子走得其实不算近，说世交，那绝对是楚家高攀了，"关系一向亲厚"只是一句外交辞令，让叶辞少一分被父亲当筹码交换给陌生人的恐慌而已。

"……我不会做出任何违背你意愿的事情，治疗的步调由你主导，"霍听澜一本正经道，"你不必有太多顾虑。"

叶辞飞快地抿了抿唇，嘴硬道："我没……"

他想说"我没有顾虑"，又怕磕巴漏了怯，索性不吭声了。

霍听澜眸中掠过一抹微不可察的笑意，抬了抬下巴，律师将最终版协议推至叶辞面前。

签了这个，在法律层面上两人就将从陌生人变为"治疗与被治疗"的关系。

几道目光像织网般交错罩下，空气骤然变得稀薄，叶辞的胸廓艰涩地起伏了几下，叶红君深陷在软枕中的病容从脑中一闪而过。

自己真的走到绝路了。

叶辞深吸一口气，咬牙捉过钢笔，攥在手里。那是霍听澜的随身物品，笔杆沉甸甸的，金蓝漆面上沾染着微量龙舌兰的味道。

怕别人看出自己的手在抖，叶辞签得又急又狠，"辞"字锋利的一竖刮破了合同纸。

第二章 禁止犯规
CHAPTER 2
Jinzhi Fangui

❖
❖

BANJIA

搬家

"抱歉，其实我是……
一位正义的路人？"

| ☉1 |

其实叶辞和霍昕澜在这次正式会面之前，还阴差阳错地见过几次。

叶辞不知道那就是霍昕澜，但霍昕澜知道他是叶辞。

那是一个初秋的夜晚，天高云淡，空气清冽，天成高等私立中学所在的洋房区安宁静谧，风扫落桂花，路灯与朦胧的月光映出一地碎金。

一辆劳斯莱斯停在路边，司机下车，绕到后面拉开门："霍先生。"

霍昕澜坐在后排，一双修长的腿随性地岔着，扯开一颗领扣，两块鼓胀的胸肌急剧起伏，像是呼吸不畅。

他揉了揉太阳穴，眼珠隐隐泛红。今晚车内的封闭空间使他异常不适，逼仄局促的黑暗内室，虚伪做作的人工星空顶，微弱而绵延不绝的引擎声响……都令他有种想要破坏什么的暴力冲动，这是那种顽固头痛病来临的先兆。

霍昕澜深呼吸，吩咐司机道："我去透透气，在这等会儿。"

司机恭谨行礼："是。"

伺候濒临发作期的霍先生是件苦差事，这段时间霍昕澜会受到病症影响，出现情绪不稳定的倾向。从霍家主宅回霍昕澜私人宅邸的车程不过半个多小时，霍昕澜已经下车透气三趟了，一副随时能徒手拆车的痛苦模样。

初秋沁凉的风对头痛发作前期过度亢奋的神经颇有助益，霍昕澜沿着天成中学外墙漫步，几轮深呼吸过后，状态已平复大半，与平时无异了。

霍昕澜舒了一口气，系好领扣，抬眸望向墙内。透过斑驳的桂花树影，能隐约窥见学校正门后的霍天成塑像。

他曾祖父霍天成早年曾于江浙一带行商，笃爱桂花，归乡之后仍对满院金桂之景眷恋不已，便斥重金着人培育能耐寒的桂花树种，并将桂花种满他一手创办的中学。

霍听澜十六岁时在天成就读，毕业后前往英国留学。私立学校人员流动快，这么多年过去，老师与学校管理层已换过一批人，连建筑都翻修改造过，唯独桂花仍在。霍听澜虽然在这里度过了高中三年，同时又是校董之一，但实际上对这所校园已经有些陌生了。

想起楚家某位与他颇有缘分的小朋友也在这里念书，霍听澜垂眸看表，犹豫着要不要等叶辞放学截住他好好谈一谈。上次他去楚家登门拜访，叶辞连见都没见他一面就逃命似的翻墙离开了，或许是对霍听澜的病症与治疗方式存在一些误解。霍听澜想绕过楚文林先见叶辞一面，将事情说清楚，大概也无不可。

霍听澜正思索着，围墙里边传来几声呼喝。

"站住！"

"你哪个班的？！"

霍听澜抬眸，似乎有几道人影快速朝围墙逼近，手电光束摇晃，像是保安在追学生。

在前方逃窜的学生用卫衣兜帽遮住上半张脸，黑口罩挡住下半张脸，根本看不出模样。

"站住！"保安吼得破音。

围墙近在眼前，那少年猛地提速，疾步飞蹐上墙，手抓住砖体上沿，脊背猫儿般一弓，灵巧地蹿上墙头，纵身一跃，稳稳地落进了霍听澜手里。

霍听澜倒没存心想逮人，奈何角度太合适。他掩在一片树影中，那少年往下跳时没看见他，正落在他面前，他连步子都没迈，信手一捞，就把人制住了，轻巧得好似揽住一截花枝。

那少年的身形也同花枝一般，削薄消瘦。

霍听澜这一动作其实都没经大脑，纯粹出于本能，但抓都抓了，他又是天成私立的校董之一，一定要说的话，眼下这情况也勉强能划归到他的管辖范围。于是霍听澜略一沉吟，中规中矩道："逃课是不对的。"

少年默不作声，仅是猛地一挣，那爆发力恐怕许多处于体能巅峰期的青年男性都要自愧不如，霍听澜没放松警惕，手捋着少年劲瘦小臂飞快往下，死死扣住手腕，一拧一推，施柔劲将少年抵在墙上。

保安们笨手笨脚地翻墙，少年仍不吭声，只咬着牙死命扑腾，爆发出一股与清瘦身板不符的蛮力，换成普通人八成摁不住他，这一瞬，似有灵感触动，霍听澜拧起眉头从背后打量少年。

少年个子不矮，骨骼轮廓锐利，卫衣下的肌肉薄且柔韧，身材窄而瘦削……莫名与监视器取景框中某个跑酷翻墙的身影重合了。

少年扭头，视线冷冷地掠向霍听澜，猫儿般又圆又大的眼睛，水灵清亮，却像蕴着钉子。他唇瓣翕动了下，像是想朝霍听澜放句狠话，可不知为何又顿住了，只屈辱地抿住嘴唇，仍保持着沉默。

霍听澜蹙眉，觉得这双眼睛相当眼熟，再加上刚才跑酷翻墙的动作与身影……

"你哪个班的？叫什么名？还戴口罩！挺贼的呢！"保安训斥着，上手扯掉那枚黑口罩。

秋风送来桂花甜蜜的气息，少年的面容浸在月光与桂香中，五官精致得近乎脆弱，瞳色浅淡。

"你……"霍听澜讶异地扬起眉梢。

叶辞冷冷看着他。

他长这么大跟人单挑从来没输过，被人摁在墙上动弹不得还是有生以来头一遭，那种滋味难以言喻。

居然是楚家那小孩儿，霍听澜立即卸了劲儿，无奈道："抱歉，其实我是……"

叶辞开口，嗓子像冰凌似的："是什么？"

霍听澜见他神色不善要记仇，刹住话头，缓缓咽下了后半句的自我介绍。

叶辞蹙眉，重复追问道："是什么？"

霍听澜不语，静得像卖关子，过了片刻，才幽幽道："……一位正义的路人？"

叶辞本就有社交障碍，当下更是狠狠噎住，半个字都憋不出来了。

这是人话吗？

少年一向淡漠的表情，终于出现了一丝开裂。

保安从霍听澜手里接过叶辞，教训道："你下周一准备上领操台罚站吧，逃课，翻墙，还抗拒执法！"

叶辞把保安的训斥当背景音乐，垂着头，不为所动。

大后天是叶红君的生日，他本来想趁商场开门逃一节晚自习给她买礼物，结果……

叶辞被几个保安合力押解回校，没回头也没挣扎，背影锐利得像刀。

霍听澜静静地立在原地，目送叶辞离去，浑身散发着成熟沧桑的气息。

| 02 |

因为晚自习遇到的小插曲，叶辞课没逃成。

好在生日礼物最后还是买成了，叶辞在晚自习课间用微信远程遥控了一下许越，让许越去商场帮忙挑了一份礼物。

叶红君的生日在周六，上完周六上午的半天课，叶辞去蛋糕店买了个小蛋糕，带上礼物去疗养院看妈妈。

可惜叶红君这天状态不行，一直处于昏睡状态，叶辞从下午一点等到疗养院关门，护士进来清场，叶红君都没有转醒迹象。

"……妈妈，生……生日快乐。"探视时间还剩五分钟，再不走就不行了，叶辞把小蛋糕放在床头柜上，点燃蜡烛，吹灭，许了个让妈妈早日痊愈的愿望，随即将小蛋糕一切为二，自己狼吞虎咽地吃了一半，另外一半留给叶红君。

吃完蛋糕，叶辞将包裹着彩纸与缎带的礼物盒轻轻放在叶红君枕边。

小盒中是一对耳钉，许越在专柜挨个拍照发给叶辞让他挑的。光润柔和的淡水珍珠，搭配叶子造型的黄金嵌片，像两枚小白果子，矜贵中透出一丝少女式的俏皮，适合叶红君的年龄，却不显老。

叶辞觉得叶红君戴起来一定会很好看。

妈妈总是很好看的。虽然遭遇了太多太多的磨难，但她是砂砾中的玫瑰。

勉强陪叶红君过完了生日，叶辞背起书包，拎着摩托车头盔朝疗养院大门走去。

这地儿太偏，公共交通不方便，出租车也少，他怕万一回去晚了赶不上末班地铁，来之前去赛车场租了辆摩托。

赛车场的车辆一般不外租，仅限场地内使用，奈何叶辞飙车飙得好，车场老板基本被他收编为半个粉丝，他想怎么租就怎么租。

疗养院门外不知何时聚了一大帮人，都骑摩托车，乌烟瘴气的，脚下是一地踩瘪的啤酒罐和烟蒂，粗俗笑骂隔两条街都能听见。

"就是他！"忽然一个头发染得像鸡毛掸子的社会青年抬手，遥遥指向叶辞，往地上啐一口痰，"就是那小兔崽子！"

"鸡毛掸子"是个常年泡在赛车场里的老油条，前阵子和叶辞跑过几次，次次都输得很难看。这人心胸狭隘输不起，就造谣叶辞跑比赛时使不光彩的手段，叶辞懒得搭理这种人。他的漠然令"鸡毛掸子"产生了一种"他怕了我"的错觉，越发来劲儿，一直蠢蠢欲动想找碴儿。

今天在这见到他叶辞也不惊讶，这种寻仇的场面叶辞见多了，眉梢都没动一下，淡定地立住，手指一点一点地数人。

一对十，其中还有三个铁塔般剽悍的壮汉，身高超过一米九。

叶辞：……

打不过。

毕竟自己是血肉之躯，再能打也要讲物理法则。

"鸡毛掸子"复仇心切，连开打前放狠话的固定流程都没走，直接率众混混朝叶辞聚来。

"鸡毛掸子"在车场附近一带算是个中等混混，手下有四五个小混混。在叶辞手里吃过几次亏之后他越想越来气，经常在家直播喊麦的经历使"鸡毛掸子"产生了一些错觉，自诩在方圆五公里内也算是一个小有"通天修为"的强者，绝无打落牙齿咽肚里的道理。所以他今天终于决定干一票大的，遂率领众小弟去车场附近蹲守。

今天叶辞去租车，他们几个一路跟踪到疗养院，"鸡毛掸子"生怕翻车，又临时请来了几位打手，誓要一雪前耻。

叶辞静静地盯着"鸡毛掸子"，脸上没什么表情，可那股暴戾阴冷的气息顺着那漂亮眉眼的线条溢出来，像在周身竖起了一层无形的刺。

"十打一？"叶辞缓缓欺近"鸡毛掸子"。

"鸡毛掸子"舔了舔嘴唇，梗着脖子嚷嚷："都这样了你还吓唬谁呢？！怎么着你是能一挑十啊，还是能变身啊？"

"挑不过。"叶辞实话实说，极度亢奋的神经使瞳孔扩张，一双眼珠漆黑得骇人。他轻轻地，看着"鸡毛掸子"说，"只盯你。"

言下之意也就是待会儿不管有多少人打叶辞，叶辞都只盯着"鸡毛掸子"一个打，看看是自己先躺下，还是"鸡毛掸子"先躺下。

预想中的求饶场面并没有出现，还反遭敌方火力锁定，"鸡毛掸子"一阵怔忪。

说好的群殴，怎么还带强行单挑的？

叶辞朝他迫近一步："试试？"

"鸡毛掸子"一缩：……

他喊麦时激增的肾上腺素浓度嗖嗖下滑，臆想中的气势崩没了，倒是心态有点儿崩。

谁先躺下？那还用试吗？！

"……挺有意思。""鸡毛掸子"忽然一咧嘴，嗤地一乐，"谁跟你说要打架了？"

竟服软得行云流水，不着痕迹。

叶辞：……

"鸡毛掸子"八字眉一瞥，极是无辜："怎么天天尽知道打打杀杀的呢？和谐社会兴那套吗？"

叶辞面无表情："不然？"

"鸡毛掸子"眼珠一转，损招送出："你飙车不是厉害吗？再比一次，北四环飞街，敢吗？"

叶辞从来不跟人玩这种，但北四环什么情况他知道，附近全是大荒地，入夜之后鬼影也没一个，顶多能碰上几辆大货车。

"敢。"叶辞顿了顿，"比什么？"

"北四环飚一圈，谁输了，谁就老实认栽。""鸡毛掸子"嘿嘿一笑，"不管谁输谁赢，比完我俩这事儿就了了，怎么样？"

叶辞戴上头盔："行。"

"鸡毛掸子"朝周围几个混混打眼色，小弟们纷纷露出猥琐的微笑。北四环监控摄像头少，人迹罕至，开始比赛后一群车手围上去夹击骚扰，神仙也赢不了。

叶辞上车，被十辆摩托包夹着驶向北四环。

"鸡毛掸子"这人阴险且胆子小，叶辞清楚他在动什么歪脑筋，可他不喜欢被人没完没了地纠缠，只想快刀斩乱麻，再难也要一次解决利索。

这晚，霍听澜应高新技术产业园负责人邀约，代表自己名下的高新技术研发团队与霍氏旗下的地产集团参与了一场小型晚宴，与相关负责人商谈开发规划，并在宴会结束后实地考察了一番。

产业园园区预计建设在北四环路附近，目前这里虽然只是一片荒地，但至多五年后，这里就会成为该市高新技术产业的核心发展区域。

说是实地考察，其实和兜风差不多，唯一区别就是这一片并没有什么风景可看。

应酬了一晚上，霍听澜立在那一大片规划用地前观望片刻，想象着此处五年后的盛况，半是兴奋半是疲惫地揉了揉眉心。

差不多该回家了，他正要转身上车，身侧轰隆隆地驰过十余辆重型机车，停在他侧前方不远处。

有几个车手摘了头盔说话，言辞间火药味儿很浓。

霍听澜抬眸，不经意朝那边多看了一眼。与生俱来的绝佳夜视能力使他清楚地捕捉到了一张熟悉的面孔。

"正义路人"霍听澜：……这不是巧了嘛。

"……输了别害怕，我们也不会把你怎样。""鸡毛掸子"冷笑着，"只要你乖乖和我们道歉，保证以后再也不出现在我面前。"

叶辞垂眸，仿若未闻，只冷漠地调整头盔。

正经比，他输不了，但如果对手耍阴招的话……自己大不了随机应变。

"准备好了吗？"一个混混站到路中间，作势发令。

叶辞全神贯注，死死盯住那混混高高抬起的手，剩下八个不参赛的混混也蓄势待发，准备给叶辞捣乱。

就在这时，叶辞的卫衣兜帽被人轻轻拽了拽。

"抱歉，打扰一下。"

叶辞正高度戒备着，头半回不回地往后面瞟了一眼。

那是一张熟悉的、极其英俊的脸，轮廓与五官线条带着一种锋利的感觉，从路灯昏暗的光线中鲜明地浮现出来。

他身上是一套青金石粉混纺的高定西服，被匀称精悍的肌肉撑得恰到好处，身材整体挺拔修长，胸口衬衫布料却微微紧绷着。几缕喷雾失效后定不住型的额发垂至眉梢，不显邋遢，反倒托衬出一种潇洒随性的俊美。

这是一个模样相当出挑的男人，看起来甚至比抓叶辞翻墙那天还要帅一些，可谓帅无止境。

可惜这男人不做人。

叶辞瞪着霍听澜，嘴唇翕动："你……"

一见这人他就条件反射的手酸——那天翻墙被逮回去，他硬着头皮憋出两千字的检讨交给德育主任，全是拜此人所赐。

"鸡毛掸子"以为叶辞搬救兵，警惕地瞪着霍听澜："你谁啊？"

叶辞难得的一阵心浮气躁："别问……"这个问题。

果然，那人故技重施，语气戏谑，逗人玩儿似的道："一位正义的路人。"

叶辞罹患正义路人PTSD，咬了咬牙，朝摩托车车把猛拍了一记。

霍听澜对叶辞进行谆谆教导："危险驾驶是不对的。"

叶辞不吭声，说多了容易被气死。

混混们闻言，爆发出一阵轻蔑的狂笑。

霍听澜慢条斯理背诵法律条文："在道路上驾驶机动车，有下列情形之一的，处拘役，并处罚金：一，追逐竞驶，情节恶劣的……"

他简直像在拖延时间。叶辞不回应，装没听见。

"准备开始了啊！""鸡毛掸子"朝霍听澜抬抬下巴，看他像是个能打的，言辞还算客气，"不认识就别惹事，边儿待着去。"

叶辞不再搭理这位正义路人，全神贯注盯着发令的混混，准备竞速，岂料下一秒，摩托车后座陡地一沉！

霍听澜强行上车，手把住后座座椅，与叶辞隔开一段摩托车上所能允许的最大距离。

混混们乐得有人给叶辞添乱，充当裁判的那个混混干脆当没看见，嬉皮笑脸地打手势："五、四……"

叶辞难得流露出急躁，身子动了动，正打算一记后撩腿把人踹下去，却听身后那人低声道了句："我有办法帮你赢。"

"……二……一！"

来不及权衡，叶辞疾风般地飙上环路。

刚飙出十米不到，身后那人忽然用一种宛如诸葛亮解开锦囊宣读妙计的深沉口吻道："别超速……"

叶辞彻底炸毛了："你有病？"

他手上功夫没停，还在疯狂超速。

岂料那人伸出食指抵住他的肋骨："超速就挠你痒痒。"

叶辞险些厥过去，情绪濒临失控："你……"你坐上来就是为了挠痒痒？

那人："我认真的。"

肋骨间微微下陷的指尖带来细微的痒意，叶辞不敢硬撑，硬着头皮把速度降至环路限速以下，愣是把重型机车开出了五百块小电驴般的悠哉。

那人轻轻笑出声。

叶辞咬牙，颈侧浮起浅浅的青筋：……

这人还有脸笑？

就在这时，远处忽然传来一迭声警笛鸣响，刺眼的红蓝光交替闪烁，少说有六七辆车。

叶辞刹住摩托，怔怔地望向远方闪烁的警灯。

身后那人低声道："我报的警。"

叶辞无暇思索这人究竟是什么时候报的警，以及在这片荒郊野岭警车为何会出动得又多又快。因为，那人的语气实在是太令人迷惑了，叶辞觉得其实他后面还有半句话憋着没说，完整的话应该是："我报的警，喜欢吗？"

那群混混见势不妙，纷纷掉头逃窜，几辆警车呼啸而过对他们围追堵截，叶辞知道跑不了，认命地停在路边。

他方才确实没怎么超速，飙车也是被迫的，但有再多话也得进派出所里说。

霍听澜语气深沉："所以不让你超速。"听着像邀功，却又蕴着一丝笑意，像是在逗小孩儿。

叶辞摘下头盔，扭头望着霍听澜，一时噎得说不出话来。

不一会儿，四处逃窜的十个混混就都被逮了回来，叶辞和霍听澜作为参与者也被迫坐进警车去警察局说明情况。

霍听澜刚一坐进警车，不远处某辆不起眼的黑轿车中便冒出个西装革履的戴金丝眼镜的年轻男人，奔向霍听澜所在的那辆警车，扒着车窗笑呵呵地和里面的民警说了几句话。

叶辞乘坐的是另一辆警车，光顾着和悲愤的"鸡毛掸子"大眼瞪小眼，并没留意到几米开外的那一幕。

"鸡毛掸子"气得嘴都歪了："你小子太阴险了吧！你报的警？"

叶辞简直有点儿怕他中风："不是我。"

"鸡毛掸子"："你那哥们儿有毛病！"

叶辞淡淡道："别骂人。"

谁和他是哥们儿？

"鸡毛掸子"："出来混的没有那个样儿的，什么人啊？！"

叶辞缓缓道："确实。"

"鸡毛掸子"不知道叶辞是真情流露，还以为他是在阴阳怪气和自己抬杠，被杠到天灵盖都快冒烟了。

|03|

十分钟后，派出所里，十个混混按身高排成一排，双手抱头，蹲在地上。

这场面叶辞从小到大经历过无数次，他轻车熟路地找了个清净角落，正要蹲下，那警察却点了点办公桌对面挨在一起的两把椅子："来来来，你们坐这儿。"

霍听澜神态自若地坐了下去。

叶辞皱了皱眉，把椅子拉得离霍听澜远远的，坐下。

"学生？"警察埋头写字，"哪个学校的？叫什么名字？"

叶辞不想在霍听澜与一众混混面前暴露结巴属性，于是不吭声，只从口袋里摸出学生证递给警察。

"监控调完了啊，还行，就你没超速。"警察拿笔杆敲敲桌子，话锋一转，"但是，光没超速不行，你一个学生，大晚上的出来跟这帮人飙车，不仅扰乱了社会秩序，也违反了学校的校规校纪，这个是必须要通知到你们学校的，知道吗？"

叶辞神色散淡："嗯。"

警察又对叶辞进行了长达十几分钟的思想教育，相比那边被呵斥得像孙子一样的十个混混，这边的态度简直就是春风般和煦，把叶辞温暖得几乎有点儿不好意思，直到警察敲定处罚手段："看你年纪还小，写个三千字检讨就回去吧，喏，纸笔在这里，写吧，写得真诚一点儿。"

前两天才写过两千字检讨的叶辞：……

他还没握笔，就已是一阵手酸。

"他呢？"叶辞示意全程置身事外的霍听澜。

警察对霍听澜似乎格外关照，从进来到现在除了"请坐"一句话都没对他说。他与叶辞同乘一辆摩托车，虽说没直接参与飙车还报了警，但按照叶辞隔三岔五派出所一日游的经验，警察至少会问霍听澜要身份证登记，走一下流程。

"咳，"警察飞速扫了霍听澜一眼，严肃道，"他这算见义勇为，主动向执法机关举报违法行为，你感谢人家还来不及呢！还想让人家怎么着？"

霍听澜颔首微笑："警察同志您过奖了，揭露违法行为是身为公民应尽的义务。"

警察转向叶辞："看看人家这觉悟，社会就需要这样的人才。"

霍听澜礼貌回应："社会更需要您这样优秀的民警。"

两人居然还开始商业互吹了。

叶辞攥着笔，指尖儿因用力而缺血泛白。他酝酿片刻，转向霍听澜，开口道："我有问题。"

霍听澜："你问。"

"您去……北四环路，"叶辞尽量缓慢平稳地说话，"做什么？"

那一带全是荒郊野岭，叶辞实在想不出霍听澜这副西装革履的打扮为何会在那附近游荡。他问这个问题是为了掌握这人的行动路线，方便日后规避，这都意外照面两次了，八成是有什么孽缘，不可不防。

霍听澜沉吟片刻，莞尔一笑："选坟？"

叶辞：……

杀人犯法。叶辞深呼吸，把无处发泄的情绪用在写检讨上，一笔一画，力透纸背，检讨纸上一堆小洞眼儿，不像写字，倒像是在戳羊毛毡。

这是他们的第二次偶遇，至于他们的第三次偶遇……

那是某天下午，叶辞带着老板冲分。

一局代打完毕，屏幕再次跳出失败画面，老板的分段掉了一档。

"……啧。"叶辞揉揉太阳穴，神经一阵抽痛，指尖触到一层细汗。

他这一下午状态都不太好，头有点儿晕，手上没什么力气。这症状他前几天也有过，但没一会儿就好了，像是着凉了。他以为这次和前几天一样，也是小感冒之类的，挺一挺就能过去，结果几节课挺下来都没见好，反倒是手指头更不听使唤了。

这状态就别给老板代练了，越练越菜太不像话了。

叶辞索性收起手机，趴在课桌上打盹儿。

二十分钟后，大课间铃声响起，学生们纷纷去校外吃晚饭。

叶辞起身，随人潮走出校门，走着走着，四肢无力的情况愈发明显，手脚一阵阵发软。他摸摸额头，温度正常，没发烧。

叶辞身体素质好，能忍，活到这么大一共也没进过几次医院，更没生病就得怎么休息、怎么呵护自己的讲究，就是多睡觉，大口喝水，大把吃药，发烧烧到三十九度都能行动自如。

他没当回事儿，拖着步子朝地铁站走，因为没什么精神，脑袋耷拉着没看路，走着走着，肩膀不慎蹭到了迎面走来的行人。

那人很高，叶辞眼皮又半抬不抬的，没看见对方的脸，只冷淡地道了句"抱歉"，就继续往前走，结果那人竟转身跟了上来。

挑事儿的？叶辞一阵烦躁。

"你怎么了？"声音自后方飘来，低沉又带有磁性。

叶辞正难受着，心浮气躁地一扭头，一口气差点就没上来。

霍听澜立在他身旁，身形颀长，垂眸望着他。

叶辞险些厥过去：……

叶辞病容明显，霍听澜的口吻倏地柔和下来："身体不舒服？"

叶辞这种烧到三十九度都能抡棒子以一敌五的主儿，对自身的健康状况缺乏足够客观的判断，他自己觉得身体问题不大，可在旁人看来他的状态明显不对劲。

叶辞嗓音略显飘忽，却还冷淡道："舒服。"

霍听澜莞尔，他今天下午来这附近办事，没想到这么巧，又撞见了叶辞。

他敛起笑容，端详叶辞的神色，认真猜测道："感冒了？低血糖？"

叶辞生得白，尤其面孔是一种瓷器质感的冷白。可这会儿，这白实在白得不太正常，就算是皮肤白也没有这样面无人色的。

"你这个状态……"霍听澜蹙眉，"应该去医院做个检查。"

叶辞：……

之前的两次见面，这人一次把他交给保安，一次把他交给警察，这次……叶辞掐指一算，合该轮到狱警了。

霍听澜垂眸看表："我可以送你过去。"

"男子……"叶辞顿了顿，"监狱医院？"

霍听澜："……市中心医院。"

叶辞："保外就医？"

霍听澜压住疯狂上扬的嘴角，轻轻扯一扯叶辞校服袖口："走，去做个检查，你可能需要输液。"

叶辞警惕地甩开他的手。

霍听澜捺着性子劝道："不去医院的话，去买瓶饮料，喝点儿甜的可能会舒服一些。看你像低血糖，是不是没好好吃饭？"

确实是。想起饮料，叶辞血糖水平低下的身体产生本能的渴望，喉结微微滚动，却故作淡漠道："不用。"

语毕，他转身走开，把霍听澜晾在原地。

五分钟后，叶辞缓慢步行到地铁站旁的奶茶店。

那人提起喝甜的让他明白过来了，他这就是典型的低血糖。他中午整个睡过去了，午饭没吃上，早晨在校门口吃了两个包子就饿到了现在，只不过专注代练忘了肚子饿的事，这会儿低血糖也正常。

地铁站旁这家奶茶店离学校比较远，因此完全打不过学校正对面那两家，但奶茶味道不赖，而且基本碰不着同学。

"这个。"叶辞拉下卫衣兜帽，弯起手指，用指关节在饮品单上叩了叩，避免叫出那个令人羞耻的饮品名。

店员妹子朝气蓬勃地高声确认："一杯茉香蜜桃芝芝是吗？顾客？"

叶辞："……是。"

店员妹子："全糖吗？"

叶辞："全糖。"

顿了顿，他低声道："比全糖再，再多……一点。"

店员妹子操作收银机："好的顾客。"

叶辞又道："双倍奶，奶盖。"

他正说着，身后传来一声咳嗽。

是那种为了掩饰笑声的咳嗽，本质是笑，且音色磁性，相当耳熟。

不，不是吧？叶辞僵直了脖子，慢慢扭过头。

霍听澜立在他身后两米开外，右手虚握成拳抵在唇边，欲盖弥彰地又咳了两声——忍笑真的很难。

叶辞口吻冷硬："你跟踪我？"

如果忽略叶辞脸颊上蔓延的红晕外，他看上去确实颇为镇定自若。

"抱歉，"霍听澜深呼吸，敛起笑意，"我没有恶意……只是怕你出意外。"

叶辞故作淡定："不可能，没意外。"

店员妹子元气盛放："顾客，您的全糖双倍奶盖茉香蜜桃芝芝做好啦！"

霍听澜眸光一转，扫过店员递向叶辞的奶茶，微一颔首："好，那我走了。"

"欢迎下次光临。"店员春风拂面。

夹在中间的叶辞面若冰霜，手指不自觉用力捏住奶茶杯，羞恼地盯着霍听澜渐渐远去的背影。

他还能更丢人一点吗？

| ·04 |

在三次至少是令叶辞相当不愉快的偶遇之后，两人又在楚家会客厅正式见面了，可见两人之间确实是有什么躲都躲不开的孽缘在。

卧室里，储物间的门大敞着，杂物堆了一地。

叶辞蹲在行李箱前，将一双包在塑料袋里的球鞋塞进行李箱。

依照要求，叶辞应在合作协议生效后一周内搬到霍宅长期居住，以便随时为霍听澜提供精神安抚。

手续在签协议当天就办妥了，搬家的事叶辞拖了几天，终于拖不下去了，楚文林今早用餐时直接吩咐司机，让他下午一点返回楚宅将叶辞连人带行李送到霍家。

叶辞自己的东西很少，占不到行李箱的一半，但叶红君的老房子变卖后清出的旧物不少，他一件也舍不得扔。

和妈妈共同生活了十七年的家已经没了，这些承载着回忆的杂物是他仅存的念想。

叶辞从出租屋搬到楚宅时，楚文林的太太阮嘉仪专程来瞧过他。那是一位保养得看不出年龄的美貌妇人，仪态温婉，轻撩裙裾，踮脚穿过行李间的空隙，避免脚踩沾到两旁的东西。

她没说什么难听话，只柔声嘱咐叶辞哪里住不习惯就和她说，语毕，眸光掠过储物间里叶红君的几件旧衣服，意味不明地轻轻勾了勾唇。

真正的轻慢往往不像狗血剧中那般乖戾尖酸，那些人会维持着教养良好的假象，从容地，佯作无意地，将别人的尊严碾得残薄如纸。

来时用过的无纺布行李袋早被用人当垃圾扔了，叶辞搜罗了几个结实的纸箱，他必须把东西都带走，否则剩下的东西八成会被用人扔进垃圾站。

三个满当当的纸箱被叶辞打包好搬到门口，屋里却还剩不少杂物没装。

叶辞站在乱糟糟的卧室中央环视了一圈，一股深重的疲惫感自心里涌出，充满全身。

他扯过椅子坐下歇着，目光落到床沿，那里摊放着几件没叠的衣服。其中有一件漂亮的驼色大衣，是叶辞两年前赶上促销活动给叶红君买的生日礼物。

牌子不算一线，但大衣打完折仍贵得令人咋舌，花光了叶辞打零工攒下的全部积蓄。衣服板型好，但也娇贵，怕压怕折，叶红君宝贝得不得了，每次上身都小心翼翼。上次将它从行李袋里取出后叶辞就后悔了，这是妈妈最喜欢的衣服，他却没有善待它。

想到妈妈，叶辞眼眶酸胀得生疼。他克制地深吸一口气，不敢放任自己软弱。

这时，卧室门口传来脚步声，但叶辞没在意。他在楚家是透明人，这一上午用人们从门口路过多次，但没有一个人进来帮把手或是问一句。楚文林不在家时，用人们为讨好阮嘉仪，连开饭时都默契地不叫他。

意料之外的，门板被人轻轻叩了两下，叶辞飞快一歪头，转身看了过去。

立在门外的竟是霍听澜。他上身只穿了一件石墨色衬衫，丝绸柔顺，勾显出胸肌的轮廓，袖口平贴地向上折了两折，没戴腕表，一副准备干活的架势。

叶辞不肯叫旁人帮忙，尤其是不想让有过不愉快相处经历的霍听澜识破自己的脆弱，于是硬着头皮跟霍听澜对视，眼神冷漠。

"我来接你……你父亲不在，我就自己上来了。"霍听澜的目光在叶辞微红的眼尾稍做停驻，看穿了什么，却不问，平直挪开视线扫向别处。

这是一间客房，面积不大，家具简单，一张折叠学习桌支在采光较好的窗边，仿竹木纹的漆面显得老旧，墙角纸篓中塞着两团包装袋，印着"椰蓉面包"和"红豆面包"几个字，塑料纸闪着廉价的、缺乏营养的油光。

怪不得叶辞会那么瘦。

霍听澜的喉结缓缓滚了滚。

十八岁……人生重要的时期，居住环境就是这样的。

这时生活助理端着一摞空的整理箱要进来，霍听澜回过神来，下意识地向侧边迈了一步，挡住助理投向屋内的视线，旋身接过空箱子，示意助理搬走门口打包好的那几个纸箱。

"有什么能帮忙的？"霍听澜问。

叶辞正全心全意扮冷脸与霍听澜对抗，闻言微愣，条件反射地拒绝帮助："没有。"

霍听澜释放的善意令他仿佛一拳打在了棉花上，有种与虚空搏斗的哭笑不得。

霍听澜略一沉默，看向储物间，确认道："都带走吗？"

"……对。"他表现得这样友善，叶辞不好意思再呛他，艰难地捋顺舌头好好说话，"我自己……收拾。"

霍听澜端详他片刻，不再言语，动手分开成摞的整理箱，蹲下身一件一件装东西，举止妥帖自然，仿佛他本来就该做这些事。

这些旧物中有许多是具有纪念意义的：母子二人的照片，叶辞小学初中的各种奖状，叶红君手写的育儿日记……霍听澜从衬衫口袋中抽出一方丝帕，擦拭一幅木质相框上轻薄的积尘，手势中透着珍惜与爱重。

叶辞看他擦东西看得眼皮发烫，觉得不对劲又说不明白。

就这么静了片刻，叶辞再想拒绝就失了时机。他稍一犹豫，拖起一个空箱子溜到与霍听澜呈对角线的墙根，以此为据点加倍麻利地收拾，还没收拾一会儿，头顶便响起霍听澜低沉的嗓音："这种大衣不能这么叠。"

两截笔挺的裤管停在眼前，叶辞一怔，手中叶红君最宝贝的那件大衣已被霍听澜揽了去。修长稳健的手指抹过褶皱，理顺系带与搭扣，再用衣架撑好套入防尘袋。弄好了，霍听澜将防尘袋递给助理，吩咐助理提下楼。

霍听澜细致地整理大衣时，叶辞站得远远的，边收拾，边小心翼翼地拿余光打量他。

他太久没被人温柔对待过，便会对善意感到陌生。

这期间，管家佟叔巴巴地派人来帮忙——再没礼数的人家也没让客人登门干活的，那是笑话。可霍听澜只是不凉不热地抛了句"不劳烦几位"，语毕，却不打发他们走，继续纡尊降贵地整理东西。

几个用人和佟叔不敢上手，更不好就那么走，杵在二楼走廊里，堪比罚站。被晾了好一会儿，几人实在承受不住霍家家主的低气压，脑门儿上挂着细汗，讪讪地退了下去。

两人和助理忙到十二点，东西全搬完了。

叶辞把书包往右肩上一甩，远远跟在霍听澜身后下楼，有一眼没一眼地瞄着前方霍听澜挺拔高大的背影，脸上纠结之色越来越浓。

霍听澜专程来接他，还这么细致，这么忙前忙后的……撇开别的不说，他总该道声谢。这是最基本的礼貌，和别的都没关系。

他出身贫苦，但家教不比出身上流的小姐少爷们差，叶红君性子娴静，知书达理，若不是被楚文林坑了，也不至于沦落到与她整个人格格不入的贫民窟里去。

叶辞笼在校服袖子里的拳头握了松，松了握。犹豫了几回合后，叶辞硬起头皮紧跑几步追上霍听澜，一挨得近了，鼻端立刻捕捉到一抹灼人的龙舌兰香，还没开口，脸颊已被刺得滚烫。

"怎么？"霍听澜顿住步子，偏头看他。

"今天……"叶辞舔了下嘴唇，不确定该如何调整表情，神色游移道，"谢……谢谢您。"

霍听澜气势太足，看人时压迫感很强，叶辞被他害得发挥失常，后半句只有三个字还结巴了一下。

丢人！他未来一年都不想在霍听澜面前张嘴了！

叶辞恨不得把舌头抻出来熨一熨。

霍听澜垂眸看叶辞拼命掩饰着懊恼的脸蛋，唇角轻轻勾起一个弧度，似乎有心逗逗他，静了片刻后，却中规中矩道："不客气。"

或许是考虑到狭窄空间中的共处可能会令叶辞精神紧张，霍听澜主动提出与叶辞分乘两辆车，两人先后抵达霍宅。

上车时叶辞还迟疑了一下，不愿与霍听澜共乘，事实证明那担忧毫无必要，霍听澜待人接物周到有绅士风度，每个细节都让人舒服，看起来确实不存在什么仗势欺人的可能性。

是自己想太多……霍先生没那么坏。

叶辞抱着书包，垂下头，微窘地绞着书包带，将手指磋磨得泛红。

霍家主宅距离楚宅有一小时车程，位置更靠近城市中心，离叶辞目前就读的私立学校也近些，上学更方便。

历任家主居住的主楼饱经风霜，却不显衰颓，反倒沉淀出几代名门清贵的厚重。两幢专供用人居住的辅楼依附于主宅两侧，掩映在喷泉、草场与修剪得宜的园林灌木中，相较之下，楚文林的宅院竟都显得有些寒酸了。

叶辞下了车，几名用人一溜小跑出来，安静地搬运行李。

管家何叔笑容和善，口称"叶少"，引着叶辞进入主楼，来到专门为他重装过的卧房。

这间卧房的面积较楚宅那间小客房大出一倍有余，说是重新装修过，但改动的主要是家具与陈设，用的都是顶级环保材料，又请专业团队来清除过装修有害物质，霍听澜来检查过，连他的"狗鼻子"都闻不出丝毫异味。

浅蓝与暖灰的主色调透着简单洁净的少年感，中央空调等智能家电一应俱全，休息、娱乐、学习在卧室中各有分区——这是霍听澜的意思。叶辞初来乍到，缺什么、想做什么，可能会不敢说，卧室的功能齐全一些，他会少些为难。

床后方的背景墙上挂着几块崭新的滑板，陈列柜左侧摆着一溜F1名将的签名版车模，甚至还有一顶去年在巴黎苏富比拍卖的F1车神签名头盔，右侧则整齐码放着一摞机甲赛车之类的涂装模型，都没拆封。床对面的墙上垂挂着巨大的投影幕布，与几台游戏主机相连，学习区贴墙立着一排浅色水曲柳书架，书放至半满，大多是中外名著与各种高中学习资料。

卧室里东西多，但繁而不乱，处处细节皆在绞尽脑汁地讨好叶辞这个年纪的男孩子，不，简直就像是精准地讨好叶辞本人。

叶辞有些茫然，朝房间里瞄了几眼，这里的每一件东西他都喜欢，但他只是僵立在房门口，一动不动。

他打心眼里不觉得这样一间精心布置的卧室会与他有什么关系。

"这是你的房间，我找人重新设计了。"设计图是霍听澜做的，每一处边边角角他都稔熟于心，为免叶辞心生疑虑，他徐徐扫视，与他一起四下打量，"不知道你这个年纪的小男孩儿喜欢什么，时间仓促，我就让人看着安排了，有任何需要都可以告诉我，不用拘谨。"

他说着，见叶辞杵在门口不动，英挺眉骨下的一双黑眼睛笔直地看过去，道："进来。"

叶辞不想显得畏畏缩缩，挺直腰杆迈进去，没挺一会儿就又泄了气，脚都不知道往哪踩。

他知道依照治疗协议他要在霍宅长期居住，在霍听澜病情稳定前不得提出搬走，算下来长住三五年总是要有的，也知道对霍听澜而言翻修房间不过是和下面吩咐一句的事，可在他看来，这样的对待仍然显得太过隆重，隆重得他手足无措。

见叶辞拘谨得快变成雕塑了，霍听澜体贴地不再停留，简单交代了几句后便带何叔离开，并随手掩上了门。

叶辞目送他离开，留意到这间卧室的门框上还安装了那种酒店常见的防盗扣，也不知道是霍宅的每间卧室里都有，还是霍听澜看穿了他，知道他对陌生人戒心极强，为了让他晚上放心睡觉单独给他安的。

应该……不至于吧。

叶辞焦躁地抓了把头发，莫名躁得慌。

门外，何叔先一步离开以便准备晚餐，霍听澜前段时间换掉了几个厨子，眼下这几位大厨皆是何叔依他的指示专门从别处高薪挖来的。几人才上工不久，何叔不放心，早中晚备餐时都习惯去盯一眼。

霍听澜却没走，静静守在叶辞房门外。也不知道怎么，他莫名有种从楚家拐了孩子的错觉。

霍听澜唇角扬了扬，有些自嘲的意味。他驻足在门前，他的嗅觉比常人敏锐，因此他能从门缝中隐约捕捉到一缕细弱的、香子兰味道的甜香。

如果没搞错的话，这种甜香像是从叶辞身上散发出来的。不知道这股气息是否与精神安抚治疗有关，霍听澜能确定的只有这种味道让他身心舒适，有种做按摩一样的惬意感。

霍听澜深深吸了口气，用额头无声地抵住门。不知是不是发病时五感超敏反应带来的后遗症，他的听觉也较常人更灵敏些，这不是什么好事情，听觉过度敏锐使他更容易在睡眠中惊醒。而此时此刻，叶辞在卧室里制造出的细微响动他听得一清二楚，即便他并没有偷听的打算，只是对那种气味感到好奇罢了。

房间里，叶辞正在到处溜达，怀着寄人篱下的心态，脚步放得很轻，小猫儿似的，好奇地走走停停。

陈列柜里的东西他挺眼馋的，但他只是立在那儿，单拿眼睛看，看了好一会儿，过足了眼瘾，就老老实实地回到阅读区的写字桌旁，从书包里掏出参考书，一本本往桌上摞。

接着，房内是叶辞轻轻软软的叹气声，翻动书页的沙沙声，揿动圆珠笔的咔嗒脆响。

叶辞大约是换了新环境，一时看不进书，书桌前的动静没一会儿就停了。再接着，房内传来拉链锯齿滑动与涤纶面料摩擦的细响，可能是叶辞要换件舒服的家居服。

霍听澜闭了闭眼，从那种能安抚紧张神经的香子兰气息中脱离出来。

他不该再守在这儿了，这似乎不太合适。

这时，叶辞的衣服换到一半，蓦地停了。又是一阵小猫儿般轻的脚步声，越来越近。

霍听澜屏息，正欲退开，门后却忽然传来"咔咔"两声脆响。反锁，扣防盗扣，叶辞一气呵成。

霍听澜微怔，随即一哂。

这是……怕谁冲进去吗？

叶辞给他的感觉是非常的……表里不一。

当然，这评价中不含贬义。只是说叶辞用来伪装自己的外壳和内里的真实性格似乎完全是两码事。

|05|

翌日，叶辞难得起来晚了。

眼见快到出门时间了，叶辞的卧房却半点儿动静都没有，管家何叔只好亲自过去敲门把人叫醒。

早餐已经准备好，叶辞匆忙洗漱换衣，蔫蔫地坐到桌前，揉了揉眼睛。

昨晚他休息得不好，睡眠又浅。长年累月缺乏安全感的生活使他需要比普通人更长的时间去熟悉新环境，入睡后神经也紧绷着，换了地方的第一晚铁定是睡不好的。

餐桌上已摆好了叶辞的那份早餐。

在此之前，霍听澜对未来同住一屋檐下的叶辞做过一些无伤大雅的调查，对叶辞的喜好了如指掌：饭量比一般男孩子还要大些，偏爱肉食，嗜甜，喜欢热带水果，熟透的热带水果一吃上就刹不住嘴……后厨得了一份详细清单，两名打下手的小工天不亮便起来拆蟹，拆出三小盆新鲜的蟹料，供霍听澜专门挖来的国家一级面点师蒸出两屉小笼包，蟹粉蟹黄蟹盖三种馅料，各有各的鲜香。

何叔原本存着邀功的心思，却没料到叶辞对小笼包兴致不高，克制地敛着眸，只去舀鱼片粥。

舀了一碗，他埋头喝粥，又夹了几筷子小菜。

"叶少不喜欢吃蟹？"何叔忐忑询问。

霍听澜给后厨列的清单上可不是这么说的。

"……还行。"叶辞含糊道。

何叔在霍家伺候了大半辈子，心明眼亮，看得出这位叶少在家主心中的地位不一般——如果确实能缓解家主的病痛的话，那确实是相当不一般。因此他丝毫不敢怠慢，斟酌着劝道："这都是霍先生吩咐厨房专门给您做的，就想着您能喜欢……"

叶辞轻轻"嗯"了一声，仍是喝粥吃菜。

何叔正为难着，只见霍听澜走进了餐室。

他应该是刚冲过凉，额发自然垂落，因潮湿而格外乌黑。脸孔英俊夺目，从浴袍袖口延出的手腕凸着勃发的青筋，是晨起健身后的状态。

叶辞埋头吃东西，假装没留意有人来，实际耳朵都快竖起来了，像发现洞口落了只鹰的兔子。

"早。"霍听澜的视线轻轻落在叶辞绷紧的耳朵尖上。

叶辞艰难地咽下一大口粥，故作镇定道："早。"

霍听澜看着叶辞紧张得饭都吃不好的模样，一阵于心不忍，正欲回避，叶辞却一推碗，腾地站起来，口齿不清道："我……吃完了。"

急归急，到底舍不得浪费食物，他把自己汤匙沾过的那碗粥喝光了，最后几口喝得狼吞虎咽，脸颊微鼓着。

"这就吃完了……"霍听澜顿住步子，扫过那两屉一筷子都没动的小笼包，微微一怔，心里有了猜测，面上却不显，只轻描淡写道，"这么挑食怎么行？"

"要……"叶辞匆匆抓起书包，"要迟到了。"

他过惯了穷日子，从小物质匮乏，母亲的巨额医药费又沉甸甸地压在心头，前路未卜，偶尔见到这样昂贵精致的食物，反而不敢动。

他怕记住了好东西的味道，以后会常惦记。

欲念多了，人就没那么刚强了。

"不用那么急，让司机开快一点，"霍听澜看着他，心软得不行，"带些牛奶水果路上吃……"

一旁的何叔追上去，将事先备好的瓶装牛奶和密封盒塞给叶辞，盒中是切好的水果，去核去皮切成小块，叶辞头昏脑涨地接过，拔腿就溜。他若不是碍于礼貌，恐怕得跑出百米冲刺的效果。

霍听澜哭笑不得，长长叹了口气。这位小朋友的戒心，未免也太强了。但那双不住朝他偷瞟的，青白分明的眼睛，倒还算是鲜活灵动。瞳仁怯怯的，但也亮亮的，里面燃着两簇细弱但顽强的火光……

另一边，叶辞上了车，坐在后排好不容易喘匀了气。隐隐约约的，那股侵略性极强的龙舌兰香仍缭绕在鼻端。

他把车窗降下一条缝，低头看了看那个不知何时接到手上的密封盒。他早晨没吃饱，腹中仍半空着，犹豫了下，他打开盖子看了眼里面的水果。

奶白的块状果肉，他没见过，闻着有点像菠萝。

是菠萝释迦，一种热带水果，叶辞没见过，他疑惑地又起一块，左右转了转……这是什么东西？

十分钟后，车子缓缓停在学校大门斜对面，司机绕到后排开门："叶少，到了。"

车后排，叶辞朝司机瞥了一眼，如梦初醒般恍然。

随即，他揩去唇角菠萝释迦的奶白果汁，心虚似的，匆匆把一个空盒塞进书包。

香子兰甜如奶油的味道蓦地弥散开，
精神的抚慰如温泉水，
熨贴地包裹住每一条狂躁暴虐的神经
与疼痛抽搐的血管。

ZHIBING
治病

| 01 |

摸清了霍听澜的起居规律后，为了避免与霍听澜进行非必要的接触，叶辞不敢再晚起。

霍听澜身居高位却极度自律，若非晚归，起得居然和叶辞这个高中生差不多早。

为了和霍听澜错开时间，叶辞索性将早睡早起贯彻到底，天蒙蒙亮就起床，匆匆扒拉完早饭就去上学。晚上，私立高中放学早，他主动上完两堂晚自习就去赛车场跑比赛，手感好就多跑几场，状态差就窝在休息室啃书。

欠楚文林的医药费数额巨大，一两年都还不上，他反倒不急了，但手里多攒些现钱能让他在充满不确定性的处境中添几分底气，不至于任人搓圆捏扁。虽说与霍听澜缔结协议后，按照协议他可以获取一笔可观的治疗报酬，但叶辞对有楚文林参与的这份协议相当抵触，对由此获得的报酬也不情愿去碰。

眼见叶辞成天不着家，而且明显是为了躲他，霍听澜倒也不急，只吩咐厨房重新定制食谱，刨去过于奢侈精致的菜式，以营养可口的家常菜为主，并让何叔每天盯着叶辞吃饭与上放学。

一个十八岁的高中生，冷不丁住进一位年长的陌生人家中给人当"药罐子"，又无家族庇护……这样的表现再正常不过。

就像只流浪的猫崽，吃过太多苦头，变得孤僻戒备，一见人走近就会挥着小爪子虚张声势，又凶又胆小。

想要和叶辞培养出和谐融洽的关系，他必须耐下性子，给叶辞足够的空间，让他慢慢适应。同时，虽然给出了足够的空间，但霍听澜也让管家何叔暗中看着点叶辞，这孩子刚搬进来，情绪不太稳定，和楚家的关系也不好，霍听澜对他不太放心。

周日，某家高级疗养院。

叶辞浑身不自在地从楚文林的车上走下来，被管家张叔引着，去见楚老爷子。

对这个凭空冒出来的孙子，楚老爷子的态度一直不甚明朗。

楚老爷子儿女成群，对生性油滑、唯利是图的小儿子楚文林素来谈不上有多喜欢，遑论是因这么一摊子烂事儿弄出来的楚文林的私生子……他对叶辞天然就生不出太多好感。

因此，老爷子不发话，楚文林也不敢主动把这工具人私生子带到老爷子面前去，只求老爷子能按人头给叶辞分一份遗产就好。虽说他这所谓的"私生子"出生得比"嫡子"还早好些年，叶红君怀叶辞时，楚文林甚至还不认识他目前的夫人阮嘉仪。

前些天楚老爷子突发脑出血，半夜送去抢救，人救回来了，恢复得也还不坏。不知是否是在鬼门关走过一圈，受了刺激的缘故，楚老爷子忽然传话过来，说想见见这个孙子。

楚老爷子住的疗养病房是一栋单独的花园小楼，护理人员与私人医生专为他一人服务，小楼的每个出入口都有保镖把守，夸张得像是在演电影。

叶辞被张叔送进病房，抬眸，半躺在护理床上的老人亦板着脸望过来，神情矍铄，眸光如鹰，不像个大病初愈的虚弱老人。

"坐。"楚柏怀沉声道，锐利的视线在叶辞身上扫来扫去，似乎是想扫描这小辈身上有没有楚文林油滑市侩的影子。

前阵子他听说楚文林从贫民窟认回一个私生子，他当时不以为然，却也懒得插手。他亲缘淡薄，子女虽多，却一个赛一个心术不正，心思尽放在争家产上，家里成日闹得鸡飞狗跳乌烟瘴气。他自觉多过问一句便要多折一年的寿，因此便养成了睁一只眼闭一只眼的习惯，由他们胡闹。

叶辞在床边的圆凳上坐下。

他离得近了，楚柏怀又检视他的穿着打扮。五成新的地摊货黑色卫衣，洗得泛白的牛仔裤，刷了又刷的旧球鞋。旁的，什么都没有，素净得近乎单调了。

楚柏怀看惯了楚家其他孙辈奢侈品和潮牌堆满身的样子，冷不丁见到个画风不同的，就忍不住多看了几眼。

叶辞却被这样的目光打量得不太舒服，皱了皱眉。

自从被认回楚家，来自所谓"上流社会"的、审视中隐含轻蔑的目光就一直没断过。

空气有那么几秒钟的凝滞。

一老一小，脸都挺臭。

叶辞来探望楚老爷子纯粹是被迫的，只打算走个程序，甚至连告状卖惨的念头都没有。

如果楚老爷子和楚文林是一路货，那告状没用。

如果不是一路货，楚文林那种阳奉阴违的小人，前一秒假惺惺地改过自新，后一秒就能琢磨出一百个法子坑他，没意义。

叶红君现在靠楚文林聘用的医疗团队治病，其中变数太多，他真把楚文林逼到狗急跳墙，叶红君就危险了。等叶红君把身体养好，他攒够后续的护理费和生活费，带叶红君离开这里，和楚文林断得干干净净，这才是正事。

楚柏怀拧着眉头，一开口，中气十足："你父亲连件像点样子的衣服都不给你买吗？"

"买了，"叶辞机器人般一板一眼地对答，"不想穿。"

楚柏怀沉默。过了一会儿，老头儿打算再次打开话题，缓慢而严厉地问道："最近在读什么书？"

叶辞回忆了一番，实事求是："教科书。"

楚柏怀：……这孙子是个"学渣"的事楚柏怀倒是也有所耳闻。

楚柏怀略一思忖，转换思维，与孙子拉家常："叶辞……名字还不错，是谁起的？"

"我妈。"提起叶红君给自己起名的典故，叶辞难得多说了一句，"翻《辞海》……起的。"

叶红君挑来挑去，许是选择困难症发作，看哪个字都不满意，最后倒是看封面上的"辞"字挺顺眼，所以就叫叶辞了。

楚柏怀：……

气氛再次沉凝。

叶辞并不是存心气老头儿，主要是他的社交属性天赋点全点在"把天聊死"上了，本来就社交障碍，连话都说不利索，说两句让病中的长辈听了宽心的话，对他而言纯属知识盲区。

楚柏怀：……

他冷漠地打开了电视。

平日那些觊觎财产的小辈来探望他，那嘴巴一个赛一个的甜，都想方设法哄他开心，而他楚老爷子，则负责威严地把天聊死。可现在，这"天"竟被叶辞抢先聊死了！

祖孙二人，就仿佛一对无情的杀手。

就在病房中的气氛僵硬濒临顶峰时，护工进来送饭了。

两人份的餐点，十来只素净小巧的碗盘，容量都不大，摆盘精细。

碗碟的摆放也有讲究，楚柏怀面前尽是些清淡素菜，唯一一道稍沾荤腥的就是开水白菜。鲜嫩的白菜心，小小一颗，被熬制近十小时的高汤浇成开花状。

叶辞面前则尽是荤菜，量大种类也多，焖煎雪花牛肉、龙虾球、糖醋排骨……叶辞平日三餐几乎都不在楚宅吃，负责给楚老爷子送饭的人摸不准叶辞的口味，如今叶辞和霍家攀上关系了，也不敢得罪他，便吩咐厨房多做了几样。

"少爷，"护工转向叶辞，轻声细语道，"老先生对荤菜忌口，麻烦您留心照看一下。"

叶辞浅浅点了下头："嗯。"

护工布完菜，气氛总算活跃了些许，祖孙俩闷不作声，埋头吃饭。

吃着吃着，一双筷子突然探到叶辞的地盘，捞走了一块糖醋排骨。

叶辞抬眸，平静道："她不让。""她"指的也就是刚才的护工。

楚柏怀老眼精光一闪，筷子在桌上重重一拍，质问道："我还叫你学习功课、勤勉读书呢，你肯听吗？"

叶辞默然片刻："不。"

"哼，管不住自己，还想管别人？"楚柏怀浑身是理，虎着脸抄起筷子，又夹走一块糖醋排骨。

住进疗养院前，楚柏怀的饮食便处处被管家与夫人限制，入院后，更是喝口高汤就算过年，要不是有人来陪吃，病房里是半条肉丝儿都看不见的。

叶辞思索片刻，不废话，夹起一块软烂的排骨一口啃掉肉，嚼也不嚼，又抢一块快快啃完……转眼就是三块排骨进嘴，腮帮子撑得鼓鼓的。

楚柏怀吹胡子瞪眼："嘿，你这孩子！"

叶辞艰难地兜住嘴里的排骨，含糊道："没管您。"

至少叶辞语言上没管，只是从行动上尽量达成目标罢了。

老爷子抢肉心切，风度尽失，端起小盘，将余下的三块排骨全拨进自己饭碗。见叶辞盯着他的饭碗，楚柏怀急得恨不得朝碗里"呸"一口。

一老一小静静盯着对方看。

几秒钟的寂静后，病房中本该更加剑拔弩张的气氛不知怎么，竟忽地松弛下来，楚柏怀的黑脸上难得浮起丝丝笑意。

"……咳。"楚柏怀一边伸筷子去扎龙虾球，一边若无其事地吩咐道，"下周日也过来，陪我吃饭。"

"哦。"叶辞用一根筷子扎起四颗龙虾球，随即开始享受龙虾球串。

"也不说给我留一颗？！"楚柏怀咬牙拍桌，"嘿这臭小子！"

此时此刻的病房门外，霍听澜立在门口，从门板上方的小窗中露出半张英俊的脸，饶有兴味地朝内窥探。由于角度问题，病房里的祖孙二人都没发现他。

"霍先生……"楚家负责照顾老爷子的人从走廊另一边远远看见他，恭恭敬敬地走来问好。

"嘘。"霍听澜竖起食指示意对方噤声，勾唇笑笑，"别告诉他们我来过。"

何叔消息灵通，知道叶辞被楚家人带走了，马上就来通知霍听澜。

霍听澜担心叶辞在楚家吃亏，就悄悄跟了来，没想到叶辞与楚老爷子相处得勉强还算融洽。

自己白担心了。

｜02｜

天成高级中学，早晨六点五十五分，预备铃打响，全体师生需要在五分钟内下楼集合开早会。

叶辞趴在桌上睡觉，对铃声充耳不闻，瘦削的白腕子自袖口伸出一截，吊在桌沿外。他单是这么埋头睡觉，都能从那清冷的脊背线条中透出一股孤僻加自闭的劲儿来。

早会要求统一穿春季校服，可是今年气候反常，开春之后白天气温高得离谱，挺多学生嫌春秋校服热，都穿夏季的半袖，这会儿才纷纷从桌膛或书包里翻出校服外套应付差事。教室中涌起阵阵响动，唯独坐在叶辞左右两边的男生穿得小心翼翼，连伸袖子都怕吵醒旁边那尊煞神。

"我完了，"叶辞前座的女生陈亦琪翻箱倒柜找了一圈，直起身，捉住同桌女生的手臂猛晃，"我忘带校服了！"

同桌一脸同情："啊？前天老严特意强调来着，早会再不穿校服绕操场跑五圈。"

陈亦琪捂着肚子瘫在桌上，小声哀叫："我这几天不能跑步，怎么办啊……"

"不然跟谁借一下，"同桌四下环视，"万一有带两套的。"

"算了……"陈亦琪正唉声叹气，余光视野中忽然多了个什么。

她扭头，看见过道里一只瘦长的手拎着一件校服外套。外套洗得很干净，散发着素净的皂香。

"借你。"叶辞口吻淡漠，甚至没坐起来，左手拿校服，右手当枕头，恹恹地趴着。

叶辞转校过来不久，摸底考和领成绩那两天在学校露过面，临开学这几天班上的女生聊起他就激动得互掐胳膊。奈何叶辞气场太强，一张好看的棺材脸写满了"生人勿近"，这两天有几个大胆的女生冲着叶辞的颜值鼓起勇气和他搭讪，却统统被他"嗯""喔""好"的单字式交流搪塞了回来，实在难以接近。

所以当叶辞清亮冷淡的声音传来时，陈亦琪先是一愣，接着面颊唰地红透了。

叶辞的校服啊！

陈亦琪有心接过校服，又不大好意思，鼓起勇气提醒道："教、教导主任前两天说，早会不穿校服要绕操场跑五圈。"

叶辞："我不去。"他不去早会，从根源上解决问题。

"那……那谢谢你了。"陈亦琪见他满不在乎，面红耳赤地接过校服，语速飞快道，"中午请你喝奶茶啊。"

"不喝。"叶辞摆摆手，埋头又睡了过去。

昨晚赛车场挺热闹，愿意跟他比赛的车手不少，他咬牙跟人飙到很晚，回到霍宅后又有老板找他陪玩冲"传说"段位，他做游戏代练做到凌晨四点，钱是没少赚，但一宿也就睡了两小时不到，有种马上就要猝死的感觉，目前急需补觉。

走廊挨挨挤挤，学生们朝操场涌去。

陈亦琪披着叶辞的校服，实在按捺不住亢奋，在高二（七）班的同学群里发出一串尖叫。

是琪琪呀：啊啊啊啊啊！

不瘦十斤誓不改名：她疯了，她被撩疯了。

李可以：我看见了啊啊啊叶辞我也可以的！

数学真的好难：真的，我也可以，他太帅了。

群里连带着冒出好几条消息，都来自爱冒粉红泡泡的小姑娘。这群里没加老师，也没加新转学过来的叶辞——班长秦正之前试过拉叶辞进群，却被他无情地点了拒绝，所以同学们更加放纵到飞起。

oierhgk：我刚才吓了一跳，还以为他要干什么呢，差点儿没抄凳子。

G：飞哥敢跟他抄凳子？那脸一天天板得像面棺材板似的。

oierhgk：谁不说是的呢，太瘆人了，我跟他之间就隔一个张煜，我感觉我这学期上完肯定得神经衰弱。

小张小张不敢声张：……你好歹隔个我。

小张小张不敢声张：我天天坐他旁边，现在连擤鼻涕都不敢使劲儿，你说班里谁最惨？

三十分钟后，冗长的早会宣告结束，头顶锃亮的教导主任严志行气势汹汹地杀到高二（七）班逮人。

全校就无故缺席了这么一个，太嚣张了！

早自习，严志行步上讲台，中气十足地一声吼："你们班刚才除了请病假的，谁没去上早会？！"这是问句，他的视线却死死扎在最后一排趴着睡觉的叶辞身上。

叶辞的同桌张煜咽了咽唾沫，瑟瑟发抖地示警："那个……咳咳，咳！"

"叶辞！"严志行把黑板擦当惊堂木拍，"起立！"

叶辞醒来，迷迷糊糊地起身，眼睛却还要睁不睁的。

严志行怒吼："为什么不去上早会？！"

叶辞实话实说："太困了。"

严志行又一拍惊堂木，气得差点儿吼出一声"哒"来。

"困是理由吗？困能当借口吗？"严志行张嘴就是这几句，骂得唾沫横飞，扬手一指，"走廊站着去！这一上午课你别上了，反正你困！"

叶辞略一犹豫："能……跑圈吗？"

他记得这位教导主任很热衷于罚学生去操场跑圈。

严志行一怔："……你想跑圈？"

"嗯。"

严志行一眯眼，眼里闪过一抹寒光："跑完圈你好回来睡觉？"

同学们窃笑。

叶辞耷拉着脑袋，没吭声，但意思不言而喻。

同学们憋笑憋出内伤。

"出去站着去！"严志行猛摔惊堂木，"还回来睡觉，美得你！你当学校是宾馆呢！"

叶辞也不多话，朝走廊走去。

在走廊规规矩矩地站了一会儿，叶辞看严志行走远了，也不见其他老师，加上自己确实困得不行，遂反手一撑坐上窗台，抱手倚墙，闭眼睡觉。

整整一上午，他就这么坐在走廊窗台上靠墙睡了过去，期间摔下来两次，但好在是上课时间，没有人看见。

他睡觉蹬腿儿，踹翻一位路过阳台的男同学，问题少年之名坐实。

感觉脚踹上了什么东西，叶辞醒神，看见地上四仰八叉的男生，一阵愕然："……抱歉，我……"睡觉不老实。

可还没等他说完后半句，男同学已哆哆嗦嗦地爬了起来："没、没事！"

"你可以……"叶辞跳下阳台，朝男生逼近两步，真心实意道，"踹回来。"

"不用不用！"男生点头哈腰，屁股朝后碎步撤离，像跪安的公公。

叶辞：……

群里又沸腾了。

oierhgk：号外号外！二班学委路过叶辞的时候因为走路姿势不好看被叶辞踹倒了！

小张小张不敢声张：我要疯了，我想换座！！！

李可以：来啊换啊，辞哥踹我我也可以。

G：李可你可穿件衣服吧。

小张小张不敢声张：都别废话了，你们快看看我坐姿好看吗？

高中生除了做题就是上课，娱乐活动较为缺乏，一下课人均闲出屁，高二新来的那个凶巴巴的转校生踹人的谣言以光速传遍全校。

叶辞浑浑噩噩地睡了一上午，彻底清醒时，迎来的已是一个人均站如松坐如钟的魔幻新世界。

叶辞揉揉眼睛：……

都、都怎么了这是？！

稍微适应了一下这个挺拔的世界之后，叶辞晃去学校对面吃饭，见饭馆墙边摆了一个简陋的摊位，一个老得像截树杈的瘦老头儿正笑呵呵地兜售绿植，十元三盆任挑。

叶辞丢下十块钱，拣了两盆小的。

仙人球，连球带盆都没他巴掌大，但生机勃勃，看了让人心情很好。

"再挑一盆，挑盆大的！"老头儿颤巍巍地招呼。

叶辞淡淡道："放不下。"说完，也没拿找零，扭头就走了。

下午第一节是语文，任课老师姓何，为人随性，讲课全程机械自动化念书，任由讲台下人头攒动，他亦无波无澜，无悲无喜。

叶辞踩着上课铃回到座位，往张煜桌上放了一盆仙人球："送你。"

张煜坐姿笔挺："谢……谢谢辞哥。"

张煜随即双手捧球，毕恭毕敬奉至上位，还企图让仙人球坐北朝南，不承想在这个过程中遭遇了技术问题。

张煜："这……哪面是它的后脑勺？"

叶辞愕然地觑他一眼："不知道。"

叶辞把另一盆仙人球放在自己桌角，拿出手机打游戏。

小张小张不敢声张：叶辞刚才送我一盆仙人球！他为什么突然送我杀伤力这么强的植物？我问他一句，他还瞪了我一眼！

oierhgk：可能是暗杀预告，你老擤鼻涕，耽误人家睡觉了。

是琪琪呀：你们脑洞太大啦，我感觉他人很好，就是话少一点而已，你们猜的都是什么乱七八糟的啊，肯定有误会。

oierhgk：你们女生感应不到，他就是脸长得好看，其实举手投足间都透着一股冰冷的杀气！

G：我作证，真的能感觉到杀气。

oierhgk：煜哥你要不放心就再问问他，把话讲明白。

张煜收起手机，轻声地呼唤："叶辞同学。"

叶辞心不在焉："嗯？"

张煜："这个……仙人球是做什么用的？"

叶辞正在为老板代练竞技场，不能分神，随口敷衍道："防辐射。"

张煜一阵茫然："……哦。"

另一边，叶辞满血格杀对手，竞技场分数直冲上一千六。

叶辞缓缓吐气，抬手在桌角的"待办事项"上划去一道。

张煜好奇不已，一边假装听课，一边斜眼朝那单子上瞄——

1. 巅峰战场竞技场分数冲一千六。

2. 梦想家园砍树、给花浇水、翻地、播种。

3. 三国英雄志赵云升级到五星。

……

张煜一阵默然，叶辞同学打个游戏怎么像上班似的。

半节课时间过去，叶辞放下手机，转转头、伸展背部肌肉，仿佛在办公室做白领伸展操。搭配桌角的防辐射仙人掌，整个人越发像个打工人。

休息两分钟，他再次拿起手机给老板代练。

代练这工作乍听起来没什么出息，其实却未必。不同代练的技术水平不同，收费亦是天壤之别。那些只能帮老板做各类枯燥日常的代练充其量只算是"电子搬砖工"，而叶辞这种操作风骚能冲区服排名的高手接一份大单就能赚来普通上班族一个月的工资。

正因如此，叶辞不打算按部就班地读书找工作。高中加大学，好好念下来他还要花六年的时间，且不论他之前辍学打工的一年有多难弥补，就算他真的能从像样儿的大学毕业，顺利找到一份工作，一个月的工资也说不定没有他接一份代练大单赚得多……想攒够叶红君往后需要的药钱和生活费，带她远走高飞摆脱楚家，不知要等到何年何月。

只不过那种代练大单不是天天都有，叶辞缺钱缺得厉害，不挑活儿，见单就接。

讲台上，何老师仍然在机械地念诵课文。他念课文的声音传到叶辞耳朵里，差不多是这样的："……南无阿弥陀佛，南无阿弥陀佛……"

叶辞哈欠连连，五分钟后直接被何老师念得躺下了。

| 03 |

自从霍听澜的三十岁生日过了，林瑶便像按下了什么开关，又像是忽然惊醒，发现儿子也算老大不小了，遂一扫日常的端庄优雅，隔三岔五就要打电话过来和霍听澜"谈心"。

这天晚上，霍听澜独自在书房处理公务，一边翻阅文件，一边闲出半个耳朵听林瑶温温柔柔地念他。

"你都已经三十岁啦……

"霍家需要一位正统的继承人，你这个年纪，该考虑孩子的问题了……

"只要人够优秀就足够了，我和你父亲也不是什么老古板，非得讲究什么门当户对的，就算是普通人家也没什么关系……

"怎么也该找个人试试交往一下，叫你相亲你也从来不肯去，看都不看一眼，就知道合不来了？你该不会是什么'独身主义者'吧……"

霍听澜只是听着，唇角噙着笑，时不时温和且敷衍地"嗯"一声。

好不容易应付完林瑶，时间已过了九点半，霍听澜疲惫地揉了揉眉心。头部有隐隐约约的痛感传来，挂了电话也没见好。

原来不是错觉。霍听澜自嘲地笑笑，他还以为是被林瑶念得头痛了呢，原来不是。

他也不知道叶辞什么时候才能不那么怕他。

他自己的身体自己最清楚，头部的隐隐作痛说明他就快发病了，大约就是这几天，他都没想好该怎么委婉地提出治疗要求才能不吓到叶辞。

他正琢磨着，书房门被敲响了。

"请进。"霍听澜抬眸。

"先生，"何叔推开门，模样有些焦急，一手举着手机，声音低促，"派出所来电话，说叶少在赛车场把几个人打了，现在被扣在所里问话，您看是不是派个人去把叶少领出来……"

霍听澜一怔，道了句"我去看看"，起身抓起外套疾步向外走。

他大概猜到了叶辞能打，之前做的调查表明叶辞一直在赛车场玩摩托车，而且成绩相当不错，这种竞速运动对肌肉操控精度、爆发力与神经反射速度都要求很高。

不过霍听澜仅仅是理论层面的"知道"。

实际上他当然没见过叶辞打架，看叶辞那副虽然明显是装给外人看的清冷淡漠、好像对什么都无所谓的样子，不太像是会朝人抡拳头的人。结果这才半个月不到，叶辞就打人打得进派出所了。

七点半，放学铃打响。

天成私立高中崇尚自由独立的学习氛围，晚自习不强制，学生早已散了一半。

教室最后一排，叶辞单手撑着额头，别扭地微侧上身，用胳膊挡住同桌张煜频频瞟向他的目光。

上午第四节课发的物理卷子，说是基础巩固，他同桌成绩在班里位列中游，却用午休时间玩儿似的把卷子填完了，更不用提那些优等生，他们可能都不屑做这么简单的题目。

叶辞攥了攥汗湿的笔杆，又跳过一道题。

卷子上大面积的空白使他的头皮发麻——如果这是高考，他已经落榜了。

辍学前叶辞在一所普通高中念书，背着瘸腿的英语还能排年级前几，物理曾是他最拿手的科目。

然而，他之前就读的普通高中与这所私立学校的教学水准天差地别，他之前休学太久，知识点空缺太多，找老师问问题都不知从何问起，一位科任老师要负责两三个班的学生，哪有时间挨道题陪他磨，他只能自己云里雾里地啃书，收效不佳。至于他之前就瘸腿的英语，在人均掌握两门外语的私立学校中更是被打击得连渣都不剩。

叶辞觉得自己连"学渣"都够不上，他现在就是一撮"学沙"，风一吹就散了。

"叶辞同学，麻烦让一下，我要出去。"同桌起身要往外走。

叶辞转学过来一个多月，和同学几乎没交集。能在这里念书的孩子大抵非富即贵，彼此心里跟明镜儿似的，知道 B 城没有姓叶的大户，便不主动找叶辞交际——也不是瞧不起，只是没必要。

加上叶辞性子孤僻，冲着外表向他示好的几个女同学都碰了软钉子，同学们知道他不好相处，更别提还有不少同学觉得他冷着脸的样子很是吓人，不敢招惹，于是就更少有人和他说话了。他连上体育课都是独自找个地方待着。

叶辞额头又热又潮，可能是急的，额角都被手掌撑出红印了，幸好有头发遮着。叶辞随手将笔甩进桌膛，闲闲地折起卷子，拎起书包往外走，好像他压根儿没打算写题，在晚自习磨时间只是为了向家长交差。

越可怜，他就越怕人可怜他。

他倒宁可别人都怕他，总好过怜悯他。

做不出卷子，叶辞情绪焦躁，结果屋漏偏逢连夜雨，在赛车场碰上了一群令他焦躁加倍的玩意儿。

大约是半个月前，他在赛车场揍了一个使阴招想害他摔车的"黄毛"，分寸拿捏得准，事也没做绝，该他拿的三千块奖金他没动，毕竟打了人，就当医药费。按他以前混迹街头的经验这叫各退一步，但凡要点脸的就不会再纠缠。

问题就在于那"黄毛"不要脸。

"黄毛"销声匿迹半个月把伤养好了，领着几个混混，企图来找回场子。叶辞对他那头色泽廉价的黄毛有印象，一眼就认出来了。

"黄毛"手里拎着钢管，满嘴的粗俗叫骂隔着两条街都能听见。

当时叶辞刚跟人飚完一圈，身子热，运动外套敞着，露出里面蓝白色的校服衬衫，干净青涩。

飚车让他的情绪舒缓了一些，胸腔中郁结的块垒被高速驰骋时刮过身体的劲风吹散了不少，可惜这好心情并没有持续多久。

他跨坐在重机车上，静静望向远处涌来的那帮人。

人多，但弱得肉眼可见。

不是"黄毛"那样的瘦猴儿就是虚壮的胖子，一身啤酒烧烤堆积出的板油，中看不中用。

他把头朝侧歪，薄眼皮垂着，瓷画般秀丽的眉眼隐在稍稍湿润的额发后，只显得痞。

打架，气势足的先赢一半。

"就那小崽子！""黄毛"走近了，往赛道上啐了口痰，朝叶辞一指，接下来的污言秽语都脏得不能听了。

叶辞不慌不忙地朝监控摄像头斜一眼，他挽起校服袖子，没什么表情，也不放狠话，只言简意赅道："来。"

几人骂骂咧咧地拥上去，打头的在叶辞肩膀上一搡。

叶辞故意在监控范围内让他重重搡了一把，随即侧步躲开，五指扣住那人腕关节，使巧劲儿一拧。那人疼得一激灵，手里握的钢管落地，叶辞一脚踩得它弹起，反手捞住。

一套动作下来不过两三秒的工夫，另外几人都没回过味儿。

叶辞掂了掂钢管，重量长度都称手，便朝那掉钢管的混混略一点头，道："谢谢。"

谢那人贴心，来挑事儿还给他准备武器。

他说话不利索，也反感动辄羞辱对手的挑衅方式，遂练就了用最少的字表达嘲讽的技能。

"黄毛"愣了一下才反应过来，脸都气得变了形，手一挥，率着几个混混一起扑了上去。

派出所看守室里，叶辞搭床沿坐着，左手卷着一本英语书，静静地背单词。

这里他不算常客，但也绝不陌生，因此待得从容镇定，该干什么干什么。

今晚来找事的那帮混混抄了家伙，气焰嚣张引人注目，还没开打就有人报警，叶辞斟酌着挨个揍了一顿之后警车就到了。警察查完证件见他还在上学，表示要通知家里和学校，叶辞实在不愿和楚文林碰面，就纠结着报了何叔的电话。

报完电话没过一会儿，看守室的门就被人推开了，叶辞以为是何叔，没什么防备地抬眼望去，却被门口霍听澜高大挺拔的身影惊了一跳。

霍听澜小臂上搭了件外套，西装马甲与黑衬衫箍着轮廓饱满的胸肌与一截劲瘦的腰，衬衫领口敞着，头发也没打理，英俊的脸上透着股高深莫测的神气，有点儿像在笑，唇角却没弧度。

他先把叶辞从头到脚检查一番，见叶辞确实没受伤，连校服都是整洁的，这才开口道："可以回家了。"

叶辞收起英语书，和霍听澜拉开距离，慢吞吞地走出小屋。走廊上站着辅警和一个西装革履模样精明的男人，看着像律师，霍听澜朝他点点头，他便与负责看守的辅警先一步下楼了。

"晚上吃饭了吗？"霍听澜平静地问。

"没。"叶辞顿了顿，怕被人关心似的，飞快补充道，"我不饿。"

"不饿也不能一直空着肚子，回去简单吃一点。"霍听澜温声道。

叶辞心不在焉，没接这茬儿，片刻安静后，他攥了攥手，硬起头皮问："您赔……赔了多少……医药费？我还您。"

根据叶辞的经验，打架斗殴能这么痛快地放出来，肯定是接受调解给人赔了钱。那些钱对霍听澜来说不值一提，但他的责任他得自己担。

"不用赔。"走廊无人，霍听澜刹住步子，回身看过去。

叶辞的个子仅比他矮半头，在这个年纪的男孩子中算是很高的，可身板清瘦，隐在宽松的运动服里，更显得小，攥着书包带的手指葱白般秀气，没想到揍起人来又稳又狠。

"为……为什么……不用赔？"叶辞追问。

"根据监控和验伤报告推定，你属于正当防卫。"霍听澜补全说明，"倒是他们持械斗殴与寻衅滋事的问题比较严重。"

寻衅滋事这样的罪名，足够那群人消受一阵子了。

叶辞不再吭声，但紧绷的肩倏地松弛下来。

"一打五。"霍听澜回想从赛车场调取到的监控画面，笑意终于蕴不住，浅浅蔓延到唇角，他把控着语气，不显轻浮地打趣道，"身手不错。"

叶辞飞快觑他一眼，又垂下眼帘。到底是十几岁的男孩子，这句"身手不错"让他很受用，但他飞快压下了那个得意又羞怯的微笑，挺无所谓地"嗯"了一声。

霍听澜将叶辞一闪而过的微表情看得分明，心念一动。叶辞平时装得冷冰冰的，偶尔流露出孩子气时，就显得十分可爱。

骨子里的某些恶趣味隐隐涌现，在心尖搔来搔去，霍听澜忍了忍，没由着性子打趣叶辞，只温声道："走吧。"

两人离开警局，霍听澜离家时走得急，没单独派车，知道叶辞有比较严重的社交障碍，与人的接触越少越好，便绅士地绕到前面坐副驾。

二十分钟后，车子驶回霍宅，叶辞下了车，努力掩饰着不大自然的步态，进门坐到玄关换鞋凳上，结果刚把球鞋脱下来就被霍听澜叫住了。

"脚怎么了？"霍听澜立在门边，皱眉指了指他的脚。

叶辞拽起宽松的校服裤腿低头看去。

他是觉得右脚腕疼，之前混战时他有一脚不慎踢中了钢管，当时就疼得他脑袋嗡的一声，在警局时他自己检查过，见只是瘀青了一片就没当回事，没想到这会儿已经肿得像个馒头了，看着确实吓人。

"……没事。"叶辞态度敷衍，放下裤腿就要走。

在他看来没断就是没事，这种程度冰敷一下就得了，贫民窟里摔打着长大的孩子，没那么娇气。

"别动。"霍听澜直接在他面前蹲下，单膝触地，沉声道，"我看看。"

命令的口吻，气势太足，叶辞一怔，竟忘了拒绝。

霍听澜左手虚拢着叶辞红肿的脚踝，右手将裤腿往上扯了扯。没有实质碰触，可掌心的热意仍隔着那点儿单薄的距离烘烤着因肿胀而格外敏感的脚踝。

叶辞紧攥着书包带，僵硬地伸着脚。

少年的脚，与成熟男性的不同，足弓纤秀，脚型瘦长，棉袜半旧，却漂洗得洁白，从同样干净的球鞋里拿出来，没有不好的味道，脚趾因紧张而不由自主地微翘着。

"肿得这么厉害，不能排除骨折。"检查过程其实也就那么两三秒，甚至还要短，霍听澜蹙眉道，"我带你去医院拍个片子。"

"没骨折……我……我有数。"叶辞对一切与人类的肢体接触都避如蛇蝎，霍听澜知道这一点，刻意没去碰到他，但这样的距离也令叶辞十分不适，他猛地缩回脚，趿拉上拖鞋就要走。

"先别踩地。"霍听澜下意识地握过去。

平平常常的一握，叶辞却像是被烧红的火钳狠狠烫了一记，脑内那根自搬进霍宅以来日夜紧绷的弦"叮"的一声断了。

霍听澜意识到不妥，正欲撒手，叶辞却已噌地抽回脚，凶巴巴地吼了句："别碰我！"

随即，炸毛状态的叶辞一瘸一拐地蹿回卧室摔上门，嘭的一声巨响。

霍听澜单膝跪在原地，片刻后缓过神来，心中歉然，又五味杂陈。

好不容易培养出的一点点信任前功尽弃，霍听澜无奈又好笑地揉了揉额角。

无论如何，叶辞的脚伤不能就那么放着。霍听澜扭头，何叔已颇有眼色地站开老远，假模假式地瞎忙活，好似没留意方才霍听澜被叶辞甩脸色的窘况。

霍听澜暗自好笑，吩咐何叔把私人医生叫来给叶辞看看，自己回书房，勉强沉下心，处理之前被打断的工作。

沉浸在工作中时霍听澜效率颇高，剩下的几份合同敲定得很快。合上最后一份文件，霍听澜拿过手机看了看时间，也就过去了不到一个小时。

估计叶辞多少冷静下来些了，霍听澜拿过手机，想解释一下自己今天的行为并无恶意，点开叶辞的微信一看，空空如也的聊天界面上方竟显示着"对方正在输入"。

霍听澜好奇叶辞会说些什么，静静等着，可三分钟过去了，界面上方仍是"对方正在输入"。

霍听澜莞尔，信手将应用切换到相册，那里有几段从赛车场调出来的监控录像，是他在派出所随手存的。

其中时间最早的那段与本次斗殴无关，监控录像中，叶辞刚和另一位车手结束飙车。他穿着校服跨坐在造型粗犷的重型机车上，掀掉头盔甩了甩雏鸟般蓬乱的黑发，带着一种故作老练的青涩从落败的车手那里接来一沓钞票揣进怀里。

后面几段，则是叶辞一挑五的视频。

霍听澜把那些监控视频反复观赏了几遍，唇角噙着笑。

这小孩儿……太好玩儿了。

当他切回微信界面时，聊天框仍旧空空如也。

界面上方仍是"对方正在输入"。叶辞大约在措辞，停顿，输入，停顿，输入，反反复复。

霍听澜既感到抱歉又有点儿想笑。

就算是篇八百字的作文也该打完了，叶辞这是……在弹劾他？

他想先发一条过去，但又摸不准叶辞此时的状态，怕一言不合惹得小朋友羞愤交加原地爆炸，遂锁了屏，耐住性子等。

那边卧室里，叶辞不知霍听澜已在书房恭候多时，裹着被子团在床上，把对话框里那几个字精雕细琢，脑门儿都见汗了。

他知道今晚是自己反应过激，相当没礼貌，对肢体接触的应激反应消退后他纠结得几乎把自己拧成麻花了。他知道应该和霍听澜道歉，当面他羞于开口，怕三个字结巴出九个字的效果，但打字似乎也没好到哪去，和人交流一向是他的死穴。

叶辞打了一堆字又删了一堆字，磨蹭了好半天，终于闭了闭眼，心力交瘁地按了发送。

叶辞：今天的事对不起，我不是故意冲您吼的。

准备好接受弹劾的霍听澜看着那行字，先是一怔，随即微微勾了勾唇角，打字回应。

霍听澜：没关系。

霍听澜：是我不小心在先，也要向你说一声抱歉。

霍听澜：脚给医生看过了吗？

叶辞松了口气。

叶辞：看过，处理完了。

霍听澜：好，早点休息。

那边静了下来。

叶辞大约又在疯狂琢磨措辞。

过了一会儿，消息提示音叮的一声响。

叶辞：嗯。

叶辞看起来似乎极其镇静又从容。

不知怎么，霍听澜忽然想起湖面上凫水的鸟，也是这么上半身淡定自若，一双小爪子却在水下拼命扑腾。

他淡淡一笑，放下手机。

也不知道叶辞那双小爪子删删改改没发出来的，都是些什么话。

| 04 |

霍听澜走出健身室时已是午夜，落地窗外仍旧灯光璀璨。

普通人难以想象的高强度训练使那件运动半袖浸饱了汗水，霍听澜索性将它脱下，拧开一瓶冰镇矿泉水一饮而尽。他一仰头，汗水便像溪流般淌过肌肉，顺着深凹的人鱼线滑过。

那种头痛症发作的前期征兆又出现了。

房间中充斥着充满侵略性的味道，那是身体自然散发出的气息，味道复杂，狂暴、炽热、极富攻击性，却又不乏冷冽自持……像龙舌兰草酿成的烈酒。

霍听澜捏扁喝空的矿泉水瓶并将它丢进纸篓，步入浴室，用冷水冲凉。

在十多年前，也就是少年时期，每逢头痛症发作霍听澜都会找个方便发疯的地方将自己锁起来，像头困兽般破坏他能碰到的一切东西。而随着年岁增长，他逐渐摸索出一套与自身和平相处的方式，这几年他用高强度锻炼将这种顽固遗传病带来的生理痛苦融入每一滴汗水中……这套方法还算有效，至少能分散他对痛苦的注意力。

无论如何，这种痛苦的病症只会使他煎熬，却不曾令他绝望或放下自尊，他不会自虐，更不会伤害别人。

真正强悍的人绝不向本能俯首乞怜。

冲完凉，霍听澜披上浴袍，从酒柜中抽出一瓶烈酒。酒液浇融杯中冰块，发出清冷脆响。他仰头喝了一口，这种程度的烈酒对他来说只是有气味的水。

渐渐地，酒瓶喝到见底，霍听澜晃一晃杯中残酒，仰头一饮而尽。他起身，将酒杯与冰桶丢到桌上。

头部的血管仍在一跳一跳地痉挛着，霍听澜划亮手机。

商业相关的群早已屏蔽，这么晚没有工作可做，与他交好的那些公子哥在这个时间大概都处于不方便被打扰的状态，父母也并非深夜谈话的良好人选，流露出脆弱的一面会令他们担忧自责。

霍听澜在朦胧的壁灯光中静静坐了几分钟。

他也是人，偶尔也会有那么一丝清冷孤寂的感觉，虽然这对他来说几乎要成为一个冷知识了。

霍听澜自嘲地一哂，又从手机相册里翻出叶辞打架的那几段监控视频。

看了一会儿，他不知想起什么，忽然低低笑了一声。

派出所事件多少增添了叶辞对霍听澜的信任。

他不傻，也不乏经验，寻常混混寻仇斗殴，进了派出所无非就是赔钱调解，能用寻衅滋事的罪名收拾那帮人，其间必定有霍听澜发挥作用。

可是紧随其后的误会风波使得两人的关系并没出现明显缓和，霍听澜倒是一直表现得温和有风度，要命的是叶辞脸皮薄，包袱又重，即使道过歉，也难免在想起那一幕时尴尬得头皮发麻。

因为这个，他加倍谨慎地和霍听澜错开起居时间，结果这天早晨刚迈进餐厅就惊觉不妙——本该比他晚起半小时的霍听澜正坐在桌边喝咖啡。他不仅起得早，还穿戴齐整，一身挺拓的海军蓝西服，袖口沿出半英寸扎眼的白，手指好整以暇地拨弄着珍珠袖扣，像是有意在这里堵他。

叶辞一怔，蹑手蹑脚地退开一步，想溜。

"早。"霍听澜抬眸，视线直直射向他，"吃完早饭再走。"

"……早。"叶辞顿住步子，硬着头皮道，"我知道。"

他挪到霍听澜的对角线处坐下，隐约察觉到了什么，像只企图捕捉猎食者动向的小动物般微微翕动着鼻翼。

霍听澜今天……不太对劲。

具体哪里不对劲叶辞说不明白，他大致猜到霍听澜要说什么，整个人别扭得要死，慌里慌张地灌了几口牛奶，想迅速解决早餐。

霍听澜静静端详他片刻，呷了口咖啡，缓缓道："有件事我想当面找你商量，怕见不到你，就起得早了些。"

言下之意即他今日早起属于特殊情况，让叶辞不必为躲避他起得更早，否则这样下去，他怕某位小朋友半夜起床上学。

叶辞捏着牛奶杯轻吁了口气，问："什么事？"

语毕，他偷眼瞄向霍听澜，不知怎么觉得他不像早起，更像彻夜未眠，周身散发出一种疲惫的亢奋。

"其实……我就快开始发病了，"霍听澜打断了叶辞的胡思乱想，"如果不进行药物干预的话，大概就是这两天了。"

空气忽然安静。

大概就是这两天……就是这两天……这两天……

叶辞浑浑噩噩地咽了下唾沫，咕哝了声"哦"，险些把手里的牛奶杯捏碎。

霍听澜用指尖轻叩桌面，目光锋利，寸寸刮过叶辞涨红的脸，静了两秒，自嘲地一笑："怕你没做好心理准备，本来不想和你说。但这两天我已经试着用过药物，不过吃了和没吃区别不太大，这次发作我感觉可能会比之前都来得严重，一旦开始大概就不太好控制，所以还是想问问你的意思。"

按照医生的说法，有效的精神安抚治疗可以延缓发病的时间，效果理想的话，能使发病期推迟一两个月。

霍听澜虽不大相信，但既然没其他办法，也只能死马当活马医，姑且一试。

"如果你能帮我推迟这次发病的到来，那对你我来说都不是坏事……"霍听澜的语调沉了沉，"我想你也不愿意和一个有失控风险的危险人物住在一起。"

叶辞嗫嚅着，说不出话。

霍听澜并不催促，安静地等待他表态。

协议已经签了，霍听澜这些日子待他亦足够宽厚，于情于理，他都不该拒绝。

"您需要……我做……"叶辞手指打颤，只得蜷进校服袖子里，"做什么？"

霍听澜凝望着强装镇定的少年，有些犯难。接下来这番话，白纸黑字地写成条款倒还好，一旦用嘴说出来，好像怎么措辞都不太合适。

他倒是不介意，他脸皮是够厚的，他怕的是叶辞嫌弃他。

眼见叶辞就要在等待中崩溃了，霍听澜才清了清嗓子，让语气显得公事公办："按照协议要求，你可以向我提供一些你的私人物品，这样的物品或许能让我们之间建立一种精神联系。"

简单来说，其实就和背井离乡的游子往钱包里放一张全家福一个道理，虽然只是冷冰冰的物品，但是理论上可以起到慰藉的作用。

叶辞舔了下嘴唇，彻底说不出话了。

私人物品，乍一听没什么，然而算得上私人物品的东西，他手头上其实没什么，搬来霍宅时那些大包小裹里装的大多是叶红君的旧物，他自己的行李箱根本装不满，能交给别人用来安抚精神的物品，除了教科书、文具之类的，大概也就剩下这身衣服了，实在找不出其他得体的私人物品。

叶辞捏住校服拉链，迟疑着，昏头昏脑地问了句："您……您是拿去……怎么用？"话一出口，智商回笼，他悔恨得想把嘴缝上。

霍听澜一言难尽地沉默了片刻，尽量放轻嗓音道："我也不知道，我之前也没尝试过精神安抚治疗……或许应该挂起来看看？"

太古怪了，安抚一个大活人和安抚流浪狗实在是两码事。

叶辞垂着头，捏住运动服拉链头往下拽，动作缓慢得磨人，拉链细齿错开的声音清晰入耳。

仗着他不敢抬头，霍听澜好笑地端详着他，直到叶辞的羞耻抵达临界点，拳头松了攥，攥了松，活像要打人，霍听澜才按捺住那份蠢蠢欲动的恶趣味，阻止道："等等。"

叶辞眸子一颤，得救般抬头。

霍听澜已恢复平日温和持重的模样，佯作大度，轻声问："有抱枕之类的东西吗？那些大概也能用。"

"有……有抱枕。"叶辞急急点头。

他有抱点儿什么睡觉的习惯，方才慌得脑子短路没想起来。生怕霍听澜反悔，他冲回卧室取了抱枕递过去，全程低垂着眼，不敢看霍听澜的脸。

本以为这一劫就这么过去了，结果临出门时，霍听澜又叫住他，委婉地叮嘱他放学早些回来。

毕竟一个抱枕能沾染的那份安抚气息并不多，晚上，他还需要叶辞帮忙。

叶辞头昏脑涨，几乎不记得自己是用什么姿势出霍宅大门的，对于重度社交障碍的他来说，这一早晨太难熬了。

如果霍听澜的性格像他之前想象的那样恶劣，事态反倒会变得简单，因为他不怕和人硬碰硬。

　　偏偏霍听澜是真的正直，克制礼貌，严守规矩。他越这样，叶辞就越手足无措，情绪憋在肚子里没个发泄口，害得他从头发丝别扭到脚底板。

　　他这一整天过得恍恍惚惚，不知不觉就混到了晚自习下课，非回去不可了。

　　霍宅内院，叶辞斜背着书包，在林荫小路上团团转。

　　他得去治疗霍听澜，早晨说好的。

　　怎么治？莫非要他像安抚狗那样，摸霍听澜的头？

　　叶辞别扭得给了树一拳，手部传来的疼痛感让他冷静了些。

　　反正这忙他迟早得帮，伸头一刀缩头也是一刀，与其穷磨蹭不如给个痛快……叶辞攥了攥手，心一横，正要回霍宅主楼，抬眼却撞见霍听澜站在几步开外看着自己。

　　他衬衫领扣没系，能窥见胸肌起伏的线条，颈筋隐忍而清晰地鼓起，额发垂落，凌乱地搭着眉骨，瞳仁漆黑，英俊而沉郁，五指钳着一个被蹂躏得发皱的抱枕——显然这一白天被症状折磨得不轻。

　　霍听澜的这种头痛病发作后会在体内各种紊乱激素的催化下变得暴虐、善妒、偏执，与平日判若两人。伴随着他的症状越来越严重，这些负面情绪亦会抵达巅峰。

　　可是霍听澜的病症明明还没完全发作，只是发作前期而已，就已经这么严重了？

　　也难怪有些患有这种头痛症的病人会痛苦到在发病时自虐……

　　叶辞骇然，条件反射地退开一步。

　　"抱歉，我出来透透气。"霍听澜勾了勾衣领，"吓到你了？"

　　他的眼神仍旧沉静。然而，与素日的沉静不同，此时的霍听澜仿佛在竭力按捺着什么。

霍昕澜这块看似寒凉坚硬的黑曜石早已被烧灼得濒临熔点。

叶辞的心脏重重一跳，瞪圆了眼，想看得仔细些，可霍昕澜已恢复常态，正用一双黑眼睛沉稳地看着他，而刚才那个不正常的眼神似乎只是叶辞一闪而逝的错觉。

叶辞怔了怔，摇摇头，嗫嚅着："没吓到。"

像为了找补什么，霍昕澜温和一笑，眉宇间甚至流露出几分轻松："你今天回来得很早。"

"嗯。"

霍昕澜慢条斯理地确认原因："是因为我早晨叮嘱过你，还是赛车不好玩？"

纵使处于户外环境，霍昕澜暴虐气息的浓度仍高得前所未有，叶辞小口呼吸，嘟囔道："因……因为早晨……的叮嘱。"

霍昕澜用指尖摩挲抱枕干燥柔软的布面，盯着叶辞看了两秒，英俊的面孔半隐于昏暗的树影中，轻声询问："那么，我是不是可以认为你已经做好了为我治疗的心理准备？"

叶辞气息颤抖，默然半响，含糊着"嗯"了一声。

此时天已黑透，但庭院灯拢出一团团暖黄的光晕，不远处还有用人路过。

"在这里，可以吗？"霍昕澜征询着意见，像个耐心的猎手。

比起封闭的室内，花园显然能为叶辞带来更多安全感，而安全感，意味着放松戒备。

叶辞努力摆出张无所谓的冷脸，胡乱点了点头。

"那就在这里。"霍昕澜仍立在原地不动，"你知道要怎么治疗吗？你对我这种病人有过了解吗？"

"什么？"叶辞抬眸，模样懵懂，"不……不知道。"

他哪会什么精神安抚，他只会安抚流浪狗……不知道这算不算"治疗经验"。

叶辞决定不开口，霍听澜本来就生着病呢，他怕一言不合给人气死。

霍听澜稍做沉默，给叶辞喘息的空隙。像攥着一尾溜滑的、胆怯的小银鱼，攥得越紧，鱼脱手得越快，他得不轻不重地拢着他，不惊着他，却也让他跑不了。

片刻后，霍听澜缓缓道："那我可能需要离你近一些，我现在处于五感超敏反应的状态，能嗅到你身上的一种味道，很淡，你自己可能没有察觉，但是闻到那种气味好像能让我好受一点。"

叶辞缓过来了些，强作镇定道："随便。"

霍听澜走近了几步，绕到叶辞身后，确认道："这个距离会让你感觉不舒服吗？"

"没。"叶辞手抖得厉害，怕人发现自己的软弱之处，硬邦邦地说："无所谓。"

霍听澜的眸子神经质地动了动。

叶辞的身体因紧张覆着薄汗，反着一层水光。凑近的一瞬间，香子兰甜如奶油的味道蓦地弥散开，精神的抚慰如温泉水，熨帖地包裹住霍听澜每一条狂躁暴虐的神经与疼痛抽搐的血管，仅一瞬间，那些令人煎熬的症状消失得如同不曾存在过……

霍听澜太阳穴浮凸的浅青血管伴随着心脏剧烈抽动，像濒临溺毙者破水而出，他渴求地呼喘着，与叶辞的距离登时拉近。

叶辞从脊椎到颅顶倏地开始发麻，皮肤因高度紧张又疼又痒，浑身寒毛都骇得竖了起来，像只呈防御姿态的刺猬。

"等等。"叶辞撑不住了，他往前躲了一步，本能地想跑。

霍听澜竭力找回理智，避免把叶辞吓跑。他展臂按住叶辞前面的树，隔空将人圈禁住，喉结震颤着，嗓音喑哑："别怕，我现在的精神状态很正常，不会伤害你。"

叶辞：……

正常？他们的肢体确实没有接触，但离得太近了，叶辞面上充血。他以为他能咬牙忍受，可原来他不能，对与人类近距离接触的抗拒与意志力彼此对抗，倏地，两股力量的较量抵达临界点，火星迸射，两人身体空隙间的空气被轰然引爆……毫无征兆地，叶辞野猫般蹿了起来。

后脑似乎撞到了什么，撞得霍听澜闷哼一声，可叶辞什么都顾不上了，撒腿一溜烟儿地跑没了影。

花园重归安静，唯余夜风习习。

衬衫前襟沾了几滴血，霍听澜抽出丝帕，不失从容地折了两折。

随即，他用丝帕捂住被那颗小脑袋撞得生疼的鼻子，明明负了伤，却像想起什么有趣的事般，低低地笑了两声。

霍听澜多年饱受病痛折磨的身体对有效的精神安抚治疗高度敏感，仅仅是靠近呼吸了两口叶辞周围的空气而已，效用便持续了好几个小时。直到临睡，他都没再遭受种种症状的侵扰。

他闲散地倚在床头翻阅几份不太重要的文件，手机保持着亮屏，屏幕显示的是叶辞的微信界面。

无他，仅仅是好奇叶辞这次会维持"对方正在输入"的状态多久。

而叶辞果然不负他所望，无效操作了二十多分钟。

霍听澜含笑轻叹，在逗小孩儿的乐趣与绅士风度间进行了一番取舍，最终决定保持目前的良好形象。

他拿过手机敲了几个字，帮叶辞打开局面。

霍听澜：我没生气。写完作业早点休息。

许是终于松了口气，那边回复得很快。

叶辞：对不起，我是不是撞到您了？

霍听澜：嗯。

叶辞：撞到哪了？

紧接着又是一条消息。

叶辞：没撞坏您吧？

霍听澜：鼻子。

霍听澜先回应了前一条问询，随即轻抚鼻梁，咂摸着叶辞无意间流露出的急切关心，若有所思。

沉吟片刻后，他删掉了"没撞坏"，含着笑，重新打了三个字。

霍听澜：撞青了。

叶辞一下子不吭声了，连"对方正在输入"都没了。

这是自己逗狠了？

半晌没得到回应，霍听澜用指尖轻叩着屏幕，打算说点儿什么给叶辞个台阶下，揭过这页。

可就在这时，他卧室外的走廊上忽然响起一串脚步声，谨慎的，步子压得比小猫儿都轻，正常人应该是听不见的。然而处于发病状态的霍听澜的耳力太好，这点儿轻微响动他听得一清二楚。

那人在走廊徘徊，在门前停驻几秒又走开了。

来来回回的，简直像是在考验谁。如此重复到第三遍时，霍听澜终于按捺不住深吸一口气，踱至门前，主动拉开门。

门开得毫无预兆，几乎是贴着门板站着的叶辞被吓得一激灵，像只应激的猫崽似的，险些给霍听澜一记重拳。

"你怎么在这？"霍听澜抬了抬眼皮，佯作惊讶。

"给您送……送……"叶辞朝霍听澜英挺的鼻梁瞥了一眼，狐疑地咽下后半句，只晃了晃手里的冰敷袋和外伤喷雾。

冰敷袋和喷雾是上次他脚腕受伤时霍听澜的私人医生给他开的，喷雾挺好用的，喷上一会儿就不疼了，看还剩半罐他就拿来了。如果有得选，他打死也不想来，可霍听澜的鼻梁都被他撞青了，他得负责。

问题是……霍听澜的鼻梁哪儿青了？

有那么一刹那，身为"肇事者"的叶辞脑中闪过了几个相当没良心的猜测。

霍听澜接过冰袋和喷雾，柔声道："谢谢。"

见叶辞目光闪烁，直瞄他鼻梁，遭遇信任危机的霍听澜沉吟两秒，真假参半地道："刚才有个视频会议，我就稍微遮了一下。"

"喔。"叶辞一怔，知道霍听澜看穿了他失礼的揣测，登时羞惭加倍，忙不迭点头，"我知……知道。"

霍听澜笑笑，岔开话题："对了，忘了向你道谢，今天的治疗很有效果，我感觉好多了。"

这是出于人道主义的援助，叶辞咬牙克服扭捏，道："不客气。"语毕，急匆匆地往回走。

刚走出没几步，又被霍听澜叫住了："等一下。"

叶辞强忍着没拔腿就跑，转身问："怎么？"

"我们可以更换一下治疗方式。"霍听澜抱臂斜倚着门框，轻抚鼻梁强调伤势，又故作大度道，"不然我的鼻子可能受不了。"

叶辞歉然，登时泄了气，老实道："您说。"

"从下周一开始，你每天放学尽量早一些回家，来我的书房。我办公，你写作业，我们在同一个房间里相处几个小时，这个程度的接触或许就能对我起到治疗效果，大概也不会使你不适……你觉得这样安排可以吗？"

叶辞想了想那场面，两人在书房各忙各的，似乎对他这样的社交障碍很友好，于是忙不迭地点了头。

放学直接回家，唯一的问题是没办法去赛车场了，好在他这段时间攒下的存款不少，而且霍听澜待他这么友善，他不必像之前构想的最坏情况那样带妈妈远走高飞，自然也不用急着弄钱了。

而且，他对霍听澜这个人已没有起初那么抵触了，考虑到这段时间他们的相处次数屈指可数，这样的适应速度已经算得上很快了，两人还算是合得来。

JULI
距离

就像只流浪的猫崽，
吃过太多苦头，变得孤僻戒备，
一见人走近就会挥着小爪子虚张声势，
又凶又胆小。

| 01 |

这周一晚上，叶辞遵守约定早早回家，先在客厅独自待了会儿，做过一番心理建设，这才硬起头皮晃进书房。

书房门大敞着，霍听澜正坐在桌后浏览几份文档，见叶辞来了，抬抬下巴示意道："坐。"

他没让人额外安置学习桌，这张办公桌够大，一人一半，足以做到互不干扰。

"嗯。"叶辞潦草地一点头，双手抄兜，单肩背着双肩包，另一边肩膀为维持平衡稍沉着，挺酷地大步走到桌前坐下。

表现不赖。叶辞卸下书包，抽出套卷子甩在桌上，深吸一口气，自觉心理建设没白做。若是表现得腼腆扭捏，治疗的气氛也会显得怪异，不如大大方方的。

霍听澜全程安静观赏，眉眼蕴着抹含蓄的笑意。

忽然，叶辞像是察觉到自己被注视，目光机警地瞟来。霍听澜先他一步，不着痕迹地隐去笑意，垂眸阅读文件。

叶辞暗自吁了口气，感觉自己过于敏感了。

数学卷子一如既往的难，叶辞挑了几道简单题先做了，随即摸出手机，趁霍听澜不注意，拍下题用搜题软件搜，耐着性子研究题目解析。

软件给出的解析不够细致，题目难度又高，叶辞卡在一个关键步骤上看不懂，不甘心直接抄答案，焦躁得鼻尖都沁出了几颗小汗珠。

正犯难着，头顶忽然响起霍听澜低沉的嗓音："在做什么？"

也不知道霍听澜是什么时候走过来的，又在他身旁站了多久，像是早有预谋，要趁机检查他的学习水平。

叶辞手一抖，锁了屏，含糊道："没什么……"

霍听澜单手撑住桌沿，微微俯身，视线扫过桌上那张大面积空白的卷子，放软了声音，轻轻地问："有没有哪道需要讲？"

哪道需要讲？空白的每一道题都需要讲。

叶辞自暴自弃地腹诽着，攥了下手。掌心潮湿，是看不懂解析急的。

一着急，再加上霍听澜一副要给他讲题的架势，有句话叶辞险些就脱口而出了：这道题究竟是怎么算的？

这话到了舌尖，叶辞蓦地想起楚文林向他介绍霍听澜时说过的：一流名校双学位，国际金融的高才生，还有另外一个名字拗口的专业的硕士学位，精英中的精英。

让霍听澜挨道给他讲这些浅显的高中数学题……叶辞突地脸热，一阵自惭形秽。

"没有。"他唰地一掀卷子，不耐烦写作业的样子。他宁愿用逆反当保护色，掩盖住自己的困窘笨拙。

"没有的话，"霍听澜伸手，带着罕见的强硬用指尖把卷子抵在桌面上，不许叶辞往书包里藏，双眼阴沉，透着股令人难以捉摸的神情，"就自己写吧。"

叶辞抽不动卷子，焦灼得抓了把头发，硬邦邦道："我平时……也不写。"

霍听澜默不作声地望他两秒，眸子一转，沉缓地，一字一句道："当学生，还是要有个当学生的样子。平时看你表现得还算懂事，没想到学业上这样放任自流，连作业都不写……虽然你已经成年了，但在这件事上，我不得不替你家人管教你。"

说着，他收回抵着卷子的手，淡淡道："这些卷子写不完，你今天就别走了。"

吃了霍听澜的一番教训，叶辞反倒暗暗松了口气，像渡了一劫。他摊平卷子，转着笔，开始在霍听澜眼皮子底下磨洋工。

不走就不走吧。反正，霍听澜总得回卧室睡觉吧。

磨了一会儿，气氛实在压抑，而且霍听澜半点儿要离开的意思都没有，为了让霍听澜懒得搭理自己，叶辞摸出手机开始玩游戏。

察觉到霍听澜一直盯着自己的手机屏幕，叶辞的清瘦脊背如猫儿般微微弓起，神态冷硬。

霍听澜也不恼，观摩了片刻后，他倏地俯身，单手撑在叶辞桌上，将叶辞虚笼起来。他留意避免肢体接触，因此连叶辞的衣角也没碰着，可那股强大的压迫感与肌肉的炙热温度仍透过衣料沉沉向叶辞压过来。

叶辞眉梢一跳，肢体接触恐惧症濒临爆发，脊背越绷越紧，却咬牙做出一副浑不在意的模样，两人周边满溢着火药的气息，一触即燃。

岂料这时，霍听澜悠悠抛出一句："开大。"

叶辞手一抖，打偏了，对墙放了个大招。

霍听澜轻嗤："算了。"言辞间流露出几分怜悯。

这是干……干什么啊？叶辞扭头，一言难尽地望了霍听澜一眼。

霍听澜蹙眉，电竞教练般指挥道："别看我，看屏幕。你被控了，被集火了，还不解控？等什么呢？"

叶辞顿时忘了解控技能在哪。

霍叔叔看着和他不像一辈的人，没想到居然还懂游戏？

霍听澜若无其事般道："还不走位？你要死了。"

叶辞：……

叶辞原本就不是那种爱挑事儿的不良少年，而且还觉得那种没事找事的人特别傻，眼下纯粹是硬着头皮装叛逆，万万想不到霍听澜不仅没对他失望，还杵在这儿搞游戏解说。

叶辞倏地耳根通红，按下锁屏，把手机往桌上一扔。

霍听澜口吻淡淡遗憾："不打了？"

叶辞："……不了。"语毕，仍然不肯在霍听澜面前做题。

一阵安静后，霍听澜悠悠评判道："非暴力不合作？"

叶辞耷拉着脑袋，不吭声。

打定主意和问题少年磨到底似的，霍听澜取来一支钢笔，用指节重重叩了叩卷子，不紧不慢道："那我就一道一道陪你磨……从这道题开始。"

叶辞一怔，忙不迭竖起耳朵听，身子都不自觉地摆正了，坐姿莫名乖巧。

霍听澜余光瞥见，唇角浮起抹笑，又飞快隐了去。

身为一流名校的金融系高才生，霍听澜摆弄高中数学题像玩儿一样，讲解水平更是甩搜题软件十万八千里。叶辞本就擅长数学物理，无非是辍学荒废太久基础差，脑筋仍是灵光的，听霍听澜讲了一会儿，之前卡壳的几道难题登时醍醐灌顶般通透。

"……基础偏薄弱，但头脑很聪明，我讲得这么快都能跟上。"霍听澜的语气较之前温和了些许，眼底闪过一丝促狭，"就是故意不学，是不是？"

"嗯。"叶辞抿了抿唇。就坡下驴地撒了谎，他脸有点儿烧，不敢抬头。

"还敢'嗯'？"仗着叶辞不敢看他，霍听澜微微翘了翘唇角，声线却严肃，一本正经地教育小孩。

叶辞耷拉着脑袋听，听着听着，心中疑窦渐生，薄薄的眼皮微微打着战，要看不看地朝霍听澜觑一眼，又倏地收回来。

不知怎么，他隐约觉得……霍听澜像是故意的。

他知道自己的性格缺陷在于他难以坦然接受旁人的温柔与善意，那会令他窘迫难安，待他严厉些他反倒自在。而霍听澜今晚这番表现恰到好处，字字句句都在顺毛捋，像是看穿了他，有意为之，好让他安心接受帮助。

但这有可能吗？自己也太自作多情了吧，凭什么？叶辞理智地摆正思维。

霍听澜倚着桌沿，眼眸低垂，玩味地把叶辞千变万化的微表情看着，忍着笑，沉声道："一直偷偷瞪我，怪我训你了，不服气？"逗小孩儿，真是乐趣无边，很难收手。

"不，"叶辞被抓包，嗖地盯回卷子，"不是……瞪。"

霍听澜又敲打了几句。像刺儿头被念得烦了，为求耳根清净姑且妥协，叶辞答应霍听澜以后会尽力提高作业完成度，不懂就找他问。

目的已达到，卷子上仅剩最后一道题，霍听澜收起话头，用钢笔点了点题干，道："继续。"

他今晚这套操作，与其说是给了叶辞一个台阶下，不如说是即兴给叶辞搭了座天梯。

分数虽不能作为衡量一切的标尺，但分数确实能给人提供更大的选择空间。

无论如何，楚家毕竟是让孩子寄住在他这里，在叶辞人生这么关键的时期，他似乎是眼下唯一一个陪伴在叶辞身旁的长辈，所以他不能当个甩手掌柜。

卷子最后是一道有三个小问的大题，没十分钟讲不下来。霍听澜已单手撑着桌面站了好一会儿，体力再好也略感疲惫，他读着题，随手扯来转椅，坐到叶辞旁边。

他这一坐，两人的距离倏地拉近了些。叶辞的社交安全距离受到威胁，登时别扭起来，脊椎宛如有鳞甲片片炸起，头皮发紧，他像是嫌颈椎酸痛要揉一揉，反手捂住后颈，觑向霍听澜。

果然，霍听澜一副心无旁骛的模样，侧脸因专注而格外英俊，只有叶辞自己在溜号。

叶辞一阵羞惭，端正态度认真听讲。

难得叶辞头皮发麻的题目对霍听澜来说颇为简单，他写写算算带讲解思路，还闲着半个脑子压抑自己烦躁暴虐的情绪。

它正在捕捉、分析着自叶辞身体逸散出的每一缕气息。

那是香子兰的味道。

这种原产于热带雨林，在旧时风靡欧洲皇室的香料植物又被称作香草或香荚兰，那种甜蜜的味道很容易令人联想起奶油。

那两次闻到的确实不是错觉，这种气息就是安抚他病痛的根源。

霍听澜用那闲出来的半个脑子思索着，不露痕迹，大方从容地望向叶辞，向他提了个关于公式代换的问题。

叶辞怕磕巴惹人烦，抿着唇，左手欲盖弥彰地揉着脖子，右手唰唰写出一串公式。

他散发着奶油以及柑橘香型洗衣液的气味，都是令人感觉治愈的气息。

霍听澜蠢蠢欲动的病痛得到安抚，变得平静。

他不动声色，调整了下坐姿，将左腿放松地叠在右腿上，微笑道："……最终答案就是这个，明白了吗？"

"明白了。"叶辞点头，激动得都不磕巴了，"这个思路很新颖。"

霍听澜的解题方法刁钻有趣又省步骤，叶辞从没见过这么奇妙的操作，眸子亮晶晶的，急不可待地从书包里抽出本习题集，想找一道同类型的题趁热打铁独立做一遍。然而习题集刚摊开，他就意识到自己"洗心革面"的速度太快，顽劣少年的人设还没立稳就崩塌了。他讪讪地抬眸，对上一双高深莫测的黑眼睛，心脏咚的一跳，用指头抠了下习题册卷翘的边角，此地无银地找补道："您今天，说的都对……我会改。"

霍听澜略一颔首，似笑非笑道："知错就改，很好。"

他这个态度，叶辞算是彻底明白过来了。霍听澜就是故意那样做的，用管教代替怜悯，悄悄顺着他，让他能坦然地接受帮助。

叶辞捏笔杆的手指用力得泛了白，他低头翻习题集，像是在找题，实则是为掩饰酸胀的眼眶。

霍先生……真的是个很好很好的人。

叶辞翻着习题集，找了几道霍听澜讲过的类型题，独立做了一遍。

做了会儿题，情绪总算平复下来了，叶辞三番两次地抬头朝霍听澜张望，想趁视线碰巧交汇时道声谢，可霍听澜工作起来心无旁骛，叶辞盯得眼睛都酸了也没逮着机会。

犹豫了一会儿，叶辞轻轻叫了声："霍先生……"

他搬到霍家这么久，几乎没主动和霍听澜说过话，屈指可数的几次交流都是霍听澜先开口，他回话，所以就一直没称呼过霍听澜什么。

霍听澜都用余光观察他半天了，果不其然，等来一句别扭的"霍先生"。

霍听澜稍一沉吟，放下文件，慵懒地倚着椅背，指尖轻叩桌面，没回应那声"霍先生"，而是岔开话题，幽幽道："这好像是你第一次叫我。"

"……是吗？"叶辞不自在起来。

霍听澜语气不咸不淡："怎么叫得这么正式？我还以为你要找我谈生意。"

叶辞不吭声了，垂着眼，隐露愧色。

再怎么说，楚霍两家毕竟是世交，他们两人又同住一屋檐下，他这样称呼，摆明了是和霍听澜生疏。他感觉霍听澜有点儿不高兴了，但他真的不知道该怎么叫。

"下次，"霍听澜琢磨着他的神态，眼中浮起一抹笑意，试探道，"叫霍叔叔。"

年龄差十二岁，一个是社会人士，一个是学生，加上霍楚两家老爷子是同辈，叫"叔叔"确实很合理。

叶辞闻言，下颚线绷了绷，嘴角扯平了，浑身都散发着"没有下次"的别扭气息。

几秒钟后，他撇开脸，竟极轻地"嗯"了一声。

霍听澜敛回目光，无事发生般，模样沉静地扫视着文件，唯独唇角几不可见地微微翘了起来。

他故意没问叶辞方才叫他是做什么，五分钟后，叶辞果然重整旗鼓，期期艾艾地叫道："霍叔叔……"

霍听澜莞尔，从鼻腔溢出一个低沉的音节："嗯？"

十七八岁的男孩子，严格来说已经过了使用"某叔叔"这种叠字称呼的年龄，他以为凭叶辞这么别扭的性子肯定会想办法叫得生硬些，没想到一字不差。

"今天辛苦您了，给我讲了……这么多题。"叶辞打了腹稿，一气呵成。

"不客气，"霍听澜定了定神，合上一份文件，又翻开另一份，"有不会的就随时来问。"

叶辞看着他手边那一摞厚厚的文件："您工作……很忙吧？"

"忙不忙看情况。"霍听澜淡淡道。

叶辞了然，以为他的意思是他有忙的时候也有闲的时候，不确定。

霍听澜唰唰几笔在合同上签了个字，补全了后半句："学习的事情要紧，你来问问题我就不忙。"

他神色从容，仿佛在说很平常的话，叶辞却像挨了记暴击，昏头昏脑地挤出一个语气词："嗯。"

就算他没见过世面好了。他活了十八年，除了叶红君，从没有人待他这么上心过。

他一向清楚怎么应付不欢迎他的人，比谁的拳头硬就行了，却没人教过他怎么跟对他好的人相处。

他想接近，想用同等的好意回报，却又怕自己笨拙露怯。

霍听澜抬眸，见叶辞嗫嚅着，整句的话都挤不出，心头软了软，终于收了神思，柔声安抚道："只是举手之劳，不会麻烦我。"他弹了下手里的文件纸，笑叹道，"琢磨这些比做题累多了，就当帮我换换脑子了，好吗？"

"好。"叶辞眸光微颤，认真点了下头。

|02|

有霍听澜辅导，叶辞看见了希望，学习劲头噌地就上来了。除去学校布置的作业，他还要补习之前休学落下的进度，为了完成给自己制定的目标他不到凌晨不睡觉。连续一周熬下来人都憔悴了，皮肤倒仍像嫩笋般白净，可眼底那两抹淡青也格外明显。

霍听澜又欣慰又心疼，怕叶辞熬坏了，一到晚上十一点就去书房撵人，亲自盯着他回房休息。

叶辞嘴上答应得乖，却偷偷把叠成小豆腐块的卷子揣进口袋，蒙混过关，在卧室挑灯夜战，困了，就溜到露台上透会儿气。

他睡眠一向少，身体也扛得住折腾，为了给叶红君筹钱治病，最艰难的那一年他经常白天黑夜连轴转，打工时困极了，就支着脑袋在收银台上打个盹儿，一睁眼就又有力气干活了。

然而，可能是这段时间被霍听澜养娇了，这么熬夜苦学了小半个月，叶辞还真累病了。

这天周五，叶辞惯例早起，下床从书包里翻出几板药。

大约是疲劳导致免疫力低下，被感冒病毒乘虚而入，这两天他一直不太舒服，反复发热，困倦乏力，肠胃也受到了牵连，肚子莫名闷痛酸胀。

叶辞把药片抠出来，在手心聚了一小把，一股脑吞了。

消炎的、抗病毒的、退烧止痛的……这种蛮横的用药习惯是他近两年养成的，一天打几份工的情况下他有个头疼脑热也没空去医院，索性全面打击，把可能对症的药都吃上，想病早点儿好免得耽误上工。

然而与以往不同的是这次感冒相当顽固，叶辞吃了两天药都不见效，难受得绷不住了，吃早餐时病恹恹的，终于被看出了端倪。

"叶少是不是哪里不舒服？"何叔关切询问。

"没事，"叶辞忍着反胃含了口粥，硬是吞下肚，"就是……有点烧。"

何叔看看那张烧得潮红的脸蛋，觉得不像低烧，便提议道："我替您向霍先生说一声，让先生给您请半天假，再叫医生过来看看，您觉得呢？"

"不，不麻烦了……谢谢您。"叶辞起身离席，他怕霍听澜知道了要加倍严格地盯着他睡觉，但他真的很想尽快赶上学校的进度。

结果何叔传话飞快，叶辞刚到学校，霍听澜的电话便打了过来，向他确认是否真的没有大碍。

"真的没事……我吃药了。"叶辞走出教室，在走廊对着手机说话，因为烧得发蔫，嗓音格外软。

"什么药？"霍听澜追问。

为了让人放心，叶辞结结巴巴地报出一大串药名。

霍听澜沉默半晌，深吸了一口气，才道："过量服用感冒药可能引发肝肾功能损伤，你不知道吗？"

叶辞微怔，他确实不知道，什么肝肾损伤的，听都没听过，他就知道那样好得快。

霍听澜轻轻叹了口气，问："体温多少？"

"我没量……"叶辞听出霍听澜不高兴了，急急道，"肯……肯定是低烧。"

说是低烧，其实他对发热温度没概念，反正没烧躺下就一律按低烧处理。

"低烧……"霍听澜拒绝相信。

叶辞这么没常识，生了病就把药乱吃一气，对"低烧"的定义恐怕也异于常人。

于是霍听澜皱着眉吩咐道："去医务室量一下，量完给体温计拍照发给我，如果烧得严重我去接你。"

"真不用，"叶辞舔了舔嘴唇，"今天一上午都……都是主科的课，我……我想在学校……上……"

霍听澜罕见地打断他，语气冰冷，声音很低："想让我亲自去给你量？"

叶辞微怔，相处这么久，头一回听霍听澜用这种口吻和自己说话，也不知怎么，心脏咚地一跳，慌忙道："不……不用，我……自己量。"

他拖着步子去医务室，头烧得昏沉，小腹处的闷痛让双腿虚软，症状居然比早晨吃药前还厉害些。他问校医要了个电子体温计，在床沿坐下量体温，手里心不在焉地摆弄着手机。指尖划过通话记录中的"霍叔叔"三个字时，心中蓦然涌出一股说不清的滋味。

大约是……暖洋洋的。

整个人像是微缩成了一团小小的东西，被一双温热的手掌妥帖地拢着。这是一种全然陌生的感受。

这时，电子体温计嘀嘀响起来：三十九度五。

心口被那股暖意烘着，叶辞抿着唇犹豫了下，终于没逞强，老老实实拍照传给霍听澜。

对面回得飞快，也就过了两三秒钟，霍听澜回复：等我。

过了一会儿，怕叶辞乱逞强，他又发来两条。

霍听澜：现在带你去医院，缺的课我可以给你补。

霍听澜：听话。

竟是哄孩子的口吻。

叶辞一怔，他都这么大人了……什么听不听话的。

霍听澜到得很快，叶辞被他从医务室领走时早自习还没结束。

陪叶辞看病的是霍听澜的一位助理，姓林，是个面相和善的中年女性。

三人去的是一家私立医院，人少清净，不必排队。林助理大大方方地搀住叶辞一条胳膊，叶辞没有多余力气推托，蔫头耷脑地跟着她走。她先陪叶辞看了内科，做过几项化验后又听从医生建议去了内分泌科。医生做完一系列检查，见叶辞难受得厉害，没多说，开了张输液单让他抓紧把点滴打上，又叫家属进诊室谈话。

林助理去了趟药房，拎回一个塞满药的牛皮纸袋，递给叶辞一杯热水，立在一旁安抚道："我路过诊室时问了一声，霍总说没什么大问题，别担心。"

"嗯。"叶辞打着点滴，接过纸杯，"谢谢您。"

"应该的。"林助理和气道。

叶辞把纸杯倒了个手，拎走身旁椅子上的牛皮纸袋，局促地示意："您快坐，今天……辛苦您了。"

"不用客气。"林助理依言坐下，眼角浮起浅浅的笑褶。

她是临时被霍听澜派来带孩子的，本以为十七八岁的豪门少爷会很难伺候，没想到会是这样的性子。乍一看模样确实冷峻了些，但向他表露过善意后就一下子变得很好相处，又乖又礼貌。

点滴明显是对了症，这么一会儿腹痛就缓解得七七八八了，叶辞小口啜饮着热水，不经意地从牛皮纸袋里抽出一个药盒，垂眸看说明。

看了一会儿，没看出什么所以然，叶辞抬眼，直直撞上一双深潭般晦暗的黑眼睛——霍听澜正立在输液室玻璃门外看着他。

那眼神，叶辞说不明白，黑幽幽的，有些骇人……就这么一眼，一秒不到，叶辞又产生了那种脊背上的"鳞片"片片炸起的错觉，受惊地别开眼。

而这时，霍听澜已推门而入，手里拿着一份对折的检验报告。

他沉静地望着叶辞，只轻描淡写道："一点小问题，疲劳过度导致的，不用担心。"

叶辞喉咙发干，嘴唇动了动，却不知道问什么。

刚才那一眼……是错觉？

他垂着头接过检验报告，叠成了一个小豆腐块。

一路回去，他不住地偷偷用眼尾瞄着霍听澜，对方怎么看怎么正常。偶然对视的瞬间，霍听澜还抬了抬眉毛，无辜又困惑地问他"怎么了"，神情不似作伪。

叶辞只得支支吾吾地摆手，被这么抓包了几次后，他连偷瞄都不敢了，直勾勾目视前方，比军训都规矩。

叶辞：……一定是自己看错了。

打发助理回公司后，霍听澜领着叶辞回家，走进三楼书房掩好门，这才点点桌子，温声道："坐，我们需要谈一谈。"

叶辞抿抿唇，坐下了，但脸蛋紧绷，像随时准备开溜。

"我与医生简单谈过，"霍听澜把控着语气，平静道，"问题不大，不用担心，但需要按时吃药，先吃半个月再去复查……有问题吗？"

叶辞紧绷的肩卸了三分力，摇摇头。

"另外，"霍听澜拿过一支记号笔，遵照医嘱，在每个药盒的显眼处写下"一日三次，一次一片"之类的字样，"医生认为你这次感冒发展得这么严重，可能与不良作息习惯有关，是过度疲劳导致了免疫力下降。何叔说这段时间你房里的小台灯有时直到凌晨两点都亮着，回房不睡觉，偷偷学习？肯上进是好事情，但如果身体熬垮了，眼睛看坏了，你拿什么参加高考？"他慢条斯理地细数叶辞的罪状，见叶辞闷不吭声还在负隅顽抗，他眼皮一抬，发出一声低沉的鼻音，"嗯？"

"我知道了，霍叔叔。"叶辞不大情愿道。

"以后还熬夜吗？"霍听澜将几个药盒装进牛皮纸袋，递给叶辞，补充道，"怕你乱吃药，给你标好了。"

叶辞垂眸，看着药盒上笔锋凌厉的服药说明，心里再次涌起那股暖洋洋的感觉。他被那股暖意熏软了几分，迟疑了下，小声道："不熬了。"

霍听澜决意改掉叶辞不爱惜身体的毛病，靠着椅背，指尖轻叩桌面，像生意场上谈判似的，用目光给他施压，沉沉道："真的会改，还是糊弄我？"

叶辞眸子轻颤："真的……不熬了，也……也不乱吃药了……没糊弄您。"

"那就这么说定了。熬夜熬到后半夜的情况，"霍听澜用一种极具威慑力的口吻道，"再被我逮到一次……"

叶辞正要立军令状，就听见霍听澜悠悠补上了后半句："你就搬到我房里睡。"

叶辞一愣，吓得都嘴瓢了，急忙摇头摆手"不……不用！肯定……不，再也不……不熬了！"

这一句话里都快数不清有几个"不"字了，霍听澜勾了勾唇:"这么怕我？"

"不怕。"叶辞下意识否认，都和平相处一个月了，霍听澜明显是个好人，他还对人家戒备心理那么强，那也太……他怕寒了霍听澜的心，急切剖白道："您人很好，很正直……但我，我习惯自己睡。"

语毕，不再给霍听澜开口的机会，抓起那袋药落荒而逃，那架势活像身后有鬼追。

霍听澜一边深感歉然，一边忍不住好笑。小朋友这么三言两语就给逗跑了，太不禁逗了。

伪装坚强的小朋友就像株含羞草，翘着细韧的茎，挺拔昂扬，自以为像棵小树，结果指尖儿一搔，就慌里慌张地蜷成个草球，若是不管他，恐怕能把自己挤出草汁。

|03|

书房谈话后，叶辞不知是受到感化，还是单纯被霍听澜吓到了，不仅作息规律得堪比机器人，还听从霍听澜吩咐给手机设了服药提醒，乖乖遵医嘱吃药。

"今天作业多吗？"霍听澜托着一个文件夹，翻检着里面夹的厚厚一摞大小不一的单子，带着几分漫不经心地问。

"挺多的，今天先写……写一半。"周五加上周末两天，三天的作业量哪少得了，叶辞掏着书包，不经意地瞥了眼霍听澜手中的文件夹。

或许是陪叶红君跑医院跑太多落下后遗症了，他觉得霍听澜拈着的纸有点像医院的检查报告单。

然而他还没来得及细看，霍听澜已将文件夹合拢放在一旁，用一种轻描淡写的口吻道："对了，有件事要和你说。"

叶辞略显紧绷，眼睛缓缓睁圆了："什……什么事？"

"过段时间是我父亲的生日，我母亲打算简单办一办，就是家里人聚一聚，吃个饭。"霍听澜一边说话一边琢磨着叶辞的神态，促狭地问，"你以为我要和你说什么事？"

他现在算是在霍家寄住，霍家老爷子过寿，举办家宴他不去的话，似乎有些轻慢。

叶辞答应得痛快，但霍氏是个大家族，家宴规模再小，算起来也有近百号人，再加上关系交好的各大家族前来为霍老爷子祝寿的人，筹备起来容不得丝毫马虎，怎么也得小半个月。

霍听澜沉吟片刻，道："这周末什么时候有空？带你做身正装，家宴上穿。"

叶辞想想自己衣柜里的运动服卫衣和牛仔裤，确实没法赴宴，只得点头答应。

第二天周六，霍听澜带他去了一家手工定制的裁缝店，老字号，从爷爷传给孙子，自一九一三年建立至今，历经岁月动荡，仍驻守着一片静谧古旧的地盘。用作店面的二层小洋楼有百年历史，院门半隐于枝叶深茂的悬铃木后，不屑张扬，仅接待相熟的老客，有种旧贵族式固执的清高。

叶辞头一次来这种地方，在他以往的印象中，裁缝店是一种正被时代抛弃的事物，一般开在闹市里，给人改改衣服尺寸，缝个纽扣拉链，他从不知道还有这样的裁缝店。

他配合店主量过尺寸，陷在柔软的天鹅绒沙发里侧耳听身旁的对话，几乎要怀疑这是家黑店——一米的布料随随便便就上万块，一套衣服的价格算下来够他跑一个月比赛。

他像屁股底下被火苗燎着，坐立不安，想开口，又怕当众拂了霍听澜的面子。

好不容易熬到店主暂时离开，他才逮到机会，为难地绞着手指，小声道："霍叔叔，不用……这……这么贵的。"

霍听澜立在沙发前，手闲适地抄着兜，闻言垂眸扫向他，口吻平静："我不觉得贵，那种料子很衬你。"顿了顿，他语带歉然道，"你住进来一个多月，为我治病，我却一直没想到带你出来添置些东西，已经是我考虑不周了。你再推辞的话，我会觉得你是在心里责怪我。"

"添置东西"这样亲昵自然的措辞在不知觉间拉近了两人的距离，叶辞到底年纪小，应付不来，唇瓣翕动了几下，只否认道："我……没有责怪。"

霍听澜揣摩他的态度："带你买几件衣服，你该不会还想把钱付给我吧？"

叶辞没吭声，像是默认。他最怕平白受人恩惠，这么贵的衣服，以他寄人篱下的心态当然不好意思拿。

霍听澜默然片刻，怕刺痛他的自尊，柔声调侃道："昨晚我没少给你讲题，难道我要问你收辅导费？"

叶辞猛摇了几下头："不……不是这个意思。"

"一样的道理。"霍听澜不动声色地把人往自己的地盘里圈，"两个人同住一屋檐下，如果笔笔账都要算得一清二楚，不觉得麻烦吗？"

也不算麻烦吧，亲兄弟还得明算账呢。叶辞被霍听澜绕得发晕，还欲反驳，店主已捧着几大本图样回来了。

霍听澜别过头，一副闲人勿扰的模样，低声与店主讨论款式，敲定细节：翻领样式、隐藏口袋、开衩、纽扣的选择……这些琐事平时他都交给何叔去烦恼，但这是一个男孩子的第一套正装，意义重大，交给管家他不太放心，怕细节处理不到位。

叶辞看了他们一会儿，插不进话，讪讪地坐在沙发上，用不停的喝茶和续水掩饰被人悉心呵护的不安。

来自成熟男性的关爱，他从没体会过，那终究与叶红君给予的母爱不同，是他成长中全然缺失的一环。他整个人都被那股温情烘得暖呼呼的，渐渐地，对"和霍叔叔划清界限"一事没那么坚持了，甚至还在霍听澜询问他某处细节的设计意见时小声说了句"都行"。

"都行，"霍听澜神色如常，"那就听我的了。"

"嗯。"

霍听澜不动声色地偏过脸，扫了叶辞一眼，他的耳朵像小猫一样警惕地竖着，但看起来很软，眉眼乖顺得要命。在叶辞察觉到视线前，霍听澜转过脸，唇角微微扬了起来。

难得逮到机会给叶辞添置衣物，霍听澜一口气订了不少，填满了老店主三个月的档期，家宴上要穿的正装他买了特殊加急服务，几天便赶制出来了。

这天他带叶辞去试衣，店主拉好门帘便回避了，暗红的天鹅绒门帘既沉且厚，霍听澜独自立在帘外等。

昂贵衣料摩擦出悦耳的细响，叶辞在里面鼓捣了一会儿，忽然拨开门帘，细白手指抓着一团乱糟糟的黑色弹力布条，迟疑着问："霍叔叔，这……这个是什么？"

霍听澜维系着一种高贵的矜持，用眼尾一瞥，道："衬衫夹，防止衬衫滑上去。"

他这种早已将正装穿得像第二层皮肤一样妥帖自然的人没有用衬衫夹的习惯，但店主心思细腻，大约是看叶辞年纪小，猜他不常穿正装，少年人又活泼爱动，就给备了两条。

叶辞仍懵懵懂懂的，追问道："怎么戴？"

霍听澜偏过脸，望向更衣室门帘暗红的狭缝。

脱套头卫衣时起了静电，叶辞的黑发蓬乱，衣服扣子没扣好，带有安抚作用的香子兰气息在巴掌大的更衣间里愈发甜腻，汹涌地从缝隙中涌出来。

几米开外有几位女客在捧着图册挑面料，霍听澜抬手捏住门帘，帮叶辞将那条暧昧的狭缝掩实了。

"一边一条，"他一字一句，耐心教导，"绑在腿上，带金属扣的布条向上拽，夹住衬衫下摆。"

"嗯。"叶辞缩回帘外的手，笨拙地摆弄起衬衫夹。

帘外气氛沉凝。霍听澜拨弄着袖扣，若有所思。

叶辞与一个多月前不大一样了。

看得出叶辞的防备心已降了不少，已习惯了他担任照料者与监护人的角色，与他相处时已是十分自然熟稔了，不像刚搬进霍宅时，浑身毛都奓着，不小心碰一下都能惊得一蹦三尺高。

是件好事情，自己没白帮楚家带孩子。

"霍叔叔，换好了。"叶辞穿好衣服，拉开帘子走了出来。

霍听澜没给他选择沉稳的黑灰面料，怕显得他故作老成，十七八岁的少年，正适合湖泊般清透的水蓝色。原本就白的皮肤被那蓝色衬托得晃眼，乌黑额发与光滑红润的嘴唇便鲜活得惊心动魄，与外套同样颜色的马甲箍出略显单薄的胸膛以及一截劲瘦的腰，像个从小锦衣玉食的少爷，丝毫看不出几个月前窘迫拮据的样子。

"不错。"霍听澜视线一跳，径直落在叶辞手中的领带上，"过来，我给你系。"

叶辞没穿过这种衣服，拘谨地扯了扯衣摆，青涩，也青葱。

霍听澜竖起他的衬衫领口，将领带绕上颈子时，指尖不慎隔着衬衫刮了下叶辞的后颈。

就那么不经意地刮了下，叶辞却敏感得一僵，连气息都滞了片刻，像只被大猫衔住后颈的幼猫。

严重的社交障碍使叶辞对来自人类的肢体接触十分敏感，甚至成为了一种应激反应。

霍听澜察觉到，骨子里那点儿恶劣遏制不住了，他系好领带，为叶辞放下衣领，手指骨节再次若有似无地擦过叶辞的后颈，果然，叶辞又是一僵，眼睛都睁圆了。

小猫崽儿。

霍听澜忍笑，太好玩了。

怕叶辞看出端倪，霍听澜隐去笑意，沉静道："去照照镜子。"

叶辞懵懵懂懂的，不明白是怎么回事，还以为霍听澜没留意到他的两次异状，定了定神，走过去照镜子。

叶辞什么都不懂的话……太容易被欺负了。片刻前还忍不住稍微欺负了一下小孩儿的霍听澜略感忧虑。

叶辞试穿过正装，霍听澜又顺手给他添了些小东西，桩桩件件悉心教导：绅士应随身携带方巾，阿斯泰尔式叠法较为随意，肯尼迪式更适合严谨的商务人士；丝结袖扣不适宜晚宴，锁链型则足够优雅；黑色系带牛津鞋适合人生中所有正式的场合……

"这一侧领子下的小环，"霍听澜翻起叶辞的左领，信手从身旁花瓶中拈来一支蔷薇，用鲜嫩的细茎穿过纽扣，茎尾勾住小环，"可以用来固定花枝。"

他的语调温和沉缓，说的虽然都是叶辞不懂的东西，却不显得高傲卖弄，仅仅是风度翩翩地引着一个青涩的男孩踏入男人的世界。

叶辞低头望着镜子一角，看似冷酷，其实耳朵早就竖起来听着了，黑白分明的眸子微微颤动。

待到霍听澜说完，叶辞再抬头时，眼神中几乎都透着些显而易见的崇拜了。

人生中第一套正装，叶辞觉得哪哪都好，霍听澜却还是挑了几处瑕疵让裁缝修改。几天后再来取衣服时，总算连霍听澜都挑不出错处了，到了周末放假，叶辞直接穿着这身去参加霍家老宅的家宴。

| 04 |

霍家老宅位处市郊，是一处庄园，霍昌裕放权给儿子后携爱妻在此享受人生。庄园中私人马场、温泉、高尔夫球场一应俱全。为保证家人入口的食材足够优质天然，霍昌裕还划分出一片区域作为小型牧场与采摘园，常年雇佣经验丰富的农户打理，庄园上空盘旋着负责实时监测环境的无人机。

这次家宴的来宾足有百余人，霍听澜携叶辞到场时不过下午两点，离晚宴开始还早。

初夏日光曛暖，风也恬静，林瑶盼咐家政团队在湖畔为来宾布置露天下午茶。水波亮如金箔，草场绿意深浓，餐台覆着雪白挺括的桌布，缀着花藤，沿湖一字铺开，阵仗堪比婚礼。

太夸张了。这种场合叶辞只在八点档豪门恩怨电视剧里看到过。一直以来他概念中的家宴就是在餐厅里摆几张喜气洋洋的大圆桌，远远地见了这番布置，他紧张得表情生硬，同手同脚走了几步都没发现。

不是说就是个下午茶嘛，下午茶长这样？

霍听澜见叶辞眼神都发飘了，顿住步子，自嘲一笑："跟老霍这个骄奢淫逸的资本家比，我只是个勉强混口饭吃的打工人，天天被老霍压榨……"顿了顿，他逗弄道，"你不会嫌弃霍叔叔吧？"

这话怪欠揍的，但霍听澜的表情实在是太正经了。

话说回来，霍听澜日常公务确实繁重，和豪门狗血剧中全职谈恋爱的总裁不同，忙时他会伏案工作至深夜，需要参加的各种宴会应酬也少不了，常常睡得比他这个高中生还晚，而且还不赖床。

这个状态，确实与全心全意享受人生的霍昌裕夫妇不同。用打工人术语来说就是比"996"还累，已经无限逼近"007"了。

虽说忙的都是霍家自己的产业，但……

叶辞不禁想起了社会新闻中英年早秃与过劳死的程序员。

想到这里，他忍不住飞快地朝霍听澜头顶瞄了一眼。

头发……倒是相当浓密。霍听澜身材这么好，健身肯定少不了，心脏应该也很健康。

叶辞被霍听澜卖惨勾起一番胡思乱想，无暇再去紧张，他低头看着脚下绿意盎然的草坪，抿了抿唇道："以……以后等我有能力了，我努力帮……帮您分担，您就……不用那么累了。"

这话从一个高中生口中说出来难免空泛，可叶辞模样认真，霍听澜一愣，眼底闪过一抹玩味的笑意。

"是不是不紧张了？"霍听澜目的达成，示意草坪另一侧，"那边是我的几位长辈，等一下走过去我会为你介绍，你问声好就可以了。"

他唇角噙着笑，口吻温柔："别的话我会替你说，你负责点头和微笑……这样安排可以吗？"

"可以。"叶辞求之不得地点点头。

"头点得不错。"霍听澜双手抄着兜，稍弯下腰，歪着头观察那张冷冰冰的小脸，打趣道，"微笑呢？"

叶辞一愣，脸上那层冰壳化了，唇角羞怯地扬了扬，调整好状态与霍听澜并肩走向湖畔。

林瑶正与霍家几位长辈喝午茶，见人来了，款款起身，优雅而不失亲昵地挽住叶辞的手臂，引他坐到自己身旁。

桌上人不多，叶辞跟着霍听澜挨个问好。一番客套完了，林瑶忙不迭地拉着叶辞说话。她保养得当，半点儿不显老，开了口，嗓音柔婉，轻声埋怨道："听澜说你怕生，学业又繁重，一直拦着，不肯让你来老宅这边。我看啊，他就是小心眼儿，小气鬼……"

霍听澜一晒，任由林瑶笑眯眯地数落他，像是默认了，只欠身为叶辞斟茶。

霍家人丁兴旺，霍听澜虽是霍昌裕这一支的独子，叔伯、堂兄弟却不少。这些人知道他的遗传病症状逐年恶化，又不像霍昌裕那么好运，与林瑶结婚后便误打误撞控制住了病症，伴随着症状加重，霍听澜手中的权力肯定握不长久，迟早要分权，因此都乐见其成。

谁料前阵子楚家凭空冒出个从外面认回来的私生子，说是有办法给霍听澜做安抚性治疗，这下子霍听澜病有得治，权力财产大概率就没这些叔伯、堂兄弟什么事儿了，他们自然对叶辞生不出半分好感。

这样一来，家族中少不得流传些尖酸刻薄的谣言，说叶辞出身贫贱，是私生子，又没认祖归宗云云，也有说这些消息都是造假，实际根本没什么所谓的安抚性治疗，只是林瑶不甘心，打掉牙齿和血吞，做戏给其他霍家人看。

林瑶心气高，又一直被霍昌裕捧在掌心宠着，哪受得了这委屈，被霍家人的那些闲言碎语气得七窍生烟。这段时间她一直憋着，好不容易盼来机会出出气，演也要演得亲密热络。何况那孩子好看又安静，确实惹人喜欢，说是演，但也有七八分真。

林瑶少女般俏皮地揽住叶辞肩膀，故意气人："你越不给我看，我越偏要看，这次你可管不了了。"

她说着，转向叶辞，柔声道："小辞你得在这里留宿几天，好好陪我说说话。"

叶辞被林瑶的热情攻势弄得六神无主，又不懂这些社交辞令，老实地点了点头，道："好。"

乖小孩儿。林瑶心里怜惜，又多了几分喜欢。

霍听澜莞尔，摇头道："他明天还要上学，从这边去学校要早起半小时，周末作业也不少……"

"小辞别听他的。"林瑶打断，愤愤地教训儿子，"难得出来玩一天，你还盯着人家写作业，烦不烦啊。待会儿你带小辞去散散心，骑骑马，打打高尔夫，让小辞开心就是你的责任，你的义务。"

霍听澜温和一笑，举手告饶："没问题，等我批改完作业就带他去。"

"你……"林瑶气结，霍昌裕在一旁哈哈大笑。

桌上气氛逐渐热络起来。

与之前计划的相同，霍听澜一直游刃有余地代叶辞答话，直到林瑶温温柔柔地埋怨他，说话全让他抢着说了，嫌他欺负人，霍听澜这才温声辩解道："我们家这位小朋友性格安静，不爱说话，我就替他多说几句。"说着，他偏脸望向叶辞，笑叹道，"我哪敢欺负他。"

叶辞闻言抬眸，撞上一双漆黑的眼，蕴着笑。叶辞手指一紧，垂下眼。

林瑶眉眼弯弯，嘴角噙着抹笑。

这时，楚文林携夫人幼子来到桌前，与一众霍家人寒暄。

楚文林的幼子名叫楚睿，与叶辞同父异母，许是专捡父母缺点遗传，生得蠢钝痴肥，活像截烤炸了的香肠，叫人一看就喜欢不起来。霍听澜朝三人看过去一眼，态度冷淡，仅微微颔首致意，随即便以临近期中作业繁重为由带叶辞离席。

他引着叶辞避开人群，从僻静的花园小路走进主宅，来到二楼收拾好的客房，在门口站定："书包给你带过来了，下午不用你出面应酬，安心学习，作业写完了拿给我检查……"

"嗯。"叶辞撇开脸，"我……我写作业……您去忙吧。"说完就伸手关门。

门掩到一半，却被一截小臂稳稳挡住，霍听澜一哂，道："急什么，话还没说完。"他不紧不慢地抵住门，低声询问，"今天开饭可能会晚一些，肚子饿吗？我让人送些茶点上来？想吃什么，甜的还是咸的……"

"……什么？那就甜……"叶辞一下午见了这么多陌生人，社交恐惧症大爆发，就快原地爆炸了，他抬眸，求救般看着霍听澜，"咸的也……都行，不挑。"

眼看小猫炸毛了，霍听澜愈发来劲，含笑逗弄道："想喝点儿什么，茶？果汁？"

"随……随便。"

"方才那份大吉岭红茶觉得还行吗？"

"行，霍叔叔，我作业还……还挺多的，得抓紧写……"

眼见再逗下去叶辞就要崩溃了，霍听澜这才收了神通，转身离开并掩上门。房间静下来，叶辞坐到书桌前，忙不迭摊开卷子，逃避什么般奋笔疾书，时不时搓搓耳朵，笔尖磨得演算纸沙沙响。

刷了会儿题，叶辞的心绪渐渐沉淀下来，注意力成功集中在了卷子上。

得益于这段日子霍听澜的辅导，他进步相当快，而且这两套都是阶段测试卷，针对的知识点是近两个月课堂上的新内容，让他卡壳的题目没几道。

几天后就是期中考试，名次不好说，毕竟开学摸底考连倒数第二都甩他一大截，但分数应该能提升不少。

两套卷子做下来，叶辞总算找回了一些辍学前做题的手感，心情是难得的畅快，他甩了甩发酸的手，打算歇几分钟接着写语文。

就在这时，门外传来几声猫叫。

叶辞抬了抬眼皮，打开门朝走廊张望。

他喜欢动物，这段时间学习任务虽繁重，他也抽空去流浪动物救助站看过两次，这会儿听见猫叫，自然心里痒痒的。

走廊上，一只胖嘟嘟的拿破仑矮脚猫团在墙角，一身亮缎般的皮毛愤怒得微微炸开，叶辞那个弟弟楚睿正端着一把不知从哪弄的玩具枪朝它发射橡皮子弹。

楚睿今年八岁，袭承了楚文林骨子里的恶毒自私，又极受奶奶娇纵，任性得没个人样儿，看不出一丁点儿出身名门的礼数教养。方才在茶会上有楚文林和他母亲阮嘉仪管着，勉强装了会儿乖，一溜出大人的管辖范围就立即原形毕露了。

叶辞没怎么和他说过话，别说不想了，就是想说也没机会——这弟弟稍有不顺心就会尖叫得像只被烫毛的猪崽。

叶辞掠了楚睿一眼，没吭声，安静地抱起猫，揉了揉它被橡皮子弹打疼的地方，转身回房。

怀里的小胖猫嗲得很，看出叶辞待它友善，就扭来扭去喵啊喵的，娇娇地告状。叶辞弯了弯嘴角，无视身后楚睿聒噪的喊叫。

他在模拟子弹出膛的声音："砰！砰砰砰！"

紧接着，一颗橡皮子弹正中叶辞后脑。枕骨被打得生疼，像在无防备的状态下被小男孩牟足力气抢了一拳，叶辞眼前甚至闪过一道黑影。

这种玩具枪的破坏力惊人，如果瞄准眼睛，能把人打瞎。

"哈哈哈哈！"楚睿亢奋尖笑，蹦跳着，肥胖的脸染上几块不均匀的红，一双细眼陷在肉里，看上去更像猪了。

叶辞深吸一口气，没敢回头。他想象得出楚睿此时惹人憎恶的模样，怕自己会按捺不住对一个八岁孩子使用暴力的冲动。毕竟和这种小畜生好好讲道理也只会自取其辱，更何况，他还需要楚文林给的医药费，不能冲动。

漠视是唯一的办法。

他抬步回房，身后忽然传来一句辱骂："野种。"

童声脆亮，却带有一种天然的恶毒，以及病态的兴奋。

见叶辞没发作，只是静静往回走，楚睿胆子更壮了，笑嘻嘻地，唱儿歌似的道："私生子，下等人……"

他兴奋得像个新手实验员，偷来了几样危险的试剂，一股脑地泼向笼中，迫不及待地观测实验动物的反应。

八岁的孩子，说幼稚是幼稚，但在某些方面却奸猾得可怖，他知道这个便宜哥哥惹不起自己，欺负了也就欺负了。

叶辞闭了闭眼，装没听见。

见他不为所动，理都不理自己，楚睿气急了，搬出撒手锏，嚷嚷道："我妈说你妈是——"

就这么几个字，叶辞的耳膜嗡的一响。

母亲是他的软肋，是他再怎么忍气吞声也不容别人践踏的地方。

可就在这时，楚睿的挑衅戛然而止了。

身后传来霍听澜的声音，平稳沉静，听不出情绪："你是哪家的孩子？"

叶辞一怔，回过头。

霍听澜立在楚睿身侧，单手抄兜，修长五指罩着楚睿肉滚滚的脑袋，轻轻巧巧地，把楚睿的正面扭向自己，还左右转了转。

那姿态不像是在辨认一个有尊严的活人，而像是在寻找一件球形工艺品上的署名。

"啊啊啊啊啊啊！"楚睿使出拿手绝活，纵声尖叫。

霍听澜了然地一点头，撒了手。

"爸！妈！"楚睿连蹦带跳地撒着泼，跑去告状了。

叶辞目送楚睿号啕远去，沸腾的血液凉下来，找回了理智。

其实他脾气挺软的，之前动手揍人也不是真的被愤怒冲昏了头脑，而是在贫民窟生存养成的习惯。那里的人大多欺软怕硬，遇上挑事儿的他不揍服了立立威，他和妈妈的日子就会一直过不安生。

但楚睿不会真的影响他什么，以后少有机会再见，刚才的挑衅也被打断了，那就没必要了。

退一步海阔天空，他没有因为几句辱骂就和人没完没了的资本。

"霍叔叔。"叶辞站得挺拔，像株风霜难侵的竹，语气平静，"是……是叫我去吃饭吗？"

霍听澜身形颀长，静静立在光线柔和的走廊上，端详着叶辞。

叶辞搭在猫耳朵上的手指在发抖，他佯故作镇定。

向监护人寻求庇护与安慰、撒娇、告状……这些在十来岁的孩子眼中本该是天经地义的事情，对叶辞来说却难以想象。

面对困难，他永远选择坚强或是逞强。

片刻安静后，霍听澜温和地笑了笑，道："就是上来看看你……开饭可能得再等等，你先回房玩会儿猫？"

"好。"叶辞松了口气，抱着那只哆猫匆匆回房。

手上沾猫毛了，不方便擦眼睛。叶辞偏过脸，用肩膀蹭了下眼角，随即把湿漉漉的脸埋进柔软的猫肚子里。

猫咪身上散发着宠物沐浴露的淡香，猫毛打理得丝滑柔顺，叶辞被那四只软乎乎的小短脚踩了一会儿，心中郁结消散了些许。

而就在这时，楚睿杀猪式的惨叫穿透楼板从一楼传来，这是挨训了吧。

叶辞也没在意，早听惯了。

也未必是因为他的事挨训，那种熊孩子一天能闯祸八百个来回。

但与以往不同的是，楚睿的惨叫没持续几秒钟便戛然而止，过了一会儿，惨叫变成了号啕大哭，那委屈和心酸劲儿，连孟姜女都学不来——楚睿是真哭了。

淡漠如叶辞都觉得新鲜，难以想象，想见识见识。

他怕吓着猫，把它放在床上，自己循声找过去。没走多远，才下了几阶楼梯就见一楼的一个小偏厅里或站或坐了几个人，楚睿的胖脸上印着两个鲜红对称的巴掌印，楚文林的脸色难看得像猪肝，指着楚睿鼻子暴喝："让你哭！你再哭！"

霍听澜端坐在沙发上，一派从容优雅的样子，像是嫌弃楚睿号啕时溅射的唾沫星子，用方巾轻轻点拭着西服前襟，擦完，将昂贵的丝质方巾团了团丢进纸篓，姿态轻慢。

楚文林的正房夫人阮嘉仪哭花了妆，顾不得端庄体面，扑上去拽楚文林高高扬起的巴掌，却被丈夫推搡了一把。

"都是你教他的那些混账话！"楚文林扭转矛头，直指阮嘉仪，演给谁看一样卖力地数落她教子无方。

骚乱再次升级。

阮嘉仪不堪受辱，哭了一场，扯上楚睿就走了，晚宴也不参加了。

太太儿子离场后，楚文林伏低做小向霍听澜告罪，拍着胸脯保证回家一定严厉管教，生怕因为小儿子的几句无心之言使两家生出龃龉，影响日后的合作。

"……楚先生言重了。"霍听澜措辞生分，"而且，您没有必要向我道歉，您道歉的对象应该是叶辞。"

"是，是，霍先生说得在理。"楚文林躬着背，哈着腰，点头如捣蒜。

"小辞……"霍听澜偏了偏头，不动声色地用眼尾朝楼梯扫去。

片刻前那道蹲在楼梯上的影子小猫儿似的溜走了，显然是不愿和楚文林接触，也不屑接受他虚情假意的道歉。

霍听澜淡淡一笑，怕隔墙的小耳朵听不真切，话锋一转，抬高了声音："他性格宽厚大度，懒得计较这些小事，说不定扭头就忘了，只能是我这个临时监护人帮他计较计较了。"

叶辞听得出霍听澜忽然抬高声音，知道这话是故意说给他听的，为了让他出气。

有人帮忙出头的感觉太陌生了，叶辞脚下一滑，险些在楼梯上绊一跤。

|05|

霍听澜上楼叫叶辞吃饭时，叶辞已溜回房和猫玩了好一会儿了。

偏厅的动静闹得不小，除非是聋了，否则很难不知情。但叶辞不知道怎么开口提，有人帮他出气，为他教训人，这种体验难以描述，他的心脏像是在肋骨后小小地窝成了一团，又酸又热的，几乎要让他融化了。

霍听澜抱臂倚在门口，稍一斟酌，从容地帮他打开局面："刚才你都听见了？"

"嗯。"叶辞的薄眼皮轻轻一跳。

"在楼下简单教训了他们几句。"霍听澜轻描淡写道，"动静有点大，吵到你学习了吧？"

他们显然是指楚文林一家三口。

论起世家交情，楚文林与霍听澜算是同辈，楚文林还年长霍听澜十岁，论起来应当算是世家兄长，"教训"这个词用得相当傲慢无礼。

但是，够解气。叶辞压了压上挑的嘴角，维护霍听澜此举的绝对正当性："没……没吵到我学习……我玩儿猫呢。"

玩儿猫……霍听澜低低笑了。

随即，他敛去笑意，正色道："好好的家宴被我弄得鸡飞狗跳，也怪我脾气不好，大庭广众的，没忍住，忘了给楚先生留几分面子……"

他做着检讨，语气却隐露揶揄，黑眼瞳中亦蕴着几分与叶辞心照不宣的促狭。

"你不会埋怨我吧？"他明知故问。那语气，分明就像在邀功。

埋怨？怎么可能会埋怨。

"不会！"叶辞急忙否认。

胸腔中的情绪饱胀得几乎要溢出来，可他怕自己显出小人得志的嘴脸，于是尽量维持冷静，客观地评价道："楚睿确实……得……得有人……管教一下。"

霍听澜一笑，垂眸觑着叶辞蚌壳般紧闭的嘴唇，边盯着，边以言语为刀，老练地想从里面撬几句好听的："嗯，我帮你管教了……该对我说什么？"

这种时候说什么？当然是该说"谢谢"，幼儿园小孩都知道。

叶辞也不知怎么，可能是叛逆期还没过完，觉得有点不好意思，声音低了些："谢……谢谢霍叔叔。"

房中静了几秒。

霍听澜唇角微扬着，摆出一副沉稳正直的口吻，问了句臭不要脸的话："霍叔叔好吗？"

十分钟后，与霍听澜一起来到宴会厅正门时，那种令叶辞抓耳挠腮的尴尬总算被晚风吹散了些。

霍叔叔好吗？

这问题简单得都不用过脑子，他却乱了阵脚，磨蹭了好一会儿才嗫嚅着被霍听澜榨出个"好"字。

宾客都已到场，他们是来得最晚的那一拨，叶辞匆匆和霍听澜在宴会桌前挨着坐下。

家宴的氛围并没被阮嘉仪与楚睿的临时离场破坏，楚文林自知理亏，极力表现得无事发生，旁人问起，只说幼子身体不适，被太太带回家休息了。

许是因为时令适宜，宴席的菜式中海鲜鱼类占比较高，食材昂贵到奢靡，摆盘亦令人眼花缭乱，十道中有八道是叶辞叫不出名的，连筷子都不知道从哪下。偏偏楚家从外面认回私生子一事早已在几大家族间传开了，众人对楚家这位真正的长子都有些好奇，叶辞虽不是家宴的主角却胜似主角，身处视线中心，时时刻刻都有目光投来。

他怕暴露无知惹人耻笑，连累霍听澜陪他丢脸，索性不动筷子，端起杯子慢吞吞地抿了一小口果汁。抿完，他放下杯子顿了顿，正欲再抿一口，霍听澜却自侍者手中接来一双新筷子，往他餐碟中夹了一块煎得金黄的奶酪蟹肉，正好是一口的大小，附耳轻声道："也不知道这边厨师的手艺合不合你口味……先尝尝？"

"嗯，好。"叶辞得救般夹起那块蟹肉。

"试试这个，品相还不错。"霍听澜又泰然自若地夹起一片雪花纹路的生鱼刺身，用筷子尖儿蘸了山葵酱点上，再把没酱的一面蘸进叶辞手边的味碟，动作慢得恰到好处，能使叶辞看清吃刺身的蘸料流程。

叶辞一怔，回过味来，眸子微颤，亮得像是覆了一层薄薄的光。

自己的窘迫被霍听澜看透，他却不难受，只觉得暖融融的。

整场宴席中，霍听澜一直表现得体贴入微，放下身段不停为暂住在自己家的小朋友夹菜，添果汁，挡酒……恨不得连蘸调味汁这种小事都一并代劳，种种举动皆透出绅士风度，平常人家中的长辈对待小辈也罕见有这么体贴的。

席间的一众宾客看着，逐渐心知肚明，虽说叶辞是在外流落多年的私生子，在楚家不得势，但在霍家却是有地位的，听说他能辅助治疗霍听澜那种顽固的遗传病，看霍听澜这态度，应该是真的。众宾客遂纷纷上前，借着敬酒的机会找叶辞热络攀谈，而敬给叶辞的那些酒几乎全由霍听澜代喝了。

"霍叔叔。"宴会进行到后半程，叶辞忍不住了，在桌布下轻轻扯霍听澜的袖口。

"嗯？"霍听澜稍偏过脸。

叶辞指指自己的杯子："不……不用帮我挡酒，我……我能喝。"

趁霍听澜不备，他偷偷给自己弄了杯啤酒，金黄气泡在杯口弹跳，散发着麦香。

霍听澜眈着他，唇角翘了翘，咬字很轻地重复道："你能喝？"那嗓子被酒浸透了，带着微醺的暗哑，沙沙地磨着耳朵。

叶辞愈发确信霍听澜醉得不轻，定了定神道："能，我怕……怕您喝醉了……明天头疼。"见霍听澜不置可否，他蹙眉，有点儿急了，不经意地抬高声调，"我……我觉得我酒量……应……应该还行。"

说到喝醉……霍听澜从来没真的"醉"过，他对酒精的抗性很高，酒精只会让他的头脑兴奋。

他不需要一个十八岁的高中生替他挡酒，他也不该纵容叶辞饮酒，到底是成年没几个月，该离烟酒这些东西远些。

叶辞的周末作业也没写完，吃完饭回去歇一歇，还得再写套卷子，无论如何都是不应该饮酒的。

不过……霍听澜缓缓拧起眉头，瞳仁渐渐变得漆黑。

"行吗，霍叔叔？"叶辞不知死活，还跃跃欲试地望着他，眸子清澈，干净稚气，一心想为他分担。

少年的心，澄澈珍贵。

像是决定了什么，霍听澜缓缓将唇角勾起一个弧度，嗓音暗哑："就这一次……下不为例。"

"嗯！"叶辞握住酒杯，精精神神地拔直了腰杆，起身为霍叔叔挡酒。

他饮酒的样子帅极了，沉稳利落绝无废话，只绷着张小脸儿，等来敬酒的宾客寒暄完毕，仰头就是一杯。

霍听澜把玩着空酒杯，盯着叶辞，眸光沉沉。

一杯。

两杯。

三杯。

……

侍者凑上来为叶辞倒第四杯时，霍听澜忽然用五指虚遮杯口挥退了侍者，随即，他睨着叶辞，语露揶揄道："酒劲儿这么快就上来了……还说酒量大。"

叶辞用力眨了眨眼，瞪圆，眯起，盯着灯光的重影自顾自纳闷儿，又用手背揉眼睛。

"别揉了，手脏。"霍听澜失笑，矜持地用两根手指轻轻挡开叶辞揉眼的手，"小学的生理卫生课没上过吗？"

"这个酒，"叶辞扭过头，脸红扑扑的，企图找补，"度……度数应该挺高……"

"给你倒的都是六度的淡啤酒，高吗？"霍听澜一哂，不冷不热地噎他。

叶辞一怔，蔫了。

宴会临近尾声，多少有些闹哄哄的，霍听澜嗓音压得又低，旁人听不清他说了什么，只见他神色促狭，凑在叶辞耳朵旁轻声细语，像在说什么悄悄话。

岂料霍听澜只是在一本正经地修理小孩儿："虽然说你是成年人，但满十八岁不久，身体发育未必跟得上。这种淡啤酒三杯你还能撑住，换成度数高些的，你现在可能已经躺下了。在自己家里还好，出门在外的话，遇到居心不良的人，人身安全都得不到保障。你以后还敢在外面喝酒吗？"

"我知……知道了，霍叔叔，以后……不敢了。"叶辞臊眉耷眼的，垂着脑袋。清朗的少年音浸了酒，像是被酒泡软了，柔如绒羽，一改往日故作冷峻的风格，老实得要命。

霍听澜低低一笑。

也算是排除了一个重大安全隐患。这个年龄的男孩子，说了也不听的，还是自己碰碰钉子才能记忆深刻。

SHOUHU
守护

天上月、山巅雪，
看似冷冽遥远，高不可攀，
落入他怀的却是脉脉清光与春风化雨。

| 01 |

晚宴结束，宾客陆陆续续开始告辞。

一般来说，在这种场合霍听澜该陪着霍昌裕和林瑶送客，理应是最晚离开的，或是索性不走，直接在这里留宿一夜。但实际上是宾客还没走几拨，霍听澜便已带着叶辞上车了。临行前他与林瑶咬了几句耳朵，也不知说了什么，林瑶忽然面露忧色，也不提让霍听澜留宿的事了，摆摆手直撵他走。

车上，霍听澜罕见地流露出疲态，头稍向后仰着，闭眼假寐，俊挺的眉微蹙着，太阳穴的青色血管一跳一跳，像是不大舒服，龙舌兰的凛冽香气一涌一涌地弥散在车中，较平日更为浓烈。

叶辞一时没察觉到不对劲，还以为霍听澜是喝多了难受，结结巴巴地关心道："霍叔叔，用不用让……让车靠边停一下？我陪您……下去走走……呼吸一下新……新鲜空气。"

霍听澜闭目勾了勾唇："我没喝醉……"

叶辞不相信地摇摇头，还想劝，却听得霍听澜轻轻抛来后半句："这是发病了。"

霍听澜语毕，车中静得落针可闻。

自上次发病到现在，他已靠日常与叶辞相处时获取到的精神安抚将病症发作的日期推后了不少，眼下看来是推无可推了。

三杯六度淡啤酒带来的醉意被冲散了，叶辞吓得醒了酒，目光游离，舔了下发干的唇，嗫嚅着，不知该说什么。

这一个来月他与霍听澜相处和谐，几乎将这事抛在脑后。之前为帮霍听澜延缓发病，他给过抱枕，在那之后，他每天和霍听澜在书房中相处几个小时。

这种程度的日常接触他都能接受，与协议中的要求是一样的。

问题是霍听澜真的发病之后，这些还够吗？

毕竟霍听澜自己也说过，这次病症发作不知为何来得格外严重。

但如果不够的话，叶辞自己也不知道应该怎么办，这种安抚精神痛苦的能力其实连他自己都没搞明白，不像水龙头说开就开，说关就关，实际上他并不确定自己真的能对霍听澜的病症帮上忙。

正在叶辞纠结不安时，车里忽然响起一声低沉的笑。

"不用紧张。"霍听澜揉按着额角痉挛弹动的淡青血管，因疼痛，眉宇间褶皱愈深，却强忍着，克制地安抚他，"我暂时不会做什么伤害到你的事。"

这种病发作时患者经常会表现出极强的暴力倾向与破坏欲，不过霍听澜目前的状态还没有那么糟糕，称得上理智尚存。

但是他话语中那个"暂时"就显得有些耐人寻味了。

"没紧张，"叶辞停止住发散的思绪，咽了口唾沫，干巴巴道，"就是担……担心您……"

独属于叶辞的具有精神安抚力的香子兰气息正在车中静静弥散着。甜而淡薄，混入今晚格外凛冽馥郁的龙舌兰香中，顷刻便难觅其踪。

"不用担心我。"霍听澜自嘲地笑笑，语调温柔又无奈，"早知道不和你坐一辆车了……本来就没打算告诉你，挺一挺也就过去了，十多年都是这么熬过来的，这一次也没什么。等下到家你就回自己房间……"他顿了顿，"不用管我。"

正说着，大约是头部痉挛的血管疼得太厉害，他轻轻倒抽了口冷气。

几不可闻的嘶的一声，比一缕风还轻，叶辞却听清了。

那么好的霍叔叔，对他那么好的霍叔叔……

叶辞头脸充血，一句正常情况下打死也说不出来的话从他热腾腾的、鼓动着少年意气的胸腔中浮升，短暂地冲破社交障碍的束缚，脱口而出："您不……不用忍着，我主要是不知道能……能怎么帮忙，有什么我……我能做的……您告诉我就好。"

"你确定吗？"霍听澜抬眸，漆黑眼底闪过一抹微不可察的笑意，绅士而饱含歉意地向叶辞做出警告，"我觉得我可能会需要拥抱你一下……而且我的性格表现会和平时不太一样。"

这种病症的患者会在发作时变得偏执、暴躁、情绪化、性情大变。

霍听澜的眼白已因痛苦泛起血丝，神色却隐忍依旧，看起来分明就很正常。

叶辞对这种病有过了解，那些病人在发作时往往都比霍听澜暴躁、阴沉得多，相形之下，霍听澜显得十分纯良无害。

然而，事实上霍听澜这种遗传病的严重程度是叶辞这种缺乏医疗知识的高中生所想象不到的，霍听澜承受的是远比其他患者强烈百倍的精神风暴。

因此，对于一个正在经历精神风暴的患者来说，看起来正常，就是最大的不正常。

叶辞后知后觉地对自己刚才的发言感到不好意思，拥抱这种程度的肢体接触对他来说还是太勉强了，他张了张嘴，险些咬了舌头："确……确定。"

说完，他不敢再看霍听澜，扭头看前面。

拥抱会不会起作用他不确定，霍听澜提出这一要求显然也是直觉使然。

不过叶辞觉得大概是会有效果的，他安抚救助站里的大黑时也是用拥抱加抚摸头部的方式，退一步讲，就算是对不需要精神安抚的普通人来说，一个温情的拥抱也经常能起到舒缓情绪的作用。

叶辞紧张得眼珠都僵住了，直直盯着后座与驾驶室之间的挡板，耳畔传来西服面料摩擦的窸窣声。

他们之间原本隔着一个人的安全距离，而那距离正在缩减。

叶辞视线余光里，一条裹在银灰色布料中的手臂舒展开来，头顶上方响起霍听澜的声音："叔叔抱。"

叶辞对肢体接触抗拒至极，心里下了决定夸下海口是一回事，真要和人接触则是另一回事，他犹豫了下，身体僵持着没动。

霍听澜进一步迫近了，胸膛硬邦邦的，又有橡胶般的韧度，缓慢而沉实地抵住他。

一个很普通而又短暂的拥抱。

叶辞十分别扭地撇开脸，他早已不记得上次与人拥抱是什么时候了，又是和谁。

大约是和叶红君吧，除了妈妈他不可能让别人抱，但时间就真的记不清了。估计是在他产生社交障碍之前的事了。

就算没有心理障碍这回事，十来岁的男孩子也大多抗拒与人亲昵，对温情避如蛇蝎，怕灼伤了自己那份脆弱的桀骜。

|02|

一个小时的车程过去了。

说不上时间过得快还是慢，叶辞只知道对于一个患有严重社交障碍的人来说，这一个小时实在是太折磨人了。

这一路上叶辞一动都不敢动，下车时连双腿都在打战，几万块一套的定制西服，前胸后背挤得全都是褶，活像团梅菜干。

叶辞边抬步走进霍宅边攥着衣摆往下抻，想把它抻平，还头晕脑涨地琢磨着去哪找个熨斗熨一熨……

还没走出几步，他忽然觉出不对。

叶辞一转身，视线平平对上了一枚丝绸提花的淡青色领带结。极近，近得透着股疯劲儿。

"您怎么……"叶辞瞠目，"还没好吗？"

就算是救助站里最凶的那条德国黑背，在被他安抚过一会儿之后都能正常好几天了。

霍听澜这病的严重程度果然和他想象中的不太一样。

"好什么？"霍听澜用一种狩猎般的眼神把他盯着，幽幽反问道。

叶辞这一个多小时因为紧张，一直在车里保持着一个姿态，浑身关节都上锈了一样，肢体也泛起力竭感。

居、居然还要？叶辞傻了，危机感姗姗来迟。

叶辞脑子混乱，干咽了下唾沫，强作镇定："我的作业还差……差一套卷子。"

他拿学习当挡箭牌，学习是头等大事——霍听澜管教他时亲口说过。

他不是出尔反尔终止头痛症的治疗，他就是想缓口气儿，平静平静，哪怕是一两个小时呢，他都快不行了——这种治疗方式对社交障碍患者来说实在太不友好了。

"我知道。"霍听澜颔首，瞳仁乌黑，辨不出情绪。

"马上期中考……我不……不能偷懒。"

"嗯。"

霍听澜倒是通情达理。

"我先……去写了。"

叶辞暗暗松了口气。

"嗯。"

没想到霍听澜极好说话。

十分钟后。

桌面摊放着一套物理卷子，叶辞坐在桌前，用手掌撑着额角，指缝里死命夹着几绺黑发，头埋得极低，鼻尖都快贴到卷子上了。

叶辞的转椅旁边，紧挨着另一把转椅。霍听澜岔开一双笔直的长腿，大马金刀地坐在那把转椅上，盯着他。

霍听澜是放他来书房写作业了，但是他想不到居然是这么个写法。

之前他得了许可，满以为能消停一下，把剩下的一套卷子写完，他的戒备就松懈了。岂料霍听澜不言不语地跟在他身后，一踏进书房就反锁了房门，一半仍维系着平日矜贵绅士的做派，一半却明显是精神不太正常的样子。

"您怎么……"叶辞微张着唇，愕然又可怜。

怎么这样？话说半截，咽了回去。

"抱歉，还是吓到你了……卷子你照常写，就当我不在……可以吗？"

叶辞捏着中性笔，笔杆上尽是汗，湿滑得快脱手了，脑海与卷面皆是空白。

为发泄无处着落的尴尬，叶辞撑在额头上的手紧攥成拳，骨节用力得泛起青白色，险些扯掉几根头发。

忽然，霍听澜低声问了句："怎么不写？"顿了顿，他明知故问道，"是不会吗？"

叶辞胡乱点头："嗯。"

"第一道选择题是套用……"霍听澜复述了一条物理公式，喉结与胸腔的震颤传递到空气中。

"懂了吗，"片刻后，霍听澜眼瞳漆黑，睨着他，"选什么？"

"选，"叶辞一恍神，受惊般望向卷面，"不知道……那个，C。"

首先排除的就应该是 C。

"听不进去吗？"霍听澜明知故问。

叶辞拼命在脸上绷出些冷锐的线条，推卸责任道："肚子不……不太舒服，所以……没听进去。"

他不大擅长撒谎，这句也不是撒谎。他的腹部确实不大舒服，而且从回家路上就开始了，越来越重，一直加剧到现在。说疼，又不太确切，更偏向于酸胀、闷堵……许多细微的不适感交织，叫人恨不得把手伸进肚子里挠两把。

"吃坏了？"霍听澜蹙眉。

"有可能，我也……说……说不明白。"可能是海鲜吃太多了，海鲜吃多了容易肠胃不适，叶辞不安地扭了扭，"还……还没治完吗？感觉您应该……差不多了吧。"

语毕，一只温热的大手滑至腹部，精准无误地覆住腹部那一小片不适的区域。

"是这里难受？"霍听澜确认道。

"……嗯。"

手掌的热度传递到疼痛的区域，使痉挛着作乱的肠道舒缓了些许。

"感觉好一点了吗？"霍听澜问。

"好……好像是……"叶辞钳住霍听澜的手腕，扳开到一旁，气息颤抖，清亮的嗓子隐隐发哑，"好点了，我……我待会儿……找个暖宝宝贴上……就……就好了……"

|03|

两小时后。

卧室里。

叶辞用空调被把自己裹成了个蛹，单伸出一只手捏着手机。

他瞥了下时间，合上眼。

明天周一，一上午的数理化，脑子要转得烧起来了，不精神点儿哪行。

他企图强行入睡，可眉眼不自觉地紧蹙着，脸蛋团得像个十八个褶的包子。

几分钟后，叶辞气馁地睁开眼，这才意识到自己脸都酸了。

凌晨两点三十七，叶辞计算了一下剩余的睡眠时间，更睡不着了。

从书房逃回来后他就一直心神不宁。他蹲在露台放空了一个多小时，蹲得腿都发飘了，心脏的搏动频率仍不见减缓，擂得他心口疼。

霍听澜没再找他，他也不敢主动去问。

腹部残留着的热气好像仍在烘着他。

叶辞焦躁地一翻身，脸蛋全埋进枕头里，黑发乱翘，不知在被窝里蹭过多少个来回了。

他跑出来了，不跑不行，今天晚上的霍听澜太不对劲了。

不对劲他能理解，毕竟患者在这种病发作时多少会有些身不由己，尤其是重症患者，情绪失控不稀奇，再强的意志力也是有极限的，有些患者发病时可是都要被捆在床上才能防止伤人的。

可是霍叔叔那会儿散发出的危险暴虐气息，也确实怎么说都有点儿吓人……

叶辞扯住被沿，往上一拽，狠狠裹住脑袋，好像这样就能把乱纷纷的思绪一网打尽。

吓人归吓人，离开书房的那一刻他竟没生出多少逃出生天的侥幸，更多的是担忧和内疚。

当时他跑得急，后来想想，霍听澜当时的模样好像有点儿不对劲。

到底是哪不对劲？叶辞努力回忆。

浮现于脑海中的却只有一截被他攥出指印的手腕，与一双癫狂又竭力克制情绪的黑眼睛。

他后知后觉地意识到，其实就算他不那么死命地挣扎，霍听澜也不会做出什么真正伤害到他的事情。

叶辞抓了把头发，一脚踹飞空调被，下地穿鞋。

不去看一眼，确认霍听澜目前症状已缓解，他的良心过不去。

走廊墙壁的枝形壁灯亮着，拢着一团团柔和的光晕。

霍听澜卧房的门虚掩着，露出一条漆黑的狭缝，不像里面睡了人的样子。

叶辞犹豫了下，也难说是心更悬了还是暂时松了口气。他悄无声息地把门缝推大了些，走近两步，朝床的方向张望。

壁灯的光线寻隙透了进去。那张尺寸大得多少有些没必要的床上狼藉一片，石墨色的绸缎床单与薄被被绞得像条两烂毛巾，好像还破了几处，像是躺在这上面的人忽然发了狂。床头柜上有一支被撅成两截的空注射器，还或躺或立着几个花花绿绿的药瓶和药盒，有一瓶没拧好盖子，小白药片洒了一地，瓶身怪异地瘪着，好像打开它的人已经失常到控制不住手劲。

霍听澜还说不让他乱吃药，就这场面看起来霍听澜也不像正常吃药的人。

鼻梁蓦地酸胀，胀得生疼，叶辞拔腿奔向一楼。

一楼，何叔的管家房也空着，房门大敞，被子掀开，一看就是睡到一半有急事出去了。

霍宅太大了，叶辞漫无目的地挨扇门推开查看，先后给霍听澜和何叔拨去两通电话，两个号码竟都不在服务区。

医院的信号会这么差吗？叶辞蹙眉。

他知道有些这种病的患者为了避免在发作时失控伤人，会在理智尚存时请别人帮忙将自己锁起来。

霍叔叔的话，说不定会有一个"安全屋"之类的地方。

想到这里，叶辞扭头朝通往地下室的楼梯跑去。

果然，楼梯灯亮着，他下到一半，正巧撞见从转角处走上来的何叔，那张向来恭谨有礼的脸上正罕见流露出忐忑的神态。

"霍……霍叔叔在下面吗？"叶辞跑得微微发喘。

何叔一愣，他得了吩咐要遮掩这事，本来计划说霍先生这几天要去专门的医疗机构疗养，没料到在地下室让人堵个正着。眼下这情形，硬要说霍先生没在家，那和糊弄傻子没两样。他干笑了下，顾左右而言他："这……叶少这么晚还没睡？早晨六点半就得叫您起床了，不然您先……"

"那就……就是在了。"叶辞下定结论，灵巧地从何叔身侧绕了过去。

"叶少，哎……叶少！"何叔骇然，忙追上去。

地下这层房间也多，可叶辞一眼就瞟见了那扇不一样的，金属材质的厚重敦实的门。

他凑过去摸索开关，安慰道："我不……不让您难做，我就说是……是我自己找着的。不对……本……本来就是。"

何叔犹豫了下。

自己会不会在霍先生面前难做？这不好说。

这位叶少住进霍宅，本来不就是为了给霍先生治病的吗？都是理所应当的事情。

再说了，这叶小少爷蹿得比兔子都快，他一把老骨头上哪拦去？

"这，哎，这哪行……"何叔推拒着，见叶辞杵在门口鼓捣了半天不得其法，便维持着一脸难色，悄没声地朝叶辞比了几个手势，教他开门。

门开了一条缝。

尽管安全屋内有一套独立的换气系统，扑面而来的龙舌兰香仍浓郁得有如实质，一个呼吸间，叶辞肺腑中便犹如灌满了烈酒。

墙壁与地板都用一种柔软的、类似棉花的材料覆盖住了，为避免霍听澜发狂时伤到自己。

屋内没有信号，但配备有紧急联络设备，能拨打霍宅的几部内线电话，以及联系霍听澜父母和全市的急救中心。

而霍听澜就侧对着他坐在床边，双腿岔开，手肘拄着膝，像一尊沉默而暴戾的石像。

听见开门声，他偏过头，眼神直勾勾地盯住立在门口的叶辞，瞳色幽暗得如同被病痛灼烧出来的黑洞。

他的眼神里混合着疯狂、阴郁、躁动……

叶辞腿弯打着战，艰难地咽了下唾沫，顶着霍听澜那暴风雨般狂乱压抑的气场，朝门内迈了一步。

从这个角度，他只能看见霍听澜垂在两膝之间的手。

双手都缠着绷带，掌心处有渗血。那是攥拳头攥的。

霍听澜的咬肌可怕地颤抖着，从牙缝里挤出含糊的两个字："回去。"

屋子不大，叶辞走近了几步。

这一晚上折腾下来，像是有什么阈值被强行拔高了，虽然嗓音干涩得连他自己都觉得陌生，但在眼下这样的状况中他仍表达得清楚明白："再抱……抱一会儿吧，霍叔叔……不能，就……就这么干熬着……"

就算抛开主观的痛苦感受不谈，这种疾病发作时的痛苦在极端情况下可致人休克，风险是实实在在的。

霍听澜垂眼，不去看叶辞，在半掩的薄眼皮下，一双眸子神经质地轻颤着。

他整个人仿佛正徘徊在某个临界点上，一触即燃。

"我做……做好心理准备了。"见霍听澜纹丝不动，叶辞又上前两步，立在他面前。

细瘦的脖颈与手被湖蓝睡衣衬着，白如玉琢。

有意无意地，他摆出一种故作坦然的姿态，道："您这次随……随便抱……没事儿，我之前就是不……不习惯……"

话音未落，猛地一阵天旋地转，霍听澜惊人的速度与力量在这一刻显露无遗，嘭的一声，叶辞被掼到垫子上，垫子弹软，不疼，却骇人。

"霍叔叔！"叶辞正欲起身，却被霍听澜高热的手掌握住了。

他浑身一僵。

"唔……"叶辞咬牙挣动，但幅度微弱。

如同被某种锋利的刑具折磨着，霍听澜颈侧浮起鲜明的青筋，牙关咬得太紧，喀喀作响。

他在苦苦忍耐，与狂躁的暴力倾向斗争。

为了自保，叶辞挣扎得像一枝风中招摇的柳，拧出青汁般的薄汗，沁在额角。

霍听澜贪婪地嗅闻着那种能让他痛苦减缓的香子兰气息，在最近这段时间，它曾多次安抚他的狂躁，纾解他的痛苦。

一种深沉澎湃的情绪渗入他的每一缕呼吸，海澜般与胸膛一同起伏，那些癫狂、暴戾、恶劣的冲动……渐渐被理智融化成一摊白沫。

他的呼吸仍浊重，眼中布满血丝，却隐忍地，像托着一片易碎的瓷器般将叶辞扶起来，道："抱歉，又吓到你了。"

叶辞弹簧般一跃而起，跳到地上，整了整睡衣，结巴道："没……没事……能理解，那个……"他抬手，用手背贴了下霍听澜的额头。

刚才被霍听澜制住时他就感觉对方的体温高得不太正常，这一贴，果然，额头已烫得像烧红的炭一样。

"您怎么烧……烧得这么厉害……"叶辞一阵焦心，"我得给您量……量一下体温……太严重的话，得去……去医院。"语毕，他转身就要走。

这间安全屋里没放置任何可能会威胁到霍听澜人身安全的东西，体温计这种易碎又包着水银的东西当然也在其列。

霍听澜沉默地攥住他的手腕。

"我就……取……取个体温计……"叶辞舔舔嘴唇，今晚他说了太多话，感觉比平时一星期说的加起来都多，"马上就回来，真的。"

霍听澜不语，只是站起身来，一副要跟着叶辞的样了。

虽然不太尊敬，但叶辞还是一瞬间想到了救助站里那条会在狂暴过后变得十分黏人的德国黑背。

乱，乱想什么呢？怎么能拿霍叔叔和狗比？！叶辞急忙挥散这个大不敬的念头，上楼取体温计。

霍听澜全程沉默尾随。

叶辞上楼找到了体温计，扶着霍听澜在沙发上躺下，照顾孩子一样，模样认真道："您张……张一下嘴……"

霍听澜像是觉得有些好笑，唇角微微扬起，暴戾情绪又减了几分，薄唇依言微微张开。

"把温度计含……含满……五分钟。"叶辞用手机计时，磕磕巴巴道，"我上次发烧的时候……您教……教育我说的，超过三十八度五，就算高烧，必须得去……去医院……您可不能……双重标准。"

霍听澜叼着那温度计，忍笑道："知道了。"

五分钟后，温度量出来了，三十九度二。

"说好的，"叶辞焦急，"您必……必须去医院了。"

说着，叶辞抓起一旁的内线电话，给何叔的管家房打了过去。

| ·04 |

慈恩私立医院，东住院楼三层。

新入院的患者需要静养，除 305 房之外，三层的其他病房中空无一人，静得能听见窗外杨柳枝在风中摆荡的声音。

病房中，叶辞下半身坐在椅子上，上半身趴在霍听澜的病床上，昏沉沉地睡着。

反倒是霍听澜已清醒多时，半小时前护工来过，调高了护理床，给他后背垫了个靠枕，扶他坐了起来。何叔苦口婆心百般劝阻，奈何拗不过霍听澜，忍痛给他送来了一台笔记本电脑。霍听澜靠着床头，就这么用笔记本处理公务。

床边，叶辞睡得正安稳，唇瓣时不时翕动，发出几声含含糊糊的梦呓。

"唔……"不知是梦见了什么，叶辞又哼唧了几声。

霍听澜无声地笑了，暂停手上的工作，将笔记本电脑放到一边，朝叶辞望过去。

叶辞长着一张遗传自叶红君的小脸盘，醒时清冷，眉眼像雪琢的，只有睡得毫无防备时才会显出几分幼态来。这两个月他难得吃得规律又营养，重了几斤，脸颊肉有了几分纯真的弧度。

该给叶辞擦擦脸了，霍听澜心想。

他住院这几天叶辞没日没夜地在一旁看护，知道自己的存在本身就能缓解霍听澜的痛苦，因此连睡觉时都不肯离开病房，几天下来十分辛苦。可能是见今早霍听澜的状态终于平复，那根连续紧绷了好几天的弦才松弛下来，叶辞这一觉睡得极其沉，连口水都流出来了。

多亏了叶辞，这次发病的程度对于霍听澜来说已经算得上是很轻了。

霍听澜轻手轻脚地掀开被子下地，把叶辞摆到床上，用被子盖好，摘掉腕表，将衬衫袖口挽起两折。

桌上摆着一小盆清水与一块毛巾，本来是护工为霍听澜擦脸准备的。

霍听澜用毛巾蘸了些清水，又绞干，细细抹过叶辞的额头、眼梢、面颊与残留着口水痕迹的唇角。

叶辞脸上痒痒的、湿漉漉的，像被救助站里的大黑舔了。他蹙眉，睫毛抖了抖，蓦地睁开眼。

他这一觉睡得太沉太久，意识好像都涣散了，醒来后，眼睛先是迷茫地眨了一下，几乎不知身在何方。

眼中是天花板、墙面、床单……都是一片白。

还有一只手，手背与腕子浅浅浮着几条青筋，雾蓝的衬衫袖口挽得平整，这是稳健的成熟男人的手，偏偏动作轻柔得不行，正用湿毛巾给他擦脸。

为什么会有人给我擦脸？

为什么我会躺在病床上？

叶辞懵懵懂懂的，目光循着手臂看过去。

霍听澜正坐在床边看着他，眸子漆黑，除去温柔辨不出其他情绪，藏得极深。

入睡前的记忆渐次回笼……霍听澜是来住院的，却不肯穿病号服，而是穿着日常的衣服。几缕额发搭着英挺的眉骨，休闲衬衫没打领带，扣子也解了一枚，气质年轻了几岁，与平日叶辞叫惯的"叔叔"不沾边了。他平直的锁骨隐入衣领，肌肉撑起雾蓝色的衬衫料子，矜贵漂亮。

"醒了？"霍听澜抖开毛巾，佯作担忧，"知道自己睡了几天吗？"

叶辞一怔，猫儿似的圆眼睛睁大了："不……不知道……几天？我昏……昏过去了吗？"

怎么一逗就上钩……霍听澜低低地笑出声。

叶辞忐忑地满床摸手机，一看时间，才睡了两个小时，表情顿时变得一言难尽。

霍叔叔是不是……有点儿坏？

"好了，不逗你了。"霍听澜将湿毛巾丢进水盆里，道，"我今天就可以出院了，你这几天为了照顾我一直没去学校，前天和昨天的期中考试都错过了……"说着，他揉了揉眉心，"也怪我，这几天病得昏昏沉沉的，早知道就叫你去考试了。"

叶辞眸子微微一动，他确实很重视这次期中考，一直盼着这次成绩的进步能给自己打一剂强心针，但比起期中考试，还是霍叔叔的健康更重要。

"没……没关系，"叶辞摆摆手，"我正好当……当放假了。"

霍听澜失笑："哪有放假放得这么辛苦的？"

叶辞急道："不辛苦，都……都是应该的，您对我那么好……"

霍听澜猜得出叶辞的心思，知道他没参加期中考试心里其实很失望，温声道："其实我要来了备用的 B 卷。"

"啊？"叶辞眸子倏然一亮，片刻前还故作无所谓，结果这么快就露了馅。

霍听澜莞尔："难度和 A 卷很接近，分数可以作为参考，你自己掐时间考一次。"

叶辞静了几秒，再开口时嗓音有点颤："谢……谢谢霍叔叔。"

霍听澜当天出院，生活回归了正轨。

叶辞拿到了学校的备用考卷，为了能判断出自己的真实水平，他严格按照学校的期中考试时间自己给自己监考，在自己卧室里做完了那几套考试卷子，又问何叔要来答案对照着判分。

选择填空都好判分，数理化生大题也能按照步骤来给分，唯独语文英语的一些主观题他拿不准，尤其是作文。

判低了，不甘心；判高了，自己骗自己也没劲。

叶辞犹豫了一番，他最近常常因为讲题、补课的事情打扰霍听澜，心里虽然知道霍听澜人好，但叶辞面皮薄，每次占用了霍听澜的时间都不太好意思。

他把作文翻阅了一遍，自己确实看不出个所以然来，最后只得硬起头皮拿着卷子找霍叔叔。

"霍叔叔。"叶辞叩了叩书房门。

"进。"霍听澜合上一份文件，扫过叶辞手里攥的卷子，不让他别扭，率先开口道："卷子答得怎么样？"

"发……发挥得还行。"叶辞抿了下唇。

霍昕澜今天穿了件晃眼的白衬衫，帝国领，铂金领针自领尖穿过，一侧缀着小巧的雄鹿角，象征着权势与矜贵。

叶辞垂眼看着拖鞋："就是有的题……像作文……不知道判……判多少合适，您能帮……帮我看一下吗？"

"好，拿来我看看。"霍昕澜伸手去接。

霍昕澜的手修长有力，指骨与腕骨有鲜明的棱角，手背看得见微凸的青色血管。一块价值不菲的机械腕表扣着那截腕子，宝石玻璃与鳄鱼腕带，表盘上绘制着瑰丽的月相图。他有着与生俱来的英俊，更有着金钱滋养出来的，耀眼的从容与优雅。

叶辞把卷子搭在桌角上，忽然生出些局促不安来，小声道："谢……谢谢您。"顿了顿，补充道，"您不……不用着急看的，先忙工作……有空再……再看……"

"学习这么重要的事，当然要摆在第一位了。"霍昕澜随口应道，抽出一支给叶辞批改作业时专用的、灌了红墨水的钢笔，翻开卷子审阅起来。

见叶辞杵在桌旁不走，目光也透着复杂，霍昕澜眼皮一撩，掠他一眼，打趣道："怎么，要监督我判分？"

"不……不是。"叶辞摇头摆手，野猫般"咻"地溜没影了。

翌日一早。

叶辞下楼时，餐桌上放着两份批改好的试卷。

俊逸锋利的红色钢笔字，批注最多的是英语作文，霍昕澜看得很细，语法词汇的误用，他都划出来，在一旁标注上正确的，还顺手讲解了几个句式，批注比作文本体还多。讲解完，他还不忘留下两句鼓励的话，大意是说叶辞进步很明显云云。

本是平常的事，不知怎么，竟让人眼睛发酸。

叶辞反复看了好几遍，霍听澜给出的判分很公平，没为了纵着他刻意放松标准。

他算了算分，和数理化生加在一起，得到了一个令人振奋的分数。

这次测试的分数比开学摸底考强太多了，名次不一定能有多好看，毕竟天成这种学校就连"学渣"也够拼，但分数称得上突飞猛进。

叶辞把卷子折好，打算晚上探望叶红君时给她看看——如果她状态不坏，能和他聊会儿天的话。

而除了妈妈，这世上唯一一个令他想分享喜悦的人，就是霍听澜了。

叶辞神思恍惚地用勺子搅着粥，眼神发飘。

他想起霍听澜帮他收拾妈妈的旧物，珍视他所珍视的；想起霍听澜为维护他脆弱的自尊迂回地帮他学习；想起霍听澜一笔一画写在药盒上的"一日三次，一次一片"；想起霍听澜不厌其烦地一遍遍教他打领带，教他吃那些他叫不出名的东西，为他出气，为他训人。

短短两个月，霍听澜的好，他完全想不过来，因为太多了。

他的霍叔叔是含着金汤匙出生的天之骄子，有盛气，却不凌人，像天上月，山巅雪。霍叔叔看似冷漠遥远，高不可攀，给予叶辞的却是春风化雨的温情。

可叶辞自己，又算得上什么呢？

叶辞木木地喝了口粥，是他爱吃的海鲜粥，可他食不知味。

他想尽了这两个月的点点滴滴，心绪复杂难明，像是对霍听澜的关爱感到心虚，抑或是自惭形秽。

叶辞从小到大除了母亲之外极少能收获到来自其他人的善意，冷不丁遇到一个这样好的人，其实是手足无措的，而且这种手足无措的感觉在逐渐变得严重。

原本叶辞只是在"照顾自己"方面常出纰漏，念书做事一向谨慎踏实，这两天却像横遭笨蛋夺舍，诸事不顺，动辄别人问地他答天，心不在焉得连做间操都跟不上溜儿，去上学，身体和心灵先走为敬，身后何叔颠颠儿地追，拎着书包喊他——他摆明了是有心事瞒着霍听澜。

周三放学，叶辞回到霍宅，和何叔打了声招呼就溜回卧室写作业。

之前去书房写作业是为了共处一室让他对霍听澜进行安抚性治疗，帮霍听澜缓解发病前期的症状，但未来两三个月内都不用再那样了。

叶辞埋头写卷子，不会的题步骤能写到哪步算哪步，这几天他攒了不少题，想碰运气等老师课堂上讲。

作业写掉了一半，夏季的长日也磨蹭着化入暮色，白热的暑气散了，凉风自窗外吹送，反而吹得叶辞燥热难安。

叶辞关上窗子，去开中央空调，按了两下，液晶面板毫无反应，像是接触不良，叶辞与何叔说了一声，拿起剩下的作业下楼，在冷气充足的客厅继续写。

结果他刚下楼，就迎头撞见了霍听澜。

这两天他躲霍听澜颇为卖力，又恢复了初来霍宅时神龙见首不见尾的作风，霍听澜最近正疑惑着。

二人四目相对，把彼此看得清楚分明，毫无转圜空间。

客厅里静了一秒。

霍听澜扫了眼叶辞手里的习题册，轻描淡写地问了句："哪道题不会了，怎么不去书房找我？"

"没，我就是……卧室空……空调坏了……"叶辞支吾着，"下来写……写一会儿。"

霍听澜颔首，手里翻着一份厚厚的文件，打趣道："这几天一直没来找我问题，怎么，任督二脉打通了，忽然全会了？"说完，他没等叶辞回答，垂眸看表，确认会议时间，"我尽量十点之前赶回来，不会的题先攒着，晚上一起给你讲，这么安排可以吗？"

叶辞手指攥着："不，不用了……"

霍听澜大概猜到这小孩儿在别扭什么，也不多言，将外套搭在小臂上，阔步朝大门走去，看着确实有急事。

叶辞把作业放在客厅桌上，写得太专注了，没注意时间，也忘了休息，渐渐地，脑袋里像注了胶似的，思维渐趋迟钝。

太困了，但今天的学习目标还没完成，叶辞困得坐不住，揉着眼睛抱着单词本栽倒在沙发上，一边勉强自己背单词一边放松酸痛的颈椎，也就背了五个单词不到，人就昏迷一般沉沉睡了过去，脸蛋埋在手臂圈出的一方黑暗中。

|05|

叶辞做了一个梦。

梦中，大约是不堪回首的童年时期。

记忆如幽暗的潭水，一浪一浪上涌，令人几欲窒息。

叶辞清瘦的身子原本规规矩矩地在沙发上趴成一条，可或许是来自噩梦的刺激，他渐渐睡得不老实起来，躺姿不再死板得像遗体告别，脑袋在沙发扶手上不安地蹭来蹭去，薄唇翕张着，像是欲张口呼喊却遭沉睡的躯体束缚，额角沁出冷汗，先是细密的，随即汇聚成大颗的汗珠，涔涔而下……

这时，客厅响起不轻不重的脚步声。

洒进房中的月光蓦地变亮了些，不像是月光。龙舌兰香隐隐变得馥郁……

这些感知都很微弱，而且叶辞仍浑浑噩噩着，警觉自混沌中浮升起，可梦魇太沉重，仍死死压着他。

在梦魇中，他仿佛又变成了在暴力面前毫无自保之力的幼童，能做到的只有忍住眼泪与哭声，避免招致施暴者的注意，引来更多疼痛。

"呜……"压抑的细弱哭声。

"小兔崽子！看今天我弄不死你！"男人愤怒地咆哮，随后是更多的辱骂以及蔓延全身上下的火辣辣的剧痛。

忽然，一条手臂沉实地箍住了叶辞，另一条手臂扯出被叶辞无意识团成一团的薄被，抖开，裹住叶辞在梦境中紧张得冰冷的四肢，像用丝蛹裹住细幼的蝶。

自周身传来的轻微压力与热度使叶辞宛如游离在肢体外的灵魂暂时归位了。

"别哭了，没事了。"霍听澜斜倚在沙发上，连人带被地搂着。

他抽出方巾，细细蘸着叶辞发红的眼皮，放软了嗓子，轻轻地将叶辞的意识从梦魇中唤醒："醒醒，小辞，你做噩梦了……"

叶辞猛然睁开眼睛，剧烈地喘息起来。

有那么几秒钟，他分不清现实和梦境，察觉到有人在身旁，便猛地蹬开被子，一骨碌弹坐起来，霍听澜正静静看着他。

"霍……霍叔叔……"

叶辞脸颊血色尽褪，眸子轻颤着，凄惶得像一只惊弓的雁。

霍听澜进门时只开了一盏壁灯，怕猝然亮起的强烈光线使囿于梦魇的叶辞受到惊吓，此时此刻，一屋黑暗被壁灯的暖光温柔地驱散。

霍听澜在暖光中深深望他片刻，开了口，一如既往温柔歉然的语气："抱歉，是不是吓到你了？"

"没，没有。对……对不起，霍叔叔，我……刚才……"叶辞回了魂，想搪塞一番，关节却生了锈般艰涩，嘴巴都张不利索，脸上湿漉漉的，好像糊满了鼻涕眼泪。

他狼狈极了，倚在他身侧的霍听澜却穿戴齐整，衬衫熨得挺括，洗得雪白，领针纤细银亮，缀着片翡翠材质的小叶，凑近了，除去自身常带的龙舌兰香，还能闻到一点须后水的洁净淡香。

对比强烈，叶辞愈发不敢说话，抽出小臂，掩住什么脏东西般掩住自己的脸，身体因梦魇的余波与自卑而剧颤，只希望这一夜尽快结束。

"小辞？"霍听澜圈住叶辞的腕子向一旁拽，想看清他的脸，起初还收着力，见他固执，便悍然扳开，把他一把反扣在沙发上。

叶辞的脸露了出来，那眼梢、颧骨、两腮，全打湿了，红彤彤的。他不敢见人般闭着眼，闭得太用力，眼尾挤出几道可爱的细褶。

"我没……没事，霍叔叔，就是……做噩梦了。"那把清凌凌的嗓子仍染着哭腔，单薄的胸膛急促起伏着，伴随着细小隐忍的抽噎。

他都不记得上次当着人的面这么哭是在几岁了。

太丢人了，他用胳膊狠狠擦了几下脸，咬牙忍住。

霍听澜缓缓收紧揽住叶辞肩背的手臂，轻轻地说："我偶尔也会做噩梦，梦里的事情就像真的一样，所以，没什么丢人的。"

叶辞吸着鼻子，轻轻点了下头，被人哄了反而委屈起来，又蓄起一包泪将掉不掉的。

"想讲讲吗？"霍听澜温言引导，"说出来也许心里会舒服一点？"

叶辞迟疑了，但只是短短几秒钟，随即便像怕被人揭穿什么隐秘一般，匆匆摇头道："先不……不了吧，我……"

霍听澜了然，岔开话题，不去挖掘什么。

他看得出叶辞受过许多罪，吃过很多苦，那么严重的社交障碍与肢体接触障碍，想必是曾经有过相当不愉快的经历。

如果有足够的信赖，叶辞自然会向他倾诉。

霍听澜又引着叶辞随便说了会儿话，以驱散噩梦带来的精神影响。

眼见叶辞的情绪渐渐平复了，霍听澜抛出一个令他近日稍感困惑的问题。

"不知道是不是我的错觉，"霍听澜笑笑道，"这几天我感觉你一直躲着我。你讨厌霍叔叔了？"

叶辞垂着眼，露在被子外面的脑袋摇了摇，讷讷道："没……没讨厌……"

确实没讨厌，他撒不出谎。

"为什么呢？"霍听澜大概有猜测，叶辞毕竟年龄太小，阅历也浅，在霍听澜这种观察力敏锐的人眼中几乎是没有秘密可言的。

这要怎么说？那些自惭形秽的念头，对善意习惯性回避的别扭性子，叶辞自己都不明白为什么。

他心念芜杂，千头万绪。他在心里都捋不清的事，要用嘴捋顺了说清楚，实在太难为一个结巴了。

他把指尖攥得发麻，睁开眼，求助般朝霍听澜瞥去，他仿佛在寄望于霍听澜敏锐的洞察力，盼着对方能看穿他生了病的心，为他诊治，帮他说一说他到底是怎么了。

霍听澜不负他望，轻轻一笑，懂了。

"小辞，"霍听澜没有直说，像是岔开了话题，可实际上谈的还是这件事情，"我想对你提一个要求，可以吗？"

"什么？"叶辞抬眸，"可以的，您……您说。"

那学生气和乖劲儿，让人不忍心发出一点斥责或失望。

霍听澜稍一沉吟，温声道："我希望你以后遇到麻烦，遇到困难，或是需要安慰的时候，能学会主动对我说，让我为你解决，帮你想办法。"他安抚叶辞易碎的自尊，"向正确的人寻求帮助是聪明机变的体现，不是无能，而且……"他望着他，眼神怜惜，却并非可怜，像看一只受了伤的幼鹰，"你还这么小，你所承受的比你的同龄人多得多，但你没有被压垮，你是个很坚强、很勇敢的人，这一点不会因为你客观上需要帮助和倾诉而改变，明白吗？"

很平常的道理，换别人说叶辞会当耳边风，但从霍听澜口中说出来，他听进去了。

"我……我明白……霍叔叔。"他用力点了下头。

霍听澜掀起被角，探进一只手。

在噩梦中受了惊吓，叶辞的手脚冷得厉害，这会儿还没缓过来，白皙冰凉。

霍听澜像握住了一团雪，他缓缓地帮叶辞揉着，先揉了手背、掌缘，又依次揉过叶辞十枚冰凉的、小猫肉垫儿似的指肚，帮助末梢活血。

那手法很温柔，像饲主努力焐暖冻坏了的小猫。

"今晚的事，回去了也不用胡思乱想，觉得尴尬。"霍听澜考虑得周全，怕叶辞心思重，回去越想越尴尬，"做噩梦可能是平时思虑过重，以后有什么心事，可以对我说，有什么负面情绪也可以倒给我，我不介意。"

叶辞胡乱点头："嗯，我……我知道了……"

"你每次都是嘴上答应，下次遇到什么事就继续逞强，这个习惯要改。"霍听澜的黑眼睛蕴着笑，用逗猫棒撩猫似的，用言语牵引着叶辞的心绪，"所以这次我想给你一个任务。"

"什……什么任务？"叶辞的注意力又被拨弄走了。

"练习在一周之内，向我提一次要求，"霍听澜郑重地望着他，一字一句道，"任何要求，只要我力所能及的都可以。"

叶辞迟疑着，难得没一口应下。

主动向人提要求，这项技能他早已荒废了。

清苦的日子使他过早成熟，幼年时的小叶辞就知道要求是不能乱提的。妈妈手头常常拮据，生活要精打细算，因此他练习的一向是压制欲望，尽量不去索要玩具和零食使妈妈为难。长大后则更是如此，他是男子汉，要像棵大树一样顶天立地，成为妈妈的依靠，他理应是解决要求的人。

"我好像没……没什么……可提的。"叶辞试图钻空子，"那要求您讲……讲题……"

"不算，"见小孩儿不服，霍听澜一哂，"最终解释权归我。"

最后叶辞还是说不过霍听澜，头昏脑涨地应了下来。

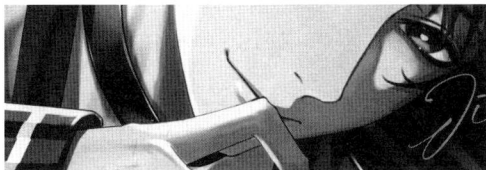

❖
❖

心灵中封闭已久的区域破了洞，
早已膨胀至极限的压力争先恐后地井喷迸射，
被撑得坚硬而畸形的东西迅速瘪了下去，
变得柔软。

YAOQIU

要求

| 01 |

提一个要求，对普通人来说很简单。实在想不出什么特别的要求，考虑到霍家的财力，至少可以索要一份昂贵的礼物。可叶辞偏偏就被难倒了，除了考上一所好大学之外他真没什么想要的，至于他眼下面临的最大困难，也就是叶红君的病了。

生老病死，有时非人力所能及。

这件事他甚至不敢深想，绝大部分时间，他都刻意将大脑的这一块区域维持在一种麻木迟钝的状态中，不去设想如果这世上唯一一个爱着他的人离他而去会怎样，否则他会终日囿于恐慌焦虑中，连日常生活都难以维系。

周六的下午，暑气酷热，一条长椅位于一株合欢树的荫蔽下，叶辞就坐在树下，心事重重地发呆。

原本他是做题做累了，下楼在花园里溜达一会儿，舒展舒展筋骨。可走着走着想起霍叔叔让他提要求的事，随即就顺着这个想到了妈妈的病。

这一想，他胃里沉甸甸的，像坠了块铅。他就随便找了个地方想放空下自己，结果越放空越忍不住往那方面想，越想越焦虑烦躁。

叶辞岔着腿在长椅上坐着，胳膊肘拄着膝，手里摆弄着手机。

给叶红君加的病友群里这会儿挺热闹，几分钟没看消息就上百条了，有人在里面发了赴 X 国参加临床试验的报名资料，有几个患者家属在讨论办理签证和来回路费的问题，叶辞皱着眉翻看资料。

叶红君刚生病的那阵子他对这些消息敏感性极高，这两年见得多了，失望的次数也多了，知道大多数病人都是实在没办法了，才会去尝试那些存在各种不稳定因素的临床试验。人送过去，治不好就算了，就怕患者体质弱禁不起折腾，或是因不良反应起到反效果，而最要命的是不知道真假和靠谱程度。病友群里有的人是靠这个赚钱的，自称有渠道能送患者去参加什么什么试验，吹得天花乱坠，然后收了大笔报名费不干事，患者一直等到死也没等来那个薛定谔的名额。

叶辞又想起了那个"要求"。

或许，霍叔叔会有什么办法吗？有什么他不知道的渠道，或者，至少能帮他打听到哪里的新疗法更有希望……

叶辞的心脏忽然剧烈地跳了起来。

叶辞想得出神，讷讷地放松了手指，手机坠向地面，突然一只骨节分明的手快速捞起半空中的手机。

叶辞骇然，一抬眼，见霍听澜不知何时已立在他身旁，用拇指和食指捏着手机，挑着眉看他。

"霍……霍叔叔！"叶辞腾地从长椅上弹起来，手忙脚乱地扯了扯衣摆，"您什……什么时候回来的？"

他记得他下楼散步时霍听澜还不在家。

霍听澜不答，垂眸看向差点摔到地上的手机，不冷不热地瞟了叶辞一眼："故意摔的？"

"没有，就是，"叶辞音量渐低，"在……在想那个要求……"

"是有很多不知道选哪个吗？还是说想用要个新手机来完成任务？"霍听澜悠悠地问，明知道小孩儿脸皮薄，故意反着猜。

"不是，不要新手机……您平时……已经对我很好了，我……"叶辞眼巴巴地看着霍叔叔，想要说妈妈的事，话到嘴边又说不出口。

霍听澜朝叶辞摊开掌心："收好，不过想要新手机也不是不可以。"

叶辞面红耳赤，很上道地快速把手机拿了回来。

霍听澜微一颔首，转身离开，只留下叶辞怔怔地杵在原地。

一周两次，周六周日的下午或晚上，霍听澜会派司机送他来疗养院看妈妈，具体时间由叶辞自己决定。

三楼是高级病房区，往日都静悄悄的，结果今天电梯门一开就是兵荒马乱的一幕——这层楼有患者离世了。

走廊上停着一张急救床，被子勾勒出一圈人形，被疾病折磨得干瘪伶仃的身体被盖住，已没有生气了。

几个家属在一旁号啕大哭，有个壮得像棕熊似的大汉，跪趴在对他来说窄小得滑稽的急救床边，哭得像个伤心的小孩儿。

"妈！"

他没有妈妈了。

残阳抹在遗体遮面的白布上，那么红，那么荒凉。

叶辞撇开脸，心脏沉得像要坠进胃里，他疾步走进叶红君的病房关门落锁，将那片荒凉与死亡隔离在门外。

幸好，叶红君没有醒，她不会听见走廊上的动静。

不知是不是叶辞的错觉，叶红君好像比上周还削瘦了点，瘦得脱相，颧骨像是脂肪与血肉退潮后浮显的两片浅礁，突兀地撑起青白的肌肤。

被认回楚家时，叶辞向楚文林提过不少要求，他用楚文林的钱带叶红君辗转于一线城市的几所顶尖大医院中，也请过业内一号难求的专家们来会诊，那种昂贵的进口针剂也一直追着打，各种被确认可靠的治疗方案都已经尝试过了，可叶红君清醒的时间好像越来越短了。

叶辞抽掉花瓶中半蔫的石竹，插上几支鲜嫩的康乃馨，捏着茎秆的指尖因走廊中的那一幕后怕得直抖。

他今晚回去后，一定得问问霍叔叔。

万一他正好有别的门路呢。

相识区区两个多月而已，可霍听澜就好像是他此生一切厄运的终止以及一切好运的起始，像一种冥冥中的注定。

那么有没有可能，母亲重病，这段他人生中最大的厄运也会被霍听澜扭转？

叶辞定了定神，不敢让自己想太远，免得失望。他将手里的石竹花扔进纸篓，坐到床边牢牢握住叶红君细弱的手，轻轻叫了声："妈妈……"

他这么大的男孩子，少有用叠字称呼"妈妈"的，他平时也不太好意思这么喊，还是喊单字更自在些。

可在一些脆弱的时刻，"妈妈"这个称呼总能让他汲取到温暖踏实的力量。

"您可千……千万得……好好的。"他长长叹了口气，把头枕在叶红君腿边。

静了片刻，他絮絮地聊起最近的生活，模糊掉了一些细节，拣能说的说。

|02|

探望过叶红君，叶辞回家时天已经黑透了。

一路上他都在琢磨怎么向霍听澜提这件事，打了几版腹稿。

他倒不是怕被拒绝，只是自己心里的坎不好过——该怎么向人开这么大的口。霍听澜若是答应下来，少不了牵涉金钱与精力，这些账该怎么算怎么还，他暂时没头绪。

但也不能不纠结，毕竟他不想因为霍听澜说了一句让他提要求，就厚起脸皮提个这么难办的。

叶辞下了车走进霍宅大门，脑子里不断琢磨事情，心不在焉的，迈进玄关也不抬头，险些直直撞到霍听澜身上。

这人提前得了司机报告，在门口堵人。

"别动。"霍听澜穿着件白衬衫，合上大门，把叶辞堵在门与玄关间的狭缝里。叶辞后背是门板，前边就是双手抄兜的霍听澜。霍听澜脸板着，唇角平直，唯独眸中蕴着一抹微不可察的笑意："这么晚，去看妈妈了吗？"

"啊？"叶辞一愣，下意识地立正，"嗯。"

目光扫过叶辞软乎乎的脸蛋，霍听澜柔声问："不开心吗？手伸出来。"

叶辞一怔，迷迷糊糊地摊开手心。少年的掌心柔软白皙，关节处有捏摩托车把磨出的薄茧。

霍听澜垂眸望着那掌心，往上面放了一根棒棒糖，不知从哪儿掏出来的，肉眼可见的高级货。颇具质感的金纸上印制着华丽的花体字母，细棍上系着一根纤秀的小缎带。

世界的运转有那么一瞬间的停滞。

叶辞的脸也有那么一瞬间的开裂。

小孩子不开心吃颗糖就好了。叶辞缓缓收起棒棒糖，都不知道该摆出什么表情才好了。

霍听澜逗孩子逗得神清气爽，给叶辞让开路，关心起正事来："妈妈最近状态怎么样？"

提到叶红君，下午走廊那一幕蓦地闯入脑海，叶辞狠狠攥了攥手，不给自己时间犹豫，脱口而出道："霍叔叔，您前几天说……说让我……主动和您提……提个要求……我现在提，可以吗？"

"当然可以。"霍听澜放软了嗓音，"你说。"

"您能……能不能帮我……救……救救我妈妈？"叶辞的胸膛剧

烈起伏了几下，他对霍听澜开了口，根本就没有想象中那么艰难，也没有自尊受挫的锐痛，正相反，把话说出口的一瞬间，他竟体会到了一种前所未有的轻松与疲惫。

心灵中封闭已久的区域破了洞，早已膨胀至极限的压力争先恐后地井喷迸射，有什么被撑得坚硬而畸形的东西迅速瘪了下去，变得柔软，恢复了原貌。

借着那股不管不顾的痛快劲儿，叶辞把肚子里的话一股脑倒了出来，生怕现在不说以后又会变得说不出口："我带她把……把能跑的大医院都……都跑了，各种治疗方案都……都试过了，实……实在不知道还能怎么办了，我感觉她……她可能撑……撑不过今年，我真想……想起来就害怕……特别害怕，霍叔叔……"

说到后面，本就堪忧的语言表达能力全面崩盘，叶辞颠三倒四的都不知道自己在说些什么了，闸门洞开，苦水泄了洪，刹都刹不住。

这几年漫漫求医路上的辛酸困苦，为了筹措医药费一天打几份工的疲惫煎熬，化验结果一次次不遂人愿的失落绝望，医院走廊坚硬冰冷的长椅，热水壶盖里泡软的馒头，教室里曾经属于他的空空荡荡的桌膛……太多的心酸委屈，他习惯了牢牢憋住，从来不敢倾吐，否则一旦泄净了那股气，瘪了软了，谁还能撑住他？

终于能说了，让他说吧。

不知道说了多久，他结结巴巴地，说得嘴都累了，脸都酸了，霍听澜挨着他，为了不打断他，与他肩并肩挤在玄关换鞋的长凳上。

霍听澜静静听着，偶尔附和以示自己仍在认真听，坚实的手臂揽着叶辞，一下下拍他的背，哄孩子一样温柔耐心。

情绪发泄得一干二净，叶辞只觉得脑袋都空了，一阵阵发木。

他这辈子都没对谁这么毫无保留地倾诉过，冲动过去了，他后知后觉地不好意思起来，慢吞吞地把那颗小脑袋从霍听澜肩窝挪开，还欲盖弥彰地用袖子抹了抹霍听澜白衬衫上洇湿的那一大片。

霍听澜抬手揉了揉他凌乱柔软的黑发，静了半晌，轻声道："没问题。"

"嗯？"叶辞闷闷地吸着鼻子，还没反应过来。

"你的要求，"霍听澜拍拍他的肩膀，站起身，"本来我打算这两天找时间和你说……跟我来。"

叶辞随霍听澜来到三楼西侧的另一间书房。

这房间他没来过，看起来大约是专门用来存放较为重要的物品，光洁的雪松木地板，柔软的长绒地毯，与人一般高的真皮保险柜，墨蓝嵌金，敦实厚重。

柜中的几个扁抽屉，分门别类地塞满了诸如房产证、股权认购书之类的证件文书，顶上那个则是专为叶辞保留的。

一摞边角捋得平顺、镀膜完毕的旧奖状，喜庆的烫金与正红色的"三好学生""荣誉证书""喜报"，两大本影集，一本叶红君手写的育儿日记都共同安详地躺在昂贵的黑胡桃木抽屉里，散发出"我这辈子值了"的气息。

"这……这怎么还放……放保险柜了？"居然还有张叶辞小学一年级时得的"卫生小标兵"奖状。

叶辞羞耻得腿软，险些给霍听澜跪下。

他搬来的那些旧物都是何叔带人收拾的，他一直以为就是给堆进储物间了，这段时间学习学得天昏地暗也没去问。

"怎么，"霍听澜勾了勾唇，拿出一个文件夹，隐去揶揄，泰然自若地反问，"保险柜的用途就是保存重要物品，这些物品对你来说不重要吗？"

"重要倒……倒是重要。"但是不值钱，好像也犯不上这么的……叶辞没词儿了。

"所以，"霍听澜一哂，惬意欣赏小孩儿头顶噌噌冒出来的青烟，"有什么不妥？"

叶辞：……

见叶辞不吭声了，霍听澜将文件夹翻开准备说正事。

夹子里大大小小的检查报告单按项目、日期排列齐整，叶红君近几年的病情变化一目了然，除此之外，还有一些叶辞看不懂的外文文件。

文件夹有些眼熟，叶辞想起他某天放学时好像看见过霍听澜拿在手里，当时他就觉得那些纸张莫名像医院的检查报告单，居然真的是。

"你应该明白，对我来说，能缓解我发病症状的人非常重要，换而言之，你对我来说非常重要。我的遗传病原本会在未来几年急剧恶化，如果你出了什么问题，我也难以独善其身。因此无论出于道义还是利益的考虑，我都愿意在力所能及的范围内向你提供一些帮助。这一点，我相信你也是认同的。如果我们角色互换，我相信你也会给予我同样的帮助。"霍听澜用一种理所当然的口吻解释道，顺手将叶辞也圈入他的逻辑体系中，"所以前段时间我和你妈妈的主治医生聊过，整理了她近两年的检查报告，并且和旧金山的一家生物医药公司取得了联系……"

叶红君罹患的是一种恶性肿瘤，具有一定的遗传倾向。

霍听澜对这种疾病有过一些了解，包括致病因素、早期征兆、预防方法，以及治疗手段。出于稳妥起见，他在这两个月进行了多方咨询，对那家医药公司的新项目进行过充分的调查研究，眼下它确实就是叶红君痊愈的唯一希望。

"这家医药公司去年十二月在纳斯达克上市，募资额达到了非常惊人的三亿三千五百万美金，研发经费充足，他们的产品研发线中目前拥有七种候选药物，其中有一种针对你母亲所患疾病的药物已进入三期临床试验阶段，是他们现阶段的主攻项目。"霍听澜说明情况，抽出印有公司资料与药物研发情况的打印纸，依次递给叶辞，"我这段时间向医药界的几位权威人士咨询过，他们对这个项目的评价很高，虽然临床试验阶段确实存在不确定因素，但是在其他治疗方案都没有明显效果的前提下，我认为他们的产品值得尝试。"

这是霍听澜认为可行的方案，重要性不言而喻。

叶辞捏着霍听澜依次递来的一沓资料，眸子轻轻颤动着，急急地看，纸捏得发皱，像怕答得慢了机会就会从指缝里漏出去。

霍听澜把整个文件夹往他手里一递，温声道："之前我准备得不全面，也不确定是否稳妥，就一直没对你说，怕万一出什么岔子，给你希望又害你失望。迄今为止的项目资料全在这里了，拿回去仔细看一遍再给我答复，离三期临床试验开始还有一段时间，"他抬手揉了揉叶辞的头发，那沉缓的语气莫名令人信服，"别急，也别怕，你妈妈现在的状况很稳定。"

"如果参……参加试验的话……我妈妈要去……旧金山吗？"叶辞问，眼神里透着无措。

他连汉语都说成这样，英文实际应用起来，估计也就能认个路牌，或者在便利店问句"How、How much"。

可是让叶红君独自去大洋彼岸参加临床试验，他哪放心得下。

霍听澜看得出他的顾虑，温柔一笑："临床试验的流程很漫长，你不可能去陪护。如果你愿意让你妈妈去接受治疗，我会安排医疗团队与生活助理全程随行。你目前的首要任务是念书，其他的事情全都可以交给我。"

什么医疗团队全程随行，还随行到外国去，叶辞见识有限，一时间根本没往那处想，代入的都是以往去外地求医的经验。

原来事情还能这样解决。

世上怎么会有霍叔叔这么好的人？

叶辞鼻子酸胀，哽咽了好一会儿也说不出话。

澎湃汹涌的情绪尽堵在嗓子眼里，要把他憋死了。

于是他蓦地上前，一头扎进霍听澜怀里，像只归林的倦鸟。他用双臂箍住霍听澜劲瘦的腰，那么紧，那么用力，透着股孩子气的笨拙纯真，他不知道怎么表达感情，只能使劲地抱着。

那白衬衫刚有一丝干燥的迹象就又被洇湿了。

半晌，叶辞才挤出一句："我正常不……不是动不动就……就哭……"

这几天好像把这辈子的眼泪都在霍叔叔面前哭出来了，成哭包了，不解释一句他不心安。

"嗯。"霍听澜低头拥住他，"小辞以后都不哭了。"

往后的大半生，叶辞都不会再因苦涩而生的泪水了。

叶辞点了点头，随即一动不动，就这么抱着霍听澜，像块黏糊的膏药。

这拥抱中满是纯粹的依恋与温情，那胸膛似海，温柔又包容，他漂浮在暖融融的波心，体味着前所未有的喜悦与安宁，舍不得撒手。

这么抱了一会儿，霍听澜忽然轻拍了下叶辞的背，矜持地提醒道："好了，今天情绪起伏这么大，去泡个热水澡，早一点休息。"语毕，隔着衣领捏住叶辞后颈，像拎一只小猫儿一样把叶辞拎开。

"向后转，齐步走，"霍听澜含笑命令道，"回你的卧室睡觉。"

"晚……晚安,霍叔叔。"叶辞抱着资料转身,因为仍然不太敢相信有这样的好事发生,朝二楼卧室走去时,步子仍有些飘忽。

|03|

霍听澜给的资料相当详细全面,叶辞翻来覆去看了好几遍,越看越是激动难抑。

都说久病成医,这话不假,叶辞对叶红君的病了解得相当深入,艰涩的试验研究报告他也能磕磕绊绊着读下来。

霍听澜力荐的研究项目,他当然信得过,可事关重大,他自己也得做到心里有数。

去接受治疗的话,风险仍然存在,不然就不叫临床试验了,但综合评估下来确实值得一搏。

赢了,叶红君得到的将是健康的后半生,这是眼下任何一套治疗方案都不可能做到的。

叶红君眼下虚弱归虚弱,醒着也说不了几句话,但神志清楚,这么重大的决定自然要经过她本人同意。

如此一来,需要解释的问题还有不少。

临床试验本身以招收志愿者的形式进行,不会收取治疗费用,可治疗之外杂七杂八的花销加起来也不是小数目,这费用是谁出的?签证是怎么办下来的?远在旧金山的生物科技公司是谁联系的?全程随行的医疗团队与生活助理又是从哪冒出来的?楚文林怎么可能会突然转性,为她做到这种地步?

于是,接下来横亘在叶辞眼前的难题就变成了这话要怎么圆。

好在霍听澜没让他这个问题上纠结太久。

确认过叶辞的治疗意向后,周二傍晚霍听澜亲自陪他来到疗养院与叶红君商量这件事情。来之前，叶辞用微信给叶红君打了个预防针，大致说了临床试验的事，也介绍了霍听澜的身份，包括霍楚两家是世交，而霍听澜是霍家这一代的掌权人，他被认回楚家后两人碰巧结识，他能为霍听澜提供安抚性治疗，霍听澜听闻她患病愿施以援手云云。

虽然遮掩了关于楚文林软硬兼施用医药费强迫叶辞的大量细节，但呈现出来的部分倒没半点虚假。

许是被叶辞微信中流露出的希望与喜悦感染了，叶红君难得有了些精神，晚饭强撑着喝了大半碗粥，一口没吐，也不想睡，还让人调高护理床，垫着枕头坐了起来。

叶辞与她根本是一个模子刻出来的，尤其是眼睛，瞳色浅，杏核儿般又圆又大，天然地透着股纯真娇憨的味道，什么时候看都漾着光。

叶红君与恶疾抗争这几年，精神与身体饱受摧残，细弱得像截芦苇，皮肤泛着病态的青白色，可一见叶辞进门，大约是怕孩子难受，眼尾仍浮起清浅温柔的笑褶，硬是提着股劲儿迎他："小辞来啦。"

语毕，她带着些许掩不住的疑惑，也朝霍听澜点头笑了笑，文雅地寒暄道："霍先生，您好，听小辞提起过您……"

"您好，"霍听澜略一沉吟，微笑道，"叶阿姨。"

叶红君微怔，迟疑着应了声："嗳。"

她二十二岁就生了叶辞，今年刚过四十，二十来岁的年轻人，嘴甜些的都是会管她叫"姐"的。

不过她也摸不准霍听澜的年纪，看皮肤状态，顶多也就二十六七，可那深沉贵重的气度又像三十出头的。

"您快请坐，"叶红君也不纠结，虚弱地张罗起来，"小辞，快给霍先生拖把椅子。"

叶红君家境普通，可家教森严，她父亲当了一辈子教师，管学生狠，管教起女儿来更是严厉到苛刻。她当年只是被楚文林的甜言蜜语冲昏头脑，甘愿为虚无缥缈的"爱情"奉献一切，才做出了那档离经叛道的事。这些年来，她在"贫民窟"那种泥潭里艰难地讨生活，一身良好教养却早已化入骨血，没沾染丝毫粗鄙市侩的气息，谈吐斯文礼貌，沟通起来让人很舒服。

霍听澜将叶辞在微信中没提到的各种安排都向叶红君说清楚了，连来往途中如何为她包机，如何在机上配备医疗设施以确保航程安全之类的小细节都交代得妥帖明白。不仅如此，叶红君从字里行间都听得出霍听澜对她的病是踏踏实实做过功课，上了心的，了解程度不比她少，甚至可能还多些，她的一切疑问都被他解答得详细透彻。

"对了，小辞，"叶红君语调轻柔地吩咐道，"你去楼下，给霍先生买瓶喝的。不好意思，我这都病糊涂了，这么半天才想起来，让您见笑了。"

叶辞犹犹豫豫地站起来。

霍听澜抬眸，温柔一笑，配合道："矿泉水就可以，谢谢。"

叶辞头一低，硬邦邦地"嗯"了一声，赶紧溜了出去。

他下楼买了两瓶水用来交差，回去时病房门仍紧闭，他识趣地在走廊等。

大概又过了十分钟，霍听澜才款款从里面走出来，对上叶辞略显复杂的目光，勾了勾唇，轻声道："去旧金山治疗的事情你妈妈同意了。说了这么半天话，让她好好休息，你去打声招呼我们就先回去吧。"

叶辞进病房一看，叶红君已经躺下了，看来确实是累坏了。

他没多磨蹭，只帮叶红君掖了掖被角，道了声再见。

叶红君温柔又疲惫地对他笑了笑，看上去心情还不坏。

回家路上，叶辞难忍好奇，纠结了会儿，还是问了句："霍叔叔，我出去买水之后，您都……都和我妈妈……说什么了？"

"没什么特别的，就是实话实说。"霍听澜莞尔，"把她关心的各种细节都交代了一下，不然还能说什么？"

叶红君赴国外治疗的事由霍听澜一手包办了。

事情进展顺利，没让叶辞费神，他仅仅是作为患者家属在几份协议上签了名，将叶红君从那家疗养院转了出来。

病重的母亲远渡重洋求医，叶辞就算知道随行团队会将她照顾得妥妥帖帖，也免不了忧心牵挂。于是叶辞向学校请了假，和霍听澜一起，陪伴叶红君登上了前往旧金山的飞机。

去年年底全省高二会考时他还处于辍学状态，错过了，但这次六月份的补考不参加不行，这么几天假期都挤得有些勉强。他带上一书包的史地政会考资料，连在飞机上都在背，眼睛酸了，就透过窗户眺望着下方棉白与灰蓝交织的云海，沉浸在一种安稳宁静的情绪中，静静发呆。

考试时间紧迫，落地后叶辞只能逗留三天。他人生头一回出国，新鲜感是有的，但想到未来几个月不知道能不能见到妈妈，他也没心思到处转，只像条小尾巴一样黏着叶红君，妈妈在哪儿他在哪儿。

三天时间过得飞快，眼见叶红君妥善地安顿了下来，叶辞也不得不回国了。

在这边留着他确实帮不上忙，有一整个团队看顾着，他连递个东西都插不上手，叶红君也开始撵他回去上学了。

见叶辞仍是一副心里不踏实的样子，霍听澜以"顺手处理美国子公司的一些积压事务"为由继续在旧金山逗留，表示自己可以一边处理公务一边再陪叶红君适应一段时间，免得她身处异国，睁眼看见的又尽是些陌生脸孔，情绪不安定。

"本来我这边也有工作要处理，没骗你。"霍听澜揉揉叶辞的脑袋，离登机时间还早，他又派了助理专程陪叶辞回国，不怕叶辞坐飞机不熟练，因此这会儿不着急放人走，"没有这件事我六月也得抽时间来一趟，都一样的。"

"那您打算几……几号回国？"叶辞之前忘了问，听霍听澜那轻描淡写的语气，他下意识地以为也就几天。

"说不准，看什么时候忙完。"霍听澜估算了下，"一周到半个月吧。"

子公司那摊事霍听澜晚些处理也无妨，但既然眼下走不了，那就顺手做了。

叶辞错愕，用指甲抠了抠书包带，嘟囔道："那……那么长时间。"

"嫌长了？"霍听澜垂眸，端详叶辞坠了铅般直往下撇的唇角，逗小孩儿的恶劣心思冒了头，"昨天我说在这边逗留一段时间，处理公务同时陪你妈妈，当时看你挺高兴的，我还以为我待久一点也没关系……"

叶辞臊眉耷眼地小声辩解："我以为也……也就三五天。"

"不想让我多陪陪你妈妈了？"

"也……也不是。"叶辞猛摇头，左右为难，只恨自己不能留在旧金山。

"回去以后就没人管着了，你要好好照顾自己。"霍听澜放软了腔调，亲昵地叮嘱些琐事，"别贪凉，别熬夜，要背书就早点起来背，三餐按时吃，又出现临时发热的话就立刻和何叔说，有什么事的话，"他顿了顿，带着一种不怀好意的温柔道，"随时给我打电话，不用管时差，记住了吗？"

分开区区半个月——这还是往多了算的，活生生地让他叮嘱出了分别半年的效果。

叶辞胸膛飞快起伏了几下，三言两语被那坏人诀别的口吻逗得破了功，他不知道怎么办，嘴又笨，只得一把钳住霍听澜的手腕，五指牢牢勾着。他的眼珠漾着光，像不知不觉间受了人娇惯的小猫儿，平日也不显得多黏糊，回过神时竟已不肯离人了，分别时拿爪子尖儿勾着人的袖口，喵喵地叫。

"霍叔叔，"他生涩地提要求，"您能不能，稍微……早点儿回？"

霍听澜微笑："嗯，我尽快。"

叶辞仍不撒手。

逗完小孩儿，霍听澜收拢起散碎的良心，重新聚成一小块，安慰道："尽量一周后就回去，好吗？"

叶辞该准备登机了，依依不舍地跟着助理走了。

｜04｜

东八区的夜晚。

视频通话的屏幕亮着，旧金山疏淡的晨光勉强穿透雾气，从百叶窗洒进叶红君的病房。

叶红君笑吟吟地朝镜头挥了挥手，也不知道是不是心理作用，采用新药物治疗后叶辞觉得她的气色比之前稍好了些。

镜头一转，霍听澜出了病房。

为了能和叶红君视频通话，叶辞这几天不得不晚些睡，属于"合法熬夜"。

视频接通后他会先和叶红君聊一会儿，然后再和霍听澜视频个十分钟左右，这样还能赶在前半夜睡觉。

转眼就是半个月过去了，霍听澜料理完国外的一切事务，眼见治疗也走入正轨，便放心回国了。

叶辞之前有一次聊天时在霍听澜面前夸下了海口，说要霍听澜等他长大，等他将来有本事了，会像霍听澜对自己一样对他好。

十几岁的男孩子正是自尊心最强最敏感的时候，这狠话冲着人一放，比什么虚无缥缈的奋斗口号都好用。远的先不说，即将来临的高二期末考试，叶辞打定主意要拿个好成绩给霍叔叔看看。于是这一天天下来，叶辞的学习劲头足得像打了鸡血一样，某天下午课间时还罕见地鼓足勇气去了老师办公室，结结巴巴地问了两道题——霍叔叔讲题固然讲得好，但也不能六科全指望他一个人，该问老师的还是得问老师。

从学校回了家也一样，叶辞在书房学到十一点，作业都做完了不说，还自己刷了不少题，学得双眼放光，像条喂不饱的小饿狼。要不是霍听澜来撵人，他恐怕能一直在书房学到昏迷。

"再……再做最后一道，"叶辞可怜巴巴地攥着被抽走一半的笔杆不撒手，"这个题型……刚弄明白，我趁……趁热打铁一下……"说着，竟是将最近新开发出的撒娇技能也趁热打铁了一波，软软哀求道，"霍叔叔您……您最好了。"

霍听澜哪受得了这个，立在一旁眉眼噙笑，一脸慈祥地看人家高中生做题。

高二下学期的期末考试安排在七月份的七号和八号，考完会休息三天。放榜后，这批准高三生便将迎来未来一年中最珍贵的一段长假——足足二十天的暑假。

这样的假期安排是苛刻了些，但考虑到即将步入高三冲刺阶段，叶辞没什么怨言。

这次期末考试叶辞的年级排名前进了一百多名，虽说仍处于中下游水平，但考虑到天成那激烈的竞争环境与高到令人咋舌的重点本科率，叶辞在全省的排名肯定不会差，至少本科线已经稳过了。未来一年保持住这样的劲头和进步速度，只要杀入年级排名中游，考进重点本科就不成问题了。

而且，他的潜力应该不止如此。

放榜后，暑假前的最后一节班会上，班主任点名表扬了他一番，还代表学校给他发了一张"进步之星"的奖状。

当天下午，叶辞拿着成绩单和奖状回家，第一件事就是结结巴巴地把老师夸他的话给霍听澜复述了一遍，学得一字不差。

"徐老师就……就这么说的。"叶辞复述完，唇角半翘不翘的，想显得沉稳些，别在霍叔叔面前太幼稚，拿到这么点儿成绩就浮了，却不知道自己瞭着霍听澜时眼珠亮得像条小狼，连耳朵都快竖起来了。

小孩儿等着挨夸呢。

"真不错，进步非常大。"霍听澜一哂，先予以整体肯定，再将六科考卷一张张摊开，从细节出发，分头论述叶辞具体优秀在哪，"这次数学考得最好，不仅体现在分数上。"蓝金漆面的钢笔轻叩数学答题卡，指向倒数第二道大题，"解题思路清晰、简洁，这种题型的简易解法我只在上个月教过你一次，没想到你还记得，说明你不仅悟性高，听讲也很认真。"

"物理也发挥得很好……"

"化学……"

霍听澜以一己之力给叶辞开了个表彰大会。

挨夸到后半程，叶辞连椅子都快坐不住了。他这辈子都没承受过这么高强度的夸奖，有种想要一朵小红花结果被一集装箱小红花埋了的感觉。可霍听澜的神态和语气都一本正经，夸得也有理有据，没有半分揶揄调侃。

"霍叔叔，"他绷不住了，抹了下红彤彤的脸，小声反驳道，"您说得也太……太夸张了，我要是真有您说得……这么好，那我明年都能……考名校了。"

霍听澜笔直地望向他，眉梢轻挑，理所应当道："以你的资质当然可以将名校定为目标，你的基础是差了些，但这几个月已经追回不少了。你这么聪明又好学，加上未来整整一年的时间，我认为赢面不小。"说着，他温柔一笑，打趣道，"怎么，我们家小辞是不喜欢名校吗？"

叶辞飞快摇了摇头，被逗笑了，笑完，眼眶一阵酸热。

"再过二十天就是高三生了，"霍听澜细细抚平卷子与答题卡的边角，与他闲聊，"对专业和学校有什么想法吗？"

他不会限制叶辞，顶多稍做引导。

"我有……有一点儿不成熟的……想法。"叶辞犹豫了下，小声道，"我对制……制药……挺感兴趣的。"

叶红君在旧金山参与的临床试验已经进行了四周，就最近一次的检测结果来看，她确实有好转的迹象，虽然后续试验还要进行很长一段时间，是否能痊愈还不能下定论，但这已足够令人惊喜。

"我这……这段时间在想，"叶辞攥了攥指尖，说起理想，他眸子透亮，"我妈妈这次能得……得到治疗，主要是因为……您给她提供了这么好的……条件和渠道，但很多人没……没这些条件。我们之前用……用的那几种进口药，都……贵得吓人。我想我将来学……学制药，说不定能帮上那些……和以前的我一样的人，让他们都能……能用上又便宜又好的药。"

罹患重病的辛酸苦楚，他太懂，太感同身受了，千辛万苦走出泥淖，他想凭自己的力气回身拽别人一把。

他说着，不好意思地搔了搔面颊："想……想法挺幼稚的，我知道这些事没……没那么简单，"他抬眸，眼中有水样的光，还有一种质朴的良善，是那种经历过苦难而不失本心的人才会有的神情，"就是一个……大概的奋……奋斗方向，您别笑我。"

小孩儿太乖太干净，霍听澜望着他，心里柔软得不知如何是好。

"一点都不幼稚。"他笃定道。

"就是不……不知道干这行……工资高……高不高。"叶辞还在闷头打小算盘，他不能光顾着自己，"我还想将来赚……赚了大钱，给您和我……我妈妈花……"

"想学就学，"霍听澜轻轻笑了，"什么都不用管，我给你投资，帮你做项目，你用项目帮我赚钱，不是很好吗？"

"唔，好！"叶辞攥了攥拳，眼中涌动着对未来的期许。

|05|

叶辞在天成私立当掉车尾的事一直在霍家广为流传。

霍家瞧不上不学无术的纨绔，平庸的后代意味着阶层跌落，是门第衰败的象征，越是含着金汤匙出生，就越要付出比普通人更多的努力，当掉车尾这种事情无论在哪里都是令人脸面无光的。

得知叶辞期末排名一口气前进了一百五十多名，林瑶按捺不住了，想帮他庆祝庆祝。正巧她的生日在七月，于是她借机办了一次家宴，宴席的重点一半是庆生，另一半是庆祝叶辞学业进步。

"小辞你就是太谦虚了，什么叫中下游？再说天成的中下游与普通学校的中下游，哪里是一个概念？"餐桌旁，林瑶亲亲热热地挽着叶辞的手臂，娓娓地反驳他的"中下游"论，"再者，你之前为了照顾你妈妈休学过一年多，用这半年硬生生撵上了一年多的进度，接下来的进步只会更快，我看你再努努力，多的不说，考个年级前五十、前三十，那是一点儿问题都没有的，听澜你说是不是？"

霍听澜正用公筷给叶辞添菜，闻言，先肯定叶辞的学习能力："嗯，理论上不成问题。"语毕，朝叶辞瞟了眼，温柔安抚，"但小辞的压力不用太大，排名这方面……"不必给自己设置硬性要求。

他本想帮叶辞减压，奈何叶辞被长辈大夸特夸又寄予厚望，整个受宠若惊，不待霍听澜说完，那小脑袋已朝林瑶急急点了好几下，还立上军令状了："我再……再努力，高……高三下学期……一定能进年级前……前三十！"

拦都拦不住，霍听澜莞尔。

"这才对嘛。"林瑶母爱泛滥，温婉一笑，难得放下身段"伺候"人，抬手掀开叶辞手边小盅佛跳墙的盖子招呼道，"小辞先尝一尝炖品，放凉就不鲜了。"

这小孩儿太乖了，又有股难得的纯真劲儿，哪哪都惹人疼。要说有哪里不足，唯有一点——这孩子说话瞧着是不太利索。

现在口吃矫正应该也不是什么难事吧？

林瑶抿了口汤，淡淡替叶辞犯愁，想等散席了找机会提醒一句，琢磨了一番，怕孩子听了刺心，只得暂时将想法压住。

一顿家宴吃了近三个小时。

席间，霍昌裕得林瑶授意，邀在场宾客举杯庆贺叶辞学业进步。

叶辞怕喝饮料不郑重，急忙请离得最近的侍者给自己斟了小半杯不知什么酒救场，随即起身一饮而尽。

那酒入口绵密凛冽，度数像是不低，叶辞直觉要糟。

喝完落座，见霍听澜瞄他的酒杯，眸中隐露促狭，叶辞就确定要糟了。

果然，这酒上头速度奇快，没过多一会儿，叶辞就醉了。

好在他醉了也乖巧，不耍酒疯，若不是眼神迟钝，根本看不出已经醉了。林瑶说一句，他就软软地吭一声。

林瑶一直就觉得叶辞莫名顺眼，一见如故，一直嚷嚷着要认叶辞当干儿子，要不是看叶辞太腼腆，怕吓到他，早就付诸行动了。这次难得赶上长假，家宴开始前叶辞就答应过林瑶要留宿几天，好好陪她说说话。

散席后，霍听澜带他离开宴会厅，存着让他吹吹夜风走几步好醒酒的心思，稍绕了点儿路，穿过花园回主宅。

夜里园丁都歇下了，园中静谧，叶辞受酒精刺激，步态活泼了些，自顾自走在前面，边走边"拈花惹草"。

林瑶爱好花艺，园中有不少奇花异草，叶辞拨拨这，碰碰那，像只好奇的幼猫。

霍听澜的小臂上搭着他的正装外套，眉眼噙笑，不紧不慢地跟在后面。

两人路过一面花墙时，霍听澜不经意朝墙头瞄了一眼，唤住叶辞，扬手一指道："小辞看。"

天已晚，庭院灯都开着，流光熠熠，映着花墙上的好东西——一朵品种稀有的玫瑰。

花瓣自明艳金红过渡至奶油色，不大像真实存在的花卉，若是拍下来发到网上，大概率要被说是图是美化过的。

眼下的气温已不适宜培育这种娇弱昂贵的花种，这株也不知怎么，开得格外顽强。

叶辞脑袋一仰，睁圆了迷茫的杏核儿眼，望了过去。

"漂亮吗？"霍听澜问。

"漂亮，"叶辞眨眨眼，"霍叔叔喜……喜欢吗？"

"喜欢。"霍听澜答得漫不经心。

结果，就这么一分神的功夫，叶辞潇洒地一拽袖子，蓦地朝花墙疾冲几步，蹬着藤蔓间露出的红白砖块，跑酷般一跃而上，右手稳稳扒住三米五高的墙头，趁那一秒不到的停滞用左手摘下那株玫瑰，飞身落下。

叶辞在地上站稳了，他醉得脑子不清醒，但也隐约明白自己刚刚耍帅了，只是不知耍帅效果如何。见霍听澜望着他笑，他便在羞怯中透出丝得意，把玫瑰朝霍听澜一递，小声道："您喜欢，我就给……给您摘来。"

霍听澜探出手，接过玫瑰。

这一切，朦胧得像个好梦。

翌日。

叶辞不愿让假期过度消磨斗志，仍与上学时一样早早起来，利用早晨最清醒的时间背了一会儿古文和英语单词，然后才去吃早饭。

吃完早饭他就回房做题，压力太大会起反效果，弦该松也得松松。他根据霍听澜的指导制定了一份学习计划表，每天的目标完成就休息，也算是给未来一年充充电。

霍听澜说今天的任务完成后会陪他到处玩玩，老宅这边有马场，能骑马，附近还有射击馆，能玩枪。

　　他到底是有玩心的，学起来劲头十足，比预计的任务完成时间早了将近一小时，放下笔就兴冲冲地找人。

　　霍听澜没在昨晚休息的房间，消息也没秒回，他就随便找了一位打扫房间的阿姨问，对方说霍先生在二楼茶室喝茶，他也没多想，直接找了过去，结果还没来得及敲门，就听见茶室中林瑶轻轻柔柔的声音传了出来。

　　"……我听小辞说话好像是不太利索，他毕竟是楚家的长孙，以后难免要出席一些场合，要在人前露脸的，开了口，说话说得不利落，总归是不大好的……"

　　林瑶说的原来是他结巴的事。

　　林瑶说得不无道理，措辞也委婉，可霍听澜仍是下意识地回护，话音里含着笑，几乎是在耍赖皮了："他说不利落，我给他当代言人，一样的……"

　　"哎呀，"林瑶笑眯眯道，"就知道你要替小辞说话，半句不顺耳的都听不得，正好我还想认他当干儿子呢，看你们关系这么好我就放心了。"顿了顿，她不急不躁，徐徐劝道，"我知道，你不和他提这些事是怕他自尊心受伤害，我都懂，所以我才不找他说找你说嘛，这本来也不是什么急事，我也就是给你提个醒儿。"

　　"知道您是好心。"霍听澜笑笑，轻描淡写地岔开话题，不再和林瑶聊这个。

　　他知道叶辞语言交流障碍的成因。

　　那次叶辞在客厅学着学着就在沙发上睡着了，他回家时正撞见叶辞被困在梦魇中，显而易见是有什么他不知道的心理阴影。那件事过后不久，叶辞就彻底放下心防，向他倾诉了自己童年的那些遭遇——

阴影的根源是叶红君的前夫，也就是叶辞的继父。

这人在结婚前和叶红君恋爱了大半年，一直表现得寡言老实，温和敦厚，对母子二人千依百顺无微不至，哄得叶红君误以为自己和孩子找到了后半生的依靠。

然而，成婚几个月后，那个人渣就渐渐在他们母子面前撕掉了伪装。

他有相当严重的暴力倾向，而这一人格缺陷在他染上酒瘾后变得加倍严重。

他或许是为了名正言顺地施暴，抑或是纯粹为了给单调的暴行增添一些乐子，在常规的拳打脚踢之外，还时不时会以"背课文"的名义来折磨当时年仅七岁的小叶辞。

背诵的篇目当然不局限于小学低年级课本，为了故意刁难人，继父有时甚至会找来一些艰深晦涩的文言文。

在小叶辞背诵的过程中，错字、漏字、停顿……都会招致毒打，叶红君去阻拦，就会一起挨打。

对小叶辞来说，"背课文"在那段炼狱般的日子里是恐惧的代名词，而"说话"这一行为则常常伴随着突如其来的毒打。

那段时间的小叶辞经常是带着一身伤去上学，细瘦的小胳膊小腿上，布满青紫的瘀痕，丁点儿大的小孩子，三伏天都得裹着长衣长裤，不然没法儿见人。

叶红君一直在拼命保护自己的孩子，奈何她与那个暴力狂的体力差距悬殊，离婚过程亦艰难漫长，处处受阻，甚至在成功判决离婚后也一直饱受骚扰。直到那人渣又一次因喝酒闹事，蹲了监狱，过了数年出狱后又因酒精中毒意外死亡，他们母子的日子才彻底回归了平静。

可惜这平静来得太晚了。

在遭受过一段时间的虐待后，小叶辞渐渐意识到，自己在正常说话时也时常会因紧张、焦虑等情绪而出现浑身冒冷汗、大脑一片空白等症状，好像在被人强迫着"背课文"。而这一问题导致的紧张焦虑也在反过来不断深化、加重这一问题，就这样，恶性循环形成了。

长大后，叶辞拥有了足以自保的能力，在想起继父时也渐渐不会再感到恐惧畏缩，可交流障碍的问题已是根深蒂固，难以消除。

要有效矫正叶辞的口吃，心理方面的治疗是绕不过去的一道坎。

对于这一类暴力侵害与虐待，一些自尊心敏感的受害者会倾向于隐瞒，霍听澜不确定现在的叶辞是否愿意在心理治疗师面前揭开这道陈年的疮疤。

因此，在叶辞主动向他寻求帮助前，他绝不会向他施加任何压力。

茶室中静了下来。

叶辞不敢再逗留，蹑手蹑脚地正要退开，裤兜里的手机却忽然响了——霍听澜给他回消息了。

午后走廊静谧，这响声连林瑶都听得一清二楚，更逃不过霍听澜敏锐的耳朵。

霍听澜疾步走出茶室，叶辞溜出几步后知道跑不脱，便讪讪地顿住步子，被堵了墙角。

"还学会偷听了？"霍听澜先是语气轻快地调侃了一句，以示并不介意，随即按住叶辞身后的墙将他圈禁起来，端详他的神色。

见叶辞的神色并不像尊严被刺痛的样子，霍听澜这才放下心，不紧不慢地试探道："都听见什么了？说说。"

叶辞短暂地犹豫了下，抬眸，眼神平和，寻不到丝毫剥开伤疤时的痛苦挣扎，有的只是坦诚与小猫儿般软乎乎的依赖。

"霍叔叔,其实我……我自己也想矫……矫正一下的。"叶辞微微羞赧着开了口。

"怎么这么乖,"霍听澜温柔一笑,怕他逞强,斟酌了一下,轻描淡写道,"出席场合之类的情况不用你考虑,没有人能强迫你做你不喜欢的事情,不想去就不去,不想说话就不说,这有什么关系。"

"和这个没……没关系。"叶辞摇摇头,神情不似作伪,"我一直没……没提过矫正的事,也是因为……我以前一……一天都跟人……没几句话,我想……想不起来。但是……"他垂下头,似乎是因为坦露情绪而感到不好意思。

这个低头的角度,霍听澜看不见他的神情,但是他听得出。

"我就是希望以,以后能……没障碍地和……和您……多说说话。"

这是微笑着的语气。

"好。"霍听澜抚了抚叶辞的头。

不知从何时开始,叶辞与他记忆中脆弱的模样越来越不同了。

伤痕累累的小树苗已自伤处吐露新芽,鲜活昂扬地迎来重生。往日遭受的种种屈辱苦难已剥落殆尽,成了不起眼的泥灰,再也无法伤他分毫。

|06|

叶辞在霍家庄园住了几天,马也骑了,枪也玩了,还挥了几杆高尔夫。他对高尔夫这种悠闲惬意的运动项目不感冒,每天的学习任务完成后就去射击馆泡着,摸上枪就兴奋得眼睛发亮,几天下来打空了霍听澜助理给他办的铂金卡还意犹未尽,可惜他已在庄园住得够久,该回霍宅了。

　　回程路上，叶辞蔫蔫地摩挲着那张海量余额在短短几天清零的俱乐部铂金会员卡，脑袋贼溜溜地搭上霍听澜的肩膀，小声道："霍叔叔，我以后……就偶尔去玩玩还……还不行吗？"

　　"怎么就是对这些危险的东西感兴趣，"霍听澜幽幽叹道，"不是赛车就是射击。"

　　看得出来，叶辞就算在他面前再温顺，骨子里也还是残存着男孩子爱冒险的天性，对这些危险刺激的事物天然向往。

　　"我赛……赛车都好久……没去了，您不让我去，我就不去……"他仰头，用那双漾着光的杏核儿眼，巴巴地看着人，"就去这个，行吗？霍叔叔，行吗？"

　　霍听澜沉默片刻，用两指矜持地夹住那张卡，抽走了。

　　叶辞不吭声了，他向人提要求的最高等级也就是这样了，不可能进一步死缠烂打。但乖巧归乖巧，他低落得几乎在后排座上瘫软成了一根挂面。

　　"怎么？"霍听澜揉了揉他的脑袋，好笑道，"不是说打空了吗，我让人拿去办好了还你，不高兴了？"

　　"高兴！"叶辞一骨碌坐起来。

　　"不过不许自己去，每次去玩要等我协调好时间陪你一起，不然我不放心，能做到吗？"霍听澜与他约法三章。

　　"能！"叶辞点头如捣蒜，顿了顿，怕耽误霍听澜时间，争取道，"其实这家射……射击馆……很正规……挺安全的。我都成年了，就算自……自己去也……"

　　霍听澜微笑着截断："不许。"

　　"好，听您的。"叶辞乖巧闭嘴，思绪飘飞，想起了前段时间的事。

　　他已经很久没去玩摩托车了，也不需要靠和人跑比赛赚钱了，纯粹就是想当个爱好，可前些天当他提到放暑假想去正规的赛车场玩两圈时霍听澜的态度颇为微妙。出于对叶辞的尊重，他没直接反对，但话里话外都是一百万个不情愿他玩赛车的意思，哀怨得仿佛叶辞前脚出去坑车他后脚就要变成空巢老人，不，空巢青年……

叶辞当然就乖乖地没去，本来也就是霍听澜问他暑假想去哪放松放松他才提了一句，不是什么非玩不可的东西，没必要让霍听澜不开心。

但是……叶辞托着下巴陷入沉思。

之前在家宴上喝酒的事也是，霍叔叔先故意让他喝酒，让他实打实认识到自己的酒量奇小无比后，再告诫他以后不要在外面喝酒，这安全教育做得未免也太周到了吧。

是他想多了，还是霍叔叔确实有点儿……教育焦虑？

❖
❖

"今年开始，
我就不会再错过你的生日了。"

LIWU
礼物

| 01 |

二十天假期结束得飞快。

依照天成的传统，为锤炼高考生们坚韧不拔的意志品质，每年高三上学期开学时校方都会安排为期一周的军训。这项传统沿袭多年，传承至今，形式意义已大于实际意义，也不会真的铆足了劲儿让这些高三学生吃苦头，有些训练项目甚至还挺有意思的，可封闭式管理是实打实的。

虽然军训会吃苦，想让叶辞不去军训对霍听澜来说就是和助理吩咐一句的事，不过他还是赞成叶辞去军训。叶辞的性子这样内向，转到天成将近半年都没交到什么朋友，大概也没什么和人交际的机会，这七天的集体生活正是叶辞与同学们打好关系融入班级的契机，他不该剥夺。

他不能将雏鹰养成金丝雀。

高三开学第一天，十几辆大巴车浩浩荡荡地将这批高三生拉到了训练基地。

叶辞和另外五个男生一起住一间六人寝，从集合到分寝，少年们一直三三两两地聊得火热。与叶辞同班的两个男生头挨头地凑在一起看某个游戏主播的精彩操作集锦，时不时激动得哇哇大叫，叶辞听不懂，维持着一贯的默不作声。与他同寝室的另外几个男生都是文文弱弱的类型，看叶辞的个头足有一米八，模样又冷冰冰的，就都有点儿怵他。叶辞的视线不经意朝他们一扫，几个男生的聊天声就倏地降了下去，像一窝头顶盘旋着鹰隼的鸡崽儿。

第一天的训练强度约等于零，分完寝室整顿过内务后，换好迷彩服的学生们下楼集合开了半个小时的会，听听校领导讲话，和教官打个照面，再逛逛生活中心和训练场，这半天就算结束了。众人回寝时楼门口停了一辆运货的小车，寝室楼禁止使用大功率电器，没处烧开水，因此学生们的饮用水由校方负责分发，每个寝室都分到不少箱矿泉水，大家正热热闹闹地往楼里运着。

和叶辞同寝的几个学生常年缺乏锻炼，都是文弱书生的模样，胳膊腿儿细细的，又都是娇惯着长大的小少爷，一箱水二十多斤，还得爬四楼，搬起来还是有些吃力的。而且大家都是男的，想抓壮丁都不知从何抓起。他们正商量着一人托一边，叶辞已提起一箱摞在另一箱上面，将近五十斤的重量，他轻轻巧巧地搬起来，一溜烟蹿上楼了。

他跑得快，下楼搬第二趟时，正好在楼梯上撞见了合力运水的临时室友，几个缺乏锻炼的学生累得脸通红，边爬楼边唉声叹气。

"都给我吧。"叶辞站在台阶上，不太自在地咳了下，朝几人一瞥，又腼腆地别开视线。

他以前鲜少像这样主动与人交际。一方面是性格太内向，一方面也是因为交流障碍感到自卑，怕惹人嘲笑。

一个结巴，在班级里常常是那些顽劣学生的捉弄对象。

暑假看过几次专家并积极配合训练后，四五个字的短句他基本能说连贯了，在家里也常常主动黏着霍听澜说话，有时还能自然地开开玩笑。

改变是潜移默化的，当回过神时他才意识到，"主动开口"这件事在不知不觉间已变得没那么艰难了。

"那……辛苦你了，谢谢。"和叶辞同班的一个男生仰起脸，和气地朝他笑了笑。

"没事。"叶辞撇开头，脸蛋倏地红了，赶紧捧起两箱水冲上楼。

"噗。"

"我怎么感觉他挺腼腆的，不像看着那么凶。"

"说句话就脸红了。"

"我记得他是你们班的吧?"

大家都是同龄人,又住一间屋,有了这么个开始的契机,知道叶辞性子软,根本不像看着那么冷,交际就变得自然而然了。

几个男生虽然和叶辞不熟,聊不到一块去,但这不耽误他们在训练结束后拉上叶辞一起去食堂吃饭。

桌旁围满了同学,也有他的一席之地,耳畔闹哄哄的。时不时有人怕冷落他,会在热火朝天的聊天间隙中和他简单地搭句话,叶辞每每会放下筷子,认真回应。

这种不再那么形单影只的感觉,真的挺好。

这几天叶辞都不太能找到机会独处,寝室楼有宵禁,晚上不能随意进出,他和霍听澜主要靠发消息联络。

晚上八点,霍听澜发来一串新消息,叶辞爬到上铺靠墙坐着刷手机。

霍听澜:和同学相处得还好吗,训练累不累?

叶辞唇角翘起一个柔软的弧度,飞快敲了一大堆字。

叶辞:挺好的,这两天去食堂都和他们一起,我说话没怎么结巴,他们好像都没看出来。

叶辞:其实感觉我们学校的同学人都挺好的。

叶辞:训练很轻松,今天下午四百米障碍跑,我比挺多体育特优生都快,给我们组拉回来不少分。

他含蓄地骄傲着,向霍听澜分享自己的喜悦。

叶辞他们班的同学被叶辞迷得颠三倒四,崇拜不已,都快把他奉为"七班之光"了。

要知道在各种体育比赛中他们七班可一直都被有体育特优生的那几个班压着打的，有叶辞在，他们也算是扬眉吐气了一波。

云梯、高板墙、独木桥、跃深坑……叶辞每翻越一道障碍，七班的学生们就在场边滋儿哇乱叫，比应援偶像还兴奋，最后还集体冲上去搂着气喘吁吁的叶辞一起蹦蹦跳跳。

叶辞只得尴尬而不失礼貌地跟着他们跳了两下。

两人聊着聊着，很快就要到熄灯时间了。

霍听澜怕他在黑暗中看手机把眼睛看坏，催他放下手机洗漱休息。

自开学那次军训后，叶辞在学校就不再像个透明人了，和他同寝的那些男生也不知怎么，交际能力堪比一个加强连，十几个人聚在一起比十几个养鸡场还吵，和他们混熟了就约等于和全校都混熟了。

被那几个同学到处宣扬了一通，叶辞和软的性子与吊打体育特优生的运动天赋在一天之内暴露无遗。有个七班的女生在训练时偷偷带了手机，在叶辞进行四百米障碍跑时给他录了一段视频并广为传播，配了一首激情动感的背景音乐，还在结尾用草莓棉花糖字体打出"七班之光"几个大字，尴尬得叶辞直捂脸。

天天把脸蛋板得像张小棺材板的美少年其实害羞又腼腆，因为不善于和人交际才硬起头皮装冷峻，实际上逗几下就脸红，在待他友善的同学面前比糯米糍还软，偏偏体育还优秀到吓人。

这下不止七班的同学，外班的女孩子们也被叶辞可爱到"母爱泛滥"，别的不说，叶辞遇到卡壳的题目时都不太用找霍听澜讲解了。一方有难八方支援，平均年龄比叶辞小一岁但仍顽强自称"姐姐粉""姨姨粉"的女孩子们齐心协力，一把英语一把数学地拉扯着这个一心向学的小"学渣"。

当然，这一波人气暴涨后被叶辞吸引到的不止是被叶辞的"反差"

可爱到的女孩子，还有不少男生，之前看叶辞跩兮兮的他们都不太敢和他搭话，怕碰钉子，有的甚至怕一言不合挨顿揍，这下都敢正常和叶辞交际了。

|02|

进入高三，学校的晚自习时间又向后延了一小时，虽说采取自愿原则，但在学校自学时氛围好、效率高，叶辞自从高二下学期"洗心革面"开始，晚自习一般是能上就上。

但高三的新晚自习时间太晚，一般只有住校生会选择把几节晚自习上完，叶辞计算了一下路上的通勤时间，心痒痒的，觉得可以在霍听澜身体正常的时期来学校住校，节省一些路上来回的时间。只在周末以及霍听澜身体不舒服，需要他辅助治疗时再回霍宅居住。

他把这个想法和霍听澜说了一下，得到了支持，于是叶辞收拾收拾就搬进了学校寝室。

和叶辞同一间寝室的有一位叫崔兴皓的同学，是高三年级一个臭名远扬的刺儿头小团体中的一个。

这小团体里一共有三个人，学习成绩都一塌糊涂，但家境不错，入学时三家分别给学校捐了一栋楼。三人号称"天成楼王"，都挺爱惹事，逃课打篮球、拒穿校服、染发、打耳洞、抽烟……在好学生遍地的天成就算是叛逆得比较无法无天了。

尤其崔兴皓，人高马大，且热爱挑事儿，没被劝退全靠捐楼。

崔兴皓他爸扬言一栋不够捐两栋，两栋不够捐三栋，反正非得给他儿子捐毕业了不可。

这段时间叶辞忽然"声名鹊起"，在校内成了风云人物，尤其在女同学中人气颇高，一段在军训时比赛障碍跑的炫酷视频广为流传，在叶辞之前最受同学关注的前任风云人物崔兴皓便感觉到了一种强烈的冒犯。

眼见叶辞搬进来和自己一间寝室，崔兴皓浑身上下都像爬满了蚂蚁似的坐不住，分分秒秒惦记着在叶辞面前耍个帅找回场子，让叶辞和其他同学知道知道七班究竟是谁说了算，然而当事人叶辞对此毫不知情。

叶辞搬进寝室的头一晚，查寝一结束，崔兴皓就迫不及待地走到寝室窗边拉开了窗子。

值班老师每晚会带学生会成员查寝，查完寝，寝室楼就进入封闭状态，正常途径出不去。

寝室在二楼，但窗户没安铁栏杆，身手敏捷的人说翻就翻出去了。

大约是天成鲜少有那么野的学生，所以校方对此疏于防范。

见崔兴皓一边朝窗外探头探脑，一边使劲儿地朝自己张望，叶辞放下手里的单词本，好心问了句："你要……做什么？"

崔兴皓清清嗓子，故作老练道："还能干什么，逃寝呗。"

叶辞抬眸："爬窗？"

崔兴皓"啊"了一声，"啊"完觉得不够酷，又呛了叶辞一句："不爬窗还能跳窗吗？"

叶辞蹙眉，提醒道："危险。"

"二楼，又不是二十楼，直接跳都没事儿，"崔兴皓吊儿郎当地一笑，"危险什么？"

同寝室的张煜十分配合，连呼大佬。

虽说在张煜这号人眼里可能是个活人都算得上大佬。

好良言难劝该死的鬼，叶辞垂眸背单词，不搭理崔兴皓了。

崔兴皓自觉耍帅成功，腿一抬，潇洒地翻了出去。

下一秒，楼下灌木丛中传来嘭的一声巨响，紧接着是崔兴皓的惨叫："啊啊啊啊啊！"

简直不用看也知道发生了什么。

"你……"叶辞趴在窗口询问，"没事吧？"

崔兴皓沉默得像一具尸体。

张煜吓坏了，下楼去找宿管，叶辞则长腿一迈，利落地从窗口翻了出去，也看不清他是在墙面哪处借的力，三秒不到，已猫儿般无声地落在草丛里了。

"你还……还好吗？"叶辞凑近，手指横在崔兴皓的鼻孔前方，只觉此人的呼吸均匀而有力，且眼皮微微颤动，眼角隐泛泪光，显然是自知这波丢人丢到姥姥家了，没勇气睁开眼睛面对叶辞。

"我……"叶辞竟动了恻隐之心，沉默片刻，找补道，"什么都没……没看见。"

崔兴皓恨不得直接昏死过去。

翌日清晨，教导主任严志行踏着早自习的铃声走进教室，上了讲台，抄起黑板擦当惊堂木狠狠一拍，成功吸引住了在座各位同学的目光。

"昨天晚上，你们七班，有个人很厉害啊！"严志行气得双下巴都在颤动，"大侠！高人！练的那是叫梯云纵啊还是一苇渡江啊？！"

严志行钢钉似的目光一转，直直钉在崔兴皓脑门儿上，一声暴喝："昨晚是谁从男寝二楼翻窗逃寝？！"

崔兴皓蜷缩如鹌鹑，全无楼王风采。

严志行又一拍惊堂木："来来来，是哪位大侠？别等我点名，自己站起来！"

"报告主任。"崔兴皓蔫蔫道，"站不起来。"

叶辞一言难尽地朝崔兴皓瞥了一眼，险些没控制住表情。

"来两个男生，把他搀起来！"严志行怒道。

另外两位楼王，也就是和崔兴皓同属一个问题少年小团体的两个男生走过去，一左一右把崔兴皓搀了起来，崔楼王没骨头一样倚在另一位周楼王身上。

严志行沉痛道："双脚齐崴啊同学们，崔大侠，双脚齐崴！"

教室里轰地笑翻了。

"出去站着！"严志行顿了顿，改口道，"算了，罚站我先记账，你先交五千字检讨！"

要让崔兴皓保持站姿，还得搭进去两名健全的同学，不值！

"知道了严主任。"崔兴皓幽幽地望了叶辞一眼，眼神哀怨得活像个被渣男哄骗的无知少女。

要不是为了你，我至于从二楼跳下去吗？

叶辞：……

转眼就是几天过去了。

这天夜里，崔兴皓一觉醒来时，发现叶辞仍在伏案疾书，学习相当努力。

崔兴皓想去个厕所，于是摸来立在床边的拐，笨手笨脚地给自己架上。

跳楼事件已经过去好几天了，可崔兴皓内心的伤痛完全无法平复——最近不仅再也没有同学管他叫楼王了，甚至还有几个男生暗搓搓地管他叫"崴哥"。

学校贴吧里还多了个八卦贴：《说一说高三七班那位双脚齐崴的齐男子……对不起打错字，奇男子，崴哥》

帖子里绘声绘色地描写了崔兴皓翻窗不成变跳楼的全过程，那楼主许是平日就看崔兴皓吆五喝六逞威风的样子不爽，借机拿他撒气，帖子中不乏添油加醋与想象的成分，极尽讽刺夸张之能事，"崴哥"这花名也是从这帖子里出来的。

崔兴皓看完帖子气得精神错乱，当全班同学面放出狠话，声称再让他听见从谁嘴里冒出"崴哥"这俩字儿，他就让谁挂拐，遂得一新外号：拐哥。

显然，七班风云人物之位已彻底易主，天成高中的江湖再无他崔兴皓的立足之地，简直英雄迟暮，无尽悲凉。

身后崔兴皓制造出的响声不断，吵得叶辞无法集中注意力，他放下手里的中性笔，朝崔兴皓走了过去。

他看得出崔兴皓不喜欢他，自然不会主动向这人示好，奈何崔兴皓小脑不协调，变数太多，挂个拐都挂得状况迭出。

大前天，崔兴皓半夜挂拐去桌边喝水，拐没挂明白，一跤摔得鞋飞拐落，水杯打碎了，泼了一地水，人也爬不起来，在水泊中扭成一条水蛇。

叶辞被他吵醒，下床提溜起他的后脖领，抡圆胳膊一把把他掼上床，又丢给他一瓶矿泉水。

前天，崔兴皓半夜挂拐溜到走廊偷偷抽烟排解愁绪，拐没挂明白，一跤又是摔得鞋飞拐落，裤子还让压在身下的烟头烫出个窟窿……

昨天，崔兴皓半夜挂拐……

寝室这几人都纳了闷了，这孩子怎么就这么身残志坚，非得满地溜达？

叶辞淡淡道："扶你？"

说着，叶辞就要伸手提溜崔兴皓后脖领——肢体接触恐惧症患者就是这么"扶"人的。

"喊，用不着！"崔兴皓像被人踩了尾巴一样激动，急忙一拧脖子，"用！不！着！"

他用力太猛，差点儿又押着脖子。

叶辞见他不配合，只好把丑话说在前头："你摔……摔厕所里，我不管。"

他不说还好，一说这话崔兴皓立马生出逆反心理，恼怒道："我还天天摔，你真当我傻啊？"

崔兴皓遂身残志坚地蹦进了卫生间。

几秒钟后，卫生间里传出地动山摇的一声巨响。

"嘶——疼！疼疼疼！朋友，厕所外面的朋友……"

叶辞：……

"爸爸！救救我，叶爸爸！辞爹！"

叶辞一笔戳穿一沓草稿纸。

就这样，在叶辞几次三番向摔趴在地的崔兴皓伸出援助之手后，崔兴皓终于不好意思再给叶辞找不自在了，失落地接受了七班风云人物让位的现实。

这段时间，学校里发生的大事小情叶辞全都主动向霍听澜分享：体育课教女同学们三步上篮而且在此起彼伏的"小辞好帅"声中成功教会了几个人，午休时这些女同学反向教他打游戏还和他组队了。

虽说是组队给游戏里的女主角换装打扮，触及的全是叶辞的知识盲区。

叶辞以常年卫衣球鞋牛仔裤的耿直审美为全队打出了一个又一个历史新低战绩，最后被女生们含泪踢出队伍。

叶辞瞪目："我这个……打扮得……不好看吗？怎么就 F 级了？"

女孩子们集体为叶辞的审美默哀。

叶辞焦灼地舔舔嘴唇："给她的口红用粉……粉的，看着不是挺像那种洋娃娃的吗？"

大家持续默哀。

叶辞垂死挣扎，小声问："真不好看啊……？"

"那叫死亡芭比粉！！！"一众女生异口同声，泪流满面。

青春朝气，有笑有闹有伙伴的校园生活来得迟了些，可它终究来了。

叶辞的高中生活没有留下遗憾。

|03|

今年入秋后气温降得快，一场秋雨一场寒，操场的橡胶跑道上好像在一夜之间就洒满了金红的落叶。随即，跑道又在某个晚自习的夜里悄悄覆了层清霜般的初雪。

虽无科学研究表明，可基于叶辞自身的体验，他感觉高三的时间流逝得比往日快许多。

爆竹脆亮的声响与寒凉的硝烟气息尤在昨日，路牙根处的积雪却已在和煦的春光中暗自消融了。

半个月，一个月，都在弹指间飞逝。

或许也是因为生活太规律了，最近这段时间，叶辞过着一种两点一线无尽重复的生活，与同学们手拉手淹没在书山学海中，除去知识点和习题，每一天都像是上一天的复制，充实归充实，但难免会觉得时间过得快。

不过，在这复制粘贴般千篇一律的几个月里，也有几件不同寻常的事发生，掀起了波澜。

楚家那位老爷子一年前暴病入院，人是抢救回来了，可身子骨彻底垮了，这一年来全靠烧钱吊着命。

不知出于什么心态，可能是看这群鲨鱼般虎视眈眈、恨不得求神拜佛让老父亲早死早分家的子女不顺眼，这位随时可能驾鹤西归的楚老爷子一直顽固地不肯立遗嘱。楚家各房子女间的遗产争夺战也就这么断断续续地打了一年，比起为能多分财产而抓紧用试管技术"造人"，并在三个月前与老婆喜获龙凤胎的二房次子，三房长子楚文林认回在外流落多年的私生子并将其"寄养"在霍家以求攀附霍家都算不上什么骚操作了。

这一大家子翻翻拣拣也挑不出几个正常人。

老爷子的财产毕竟有定数，谁拿得多了，别人就要少拿，一群貌合神更离的异母兄弟姐妹互相虎视眈眈，都恨不得从彼此身上连皮带肉地撕一块生嚼了，奈何战线拉得太长，局势已渐趋僵持，进入了平衡状态，谁也对付不了谁。

就在这当口，霍听澜朝楚家这潭死水中丢了几枚小石子，打破了平衡。

他先是替叶辞偿还了楚文林为叶红君支付的巨额医疗费，债务清了，这对父了除去生物学层面上的血缘再无瓜葛。

楚文林此人做派油滑，认回叶辞后并没有恶语相向，话不说绝，胁迫也是半隐半露的。起初还上演过几轮"爸爸悔不当初""爸爸愿意补偿你和你母亲""男人年轻时难免在这些事上犯错"之类的忏悔戏码，见叶辞不买账他才收了戏瘾。

简而言之，那几个月的相处中他没怎么与叶辞撕破脸，更多是笑里藏刀地恶心人，怕万一叶辞和霍家关系好了会反过来整他，因此和叶辞相处时他留了余地，算盘也是打得噼啪响了。

然而，霍听澜知道此人早已烂到骨子里，未酿成严重后果只是因为叶辞处于自己的庇护下，他没机会也没动机罢了，但那不代表楚文林不想，但凡是个有眼睛的就看得出在楚文林心目中叶辞只是一件称手的工具而已，随时可以根据楚文林自己的需求利用、伤害抑或抛弃。

这段时间，霍听澜与楚文林的夫人阮嘉仪私下见过几面，得知了一些消息。

原来楚文林和阮嘉仪这对夫妻早已貌合神离多年。阮嘉仪身为名门千金，素来心性高傲，什么都要跟人比，而且都要比人强。偏偏丈夫私生活糜烂，不仅搞出私生子，待她亦日益冷漠粗暴。她连个倾诉的地方都没有，表面光鲜，实则苦不堪言，加上阮家这些年来生意不顺日渐式微，她没有娘家依靠，只得忍气吞声。

霍听澜得知真相后，便许诺给阮嘉仪一些好处，又貌似温良地劝慰挑拨了一番，阮嘉仪果然忍无可忍，将楚文林这些年来做过的那些见不得光的脏事朝他抖了个干干净净。

楚文林为人贪婪，偏偏楚老爷子一直死攥着大权不放，父子二人在这方面倒是一脉相承。楚文林憋得狠了，欲壑难填，在经济问题上手脚一直不干净。

和阮嘉仪会面过几次之后，霍听澜的动作就没断过。有了阮嘉仪给的情报，许多事情他做起来都是事半功倍，开了天眼一样，不用查都知道该往哪个方向使劲。

于是今年年初，春节刚过完，一份细致全面、证据确凿的材料被递交到相关部门。

楚文林那些破事儿莫名其妙地被人抖落了个底朝天，行贿、偷漏税……这一连串案子办下来他怎么也得进去蹲几年牢。具体要蹲几年不说，他那摊烂事还牵涉到了好几个楚老爷子亲笔签字并由他具体执行的合作项目，楚家上上下下都被拎过去审查了一通，原本状况勉强算得上稳定的楚老爷子被刺激得进了 ICU，险些一命呜呼。

楚文林并不在乎楚老爷子死活，坐几年牢也要不了他的命，可是他很难再从那群鲨鱼一样的兄弟姐妹手中扒拉出几粒剩饭了。

对他这种贪财重利的小人来说，这比蹲十年大牢再死过一遭还痛苦。

自然，霍听澜在递交材料前确认过叶辞的意思。

叶辞善良归善良，但也爱憎分明，对这个生物学上的父亲他怀有的唯一感情就是厌恨，楚文林害了他母亲一生，又视他为工具般摆布，他被送进霍家给霍听澜治病，遇到善良正直的霍叔叔是他命好，如果遇到的不是霍听澜，而是一个像楚文林一样的人渣呢？那叶辞会面临什么样的命运就很难说了。所以霍听澜对付楚文林的这些手段他觉得半点儿都不过分，甚至算是轻的。

况且，那些材料并非构陷诬赖，霍听澜不过是将楚文林亲手做出的事翻了出来而已，抛开私怨不谈，也算得上维护公平正义，楚文林罪有应得，怨不到任何人。

这件事闹得楚家天翻地覆，叶辞却只是在做题间隙探头瞄了眼霍听澜递给他看的材料而已。

这大概也算是替妈妈报仇了吧？叶辞心里其实没多大波澜，连多琢磨一分钟都嫌浪费生命，高考在即，他的心里只有做题。

另一边，楚老爷子这次再从 ICU 出来之后自知大限将至，再怎么拖延、再怎么不认命也没有意义，于是召集楚文林之外楚家上上下下十几口直系亲属，又找来律师与公证人，宣读了正式遗嘱。

果然，楚文林分得的那份遗产简直称得上寒碜，与之形成鲜明对比的是一直被楚文林当成工具人看待的叶辞。也不知叶辞是戳中了楚老爷子的哪根神经，在分遗产时楚老爷子对叶辞的偏袒但凡是个长眼睛的就看得出来，叶辞意料之外地得到了一笔相当丰厚的财产。

楚家那群争得头破血流的小辈连脸面都不要了，纷纷当即表示惊愕不解，这叶辞性情冷漠，开口时偶尔蹦出的三两个字能噎死人，不开口时则像只令人不敢接近的刺猬，更不曾在楚老爷子病榻前尽孝，也就是被楚文林押着来探望了几次，按理说是不得人心的。

然而事实上，叶辞隐约能猜到，这位暴病之后一直生活在"群狼环伺"下的垂暮老人家只有在和对遗产不起半点兴趣的叶辞面前才能缓上一口气，这或许就是原因所在。

当然，无论遗产还是楚家上下鸡飞狗跳的闹剧都没能在叶辞心底掀起任何波澜。

使他内心波澜大动的是另一件事——叶红君赶在春节前与霍听澜派出的医疗团队一起从旧金山回来了，而且是带着健康的，祛除了病痛的身体回来了。

那家生物科技公司的三期临床试验取得了较为喜人的结果，不是所有参与试验的志愿者都达到了如此良好的治疗效果，大约与这种病的具体分型有关，但叶红君所处的组别全员都出现了不同程度的好转。回国前她经过了反反复复的检测，每一项指标都正常，已完全恢复到了患病前的状态，后续她仍需要定期检查并报告身体状况，不过项目组对她抱有相当乐观的态度，认为理论上她的复发概率很低。

老房子已经卖了，她回国后便暂住在霍宅。

这半年霍听澜因公务在两国间往返过几次，无论如何繁忙都会抽时间专程去旧金山探望她，她平时也常与叶辞打视频电话。接触多了，她见叶辞的学业不仅没落下，还在霍听澜的激励与辅导下突飞猛进，她心里更是加倍的踏实。

叶红君回国后，霍听澜为她购置了一套离霍宅仅有几分钟车程的双层小洋楼。

洋楼的面积不算太大，叶红君自己住正合适，雇佣一名家政和一名园丁就能收拾得妥妥帖帖。洋楼一层带花园，花木扶疏，向阳面的墙壁上垂挂着满满的爬山虎。入春后枝叶生机蓬勃，起风时叶片翻涌，正背面的腊绿与银绿交替闪动，间隙中鹅黄小花星星点点，衬着洁白砖石，美好得犹如童话。

房子购置完还需要装修一段时间，加上这母子俩足有半年没见，因此叶红君就先在霍宅住下了，正好还可以亲自陪伴叶辞度过艰难的高三下学期。

她的厨艺比不上霍家重金聘请的那几位大厨，但唯独煲老火汤称得上一绝，这是多年前向她母亲学来的，属于独门秘方，再厉害的大厨也煲不出那种独特的味道。生病前她每周都会给叶辞煲一次改善伙食，身体垮掉后，她足有两年没进厨房，叶辞再也没喝过那么鲜美的汤。

这天晚上九点钟，叶辞惯例在书房埋头做题。

霍听澜今天的工作都处理完了，留在书房单纯是为了陪他，手中拿着本书在看，黑皮革封面，烫金花体外文，书名不太好辨认。

书房门虚掩着，叶红君立在门口，温声唤道："听澜，小辞，我给你们送点儿消夜。"

霍听澜起身快步迎上，接过叶红君手里的托盘，感激一笑，道："都这么晚了，还辛苦您下厨……"

"没事儿，小辞就爱喝这个。"叶红君温婉一笑。身体痊愈了，这半年她养回来了些，整体仍是瘦，但面颊圆润了不少，肤色也粉白，是血气充沛的健康模样。

叶辞一道题目演算到关键处，笔都不舍得停，却还是百忙之中抽空埋怨了句，用心疼的语气道："您昨天说好的，今天肯定好好休息，怎么说话不算数？"

"哎呀，"叶红君被儿子抓到把柄，辩驳道，"煲汤又不累，妈妈坐在那看着火儿就行，鸡都是人家处理好的……"

霍听澜笑笑，像个高大英俊的侍应生，俯身将托盘上的两个汤盅摆到桌上，劝道："先歇会儿，趁热喝。"

叶辞咽了下口水，鬼画符式潦草地列了几行算式，匆匆往答案处填了个数，这才搁了笔。

这都高三下学期了，离答应林瑶的年级前三十还有一小段差距，他哪敢松劲。

"唔……好香。"可能是用脑过度，叶辞晚饭吃得不少，但写写算算三小时下来又饿了。他揉揉微凹的小腹，掀开汤盅盖子。

一阵水雾混着鲜香腾起，将他半隐在水雾后的白齿红唇衬得格外鲜活。

浅褐色汤汁极清澈，但不显得寡淡，勺子一舀，汤水浓稠，有胶冻的质感，简直是专业水准。

叶辞一勺勺喝得起劲，叶红君拖来把转椅坐下，眉眼含笑地瞧着孩子喝汤。

"对了，小辞……"叶红君用围裙抹了抹手，看看霍听澜，有些不大好意思，但还是问了句，"再过几天就是你的生日了，有没有什么想要的礼物？妈妈买给你。"

"好像也……没什么想要的。"叶辞犹豫了下，实话实说。

"你哪怕随便说几个呢。"叶红君捋了捋鬓发，慨然道，"生病这两年都没怎么正经给你过生日，妈妈这不是想给你补一补嘛……"

叶辞犯难了。

这一年他被霍听澜照顾得太周全了，是真的什么都不缺，除了考进年级前三十哪还有什么想要的。

这时霍听澜低低笑了下，转向叶红君道："小辞庆生的事您不用操心，我都准备得差不多了。"

叶红君眸子一亮，替叶辞好奇道："都准备好了，怎么准备的？有用得上我的吗？"

霍听澜垂眸，略一沉吟："还真有……这个我晚些私下找您商量，不能让小辞知道，到时候要给他惊喜。"

要给人惊喜，哪有当人面说的？

霍听澜说又不说全，这不故意吊人胃口吗？

"什么啊？"叶辞不干了，扯扯霍听澜袖口，"您话别说一半……"

"对啊，是什么惊喜呢？"霍听澜悠悠模仿着叶辞的语气，似笑非笑，"不告诉你。"

叶辞只得饮恨做题。

|·04|

就这么，叶辞被不上不下地吊了几天，学习间隙中想的几乎全是这件事，期待值也拉满了。

好不容易挨到三月十七号这天，正赶上周六，学校放半天假，他提着两大袋子同学们送的生日礼物回家。

车驶入霍宅院门，何叔早已在等了，叶辞下了车，何叔叫人接过那两大袋礼物，没让他进主宅，而是引他去辅楼旁的宴会厅。

霍听澜不是林瑶那样爱交际、爱热闹的性格，这宴会厅一年都用不了几次，叶辞干脆都没进去过。何叔为他打开大门，午后的阳光朝厅内泼下一片暖光，冰川白的大理石地面擦拭得光可鉴人，厅内没开灯，垂地的猩红窗帘遮光效果极佳，远处的事物尽隐在昏暗中，叶辞迈进去，只来得及瞥见些模模糊糊的轮廓，何叔就忙不迭在他身后关闭了大门，那手速，活像个开黑店的在逮人。

门一关，偌大的宴会厅黑得伸手不见五指。

"霍叔叔？"叶辞叫了一声，因紧张嗓音轻飘飘的，心脏咚咚狂跳起来。

忽然，黑暗中传来"咔哒"的轻响，像是有开关被扳动。

接着，不远处有什么被照亮了。那东西方正、细高，是个小型展台，有点儿像博物馆中用来陈列文物的那种，乌木台面，柔亮丝缎，就是没扣玻璃罩。那道光柱打得很矜持，像话剧舞台上的追光，仅仅映照出这方寸明亮，远处事物仍看不清。

上面放的应该就是霍听澜给他的生日礼物吧？

叶辞唇角一扬，雀跃地快步走过去。

缎面上摆着一封信，一把银制长命锁，信纸是折起来的，纸背上写着"零岁"二字。

叶辞心急那礼物，便先将长命锁拿起来摩挲了下，锁头色泽银灰，锁面上雕刻稚童骑马的纹样，银链缀着四颗小铃，雕工古拙，鎏金浅淡，磨损中透着岁月感，像是传承百年以上的古董。

叶辞展开信纸，纸面上洋洋洒洒的，是霍听澜锋锐的钢笔字。

"……十九年前的今天，你刚出生。那时我十二岁，如果我当时已出现在你的生命中，那无论如何也不可能是'霍叔叔'，只能是'邻居家的小哥哥'……

"……听你母亲说，你夜里很少哭闹，才诞生几个月就已经那么乖巧。她还说，在给你锻炼手指的橡皮玩具中你最喜欢一匹小马，可惜已经弄丢了……

"……零岁的生日礼物，正巧可以补给你一个童子骑马的长命锁。这把锁是我曾祖父幼年时佩戴过的，而他离世时已是一百一十二岁高龄，无病无痛，是喜丧。因此我想这把锁一定是十分灵验的……

"……长命锁，锁百岁，一锁富贵春，愿小辞小朋友长命百岁，无灾无病，这是当时十二岁的霍听澜小哥哥送给你的礼物。"

叶辞攥着那把银锁，是金属材质的，却不冷硬，掌心涌动着温润的暖意。

他倏地红了眼圈，将信反复读了几遍，像要把字字句句镌刻在心头，随即珍而重之地将信纸折好，暂时放回原位。

第二道光束已亮起。

而借着两道光，叶辞终于能勉强看到远处。

那影影绰绰的，大约有十几份类似的礼物与信件，他拿不过来，只得先放回去。

下一封信上，写着"一岁"。

再下一封信，写着"两岁"。

再再下一封……

霍听澜为他补齐了自诞生到十八岁的每一份生日礼物，并且都不是乱送，都像那把长命锁一样，与相对应的年龄相关联，有其深意，其中花费的心思难以想象。

"……十五年前的今天，你还在上幼儿园，听母亲说……

"……这是当时十六岁的霍听澜大哥哥送给你的礼物。

"很遗憾，我没能更早地出现在你的人生中，只能以这种方式补偿一二。"

不仅是礼物，他还假设了如果当时自己已出现在叶辞的生命中，他二人会是怎样的光景。

"……三年前的今天，你十六岁，彻底完成了从孩童到少年的转变。我想当时二十八岁的我会送给你一匹真正的、漂亮的小马，当时你是个活泼的少年，喜欢追求速度与刺激感，我愿在保证安全的前提下尊重你的爱好。听你母亲说，你偷偷与别人学习骑摩托，这样不太好，一匹马或许会更合适，我会教导你如何驾驭它……

"……这是一匹年幼的弗里斯马，它聪明，易于控制，性情温柔，适合马术的初学者，这里是一份血统证书，它已经在后院了，等一下你可以去陪它玩耍……

"……这是当时二十八岁的霍先生送给你的礼物。

"……愿你高飞，愿你翱翔天际，自由轻盈，愿你的羽翼不再沾染尘世的泥土……"

叶辞一路走一路抹眼泪，怕泪水沾湿了珍贵的信，他直用袖子抹脸，袖口浸着一片深色的湿痕。

他哭得太凶，以至于见到等在一列展示台尽头的霍听澜和叶红君时，已经连话都说不出来了。

霍听澜朝他张开双臂，温柔英俊，微笑着善解人意道："不用说话，抱一下。"

叶辞扑上去，像要把谁勒死似的，拼命抱住他，喉咙哽咽。

何其有幸。

霍听澜温暖的掌心覆在他后脑。

抱完霍叔叔，叶辞又不太好意思地抱住叶红君。

"这是我和你母亲一起给你补齐的礼物……"霍听澜温声道，"今年开始就不会再错过你的生日了。"

叶辞直起身，带着浓重的鼻音，哝哝地道了句"好"，随即又道：

"这是我过过的，最好的生日。"

他早已变得坦然，不抗拒去接受爱与善意了。

他被爱，也爱着。

没有更好的事情了。

回首，身后十九道光柱连成一条光亮的，充满爱与温暖的路，而伴随着宴会厅中的灯光渐次亮起，前方的道路也变得明晰。

那是一片坦途，光辉灿烂。

那么就带着满怀的爱与温暖，向前，一路向前地奔跑吧！

【正文完】

01 番外

运动会

JINZHIFANGUI

天成私立这次暑假仅仅放了二十天，算上七天军训，高三开学时还不到九月。

天气仍炎热，日照强烈，课间操场上都没多少人，体育课也暂时挪到有空调的室内场馆去上了。但就算这样，不知从哪传出但莫名言之凿凿的小道消息，还是让假期刚过没来得及收心的学生们蠢蠢欲动起来了，据说今年的秋季运动会要比往年提前，与三十周年校庆合在一起举办。

历届校运会中最广受瞩目的比赛就是篮球，对抗性运动本就令人热血沸腾，况且这还是个看体育特优生们耍帅的好机会。

不过，今年叶辞班上的女生们对"看体育特优生们"这件事热情骤降——外班的臭男生哪有我们七班帅气又可爱的叶辞小哥哥好看？

叶辞所在的高三年级组一共十五个班，往届篮球赛他们七班都是长期在年级组垫底的，或许是全校最缺乏运动神经的学生都碰巧聚集在七班了，因此以前每学期他们都只是被赶鸭子上架糊弄一波。

可今年不同，七班之光照亮了他们前进的道路，不勇争第一可就说不过去了！

于是这天放学，叶辞带着班里打算上场的同学去体育馆练习打球，男生五个，女生六个，正好能凑出男女两支篮球队外加两个替补队员。

放学打球的事是下午倒数第二节课下课时定下来的，叶辞给负责接送的司机发了条消息说明情况，让司机晚上不用来接，他自己打车回去。消息发完，班主任进班巡视，叶辞就给手机调了静音匆匆扔进桌膛，扭头就沉浸到光滑平面上小球的激情碰撞中了。

等到放学铃打响，一群学生簇拥着他朝体育馆走，一路叽叽喳喳，像群扑翅的小雀儿。

"我们班这次的冠军稳了。"

"我好怕我上场丢人，上学期篮球赛我犯规五次被罚下去了呜呜……"

"我也……"

"就靠小辞了！你是我们'全村的希望'！"

叶辞被夸得脸热，将怀中篮球反复抛起接住，真诚地鼓励加安慰道："你们多练一练肯定不……不比我差，篮球挺……吃技巧的。怕犯规就多玩玩儿，熟练了就……就好了。"

"小辞好贴心！"

"哎我之前听谁说的来着，小辞会打街头篮球？"

"就会几招。"叶辞搔搔鼻尖，七分羞怯三分拽，"野路子，挑衅用的。"

"想看！"

"糟糕，心动的感觉。"

"那什么，等一会儿上完课……给你们表……表演一下。"

叶辞受宠若惊，都被捧得快不行了，说着，为安放无措的手足，他脑子一抽，像篮球漫画里那样单指竖起转了个球。

耳畔尖叫声更盛，让叶辞彻底忘了查看司机是否有给他回复。

二十分钟后，体育馆中。

"我再……演示一遍。"

场馆冷气开得足，叶辞穿了件夏季校服的薄外套，袖子挽起，露出浮凸的秀气腕骨，他运了几下球，做了个娴熟的三步上篮。

这是最基本的投篮技巧，之前体育课有几个女生总和他学着玩儿，他都教出经验了，还传授口诀呢。

"记住，六字口诀。"叶辞比出个六，那认真的小模样很招人疼爱，"一大，二小，三跳，一大指的就……就是……"

"就……就是，什……什么？"忽然有人横插一杠，一把低沉的嗓子，是个男生，话音里蕴着笑，是学结巴逗着叶辞玩儿呢。主观上未必有多大恶意，但令人很不舒服。

叶辞偏头，冷漠地掠去一眼。

是程骁，隔壁班的一个男生，田径队的体育特优生。

程骁模样长得很英俊，还是个大少爷，短短高中两年，对象换得像走马灯，也不知道是来上学的还是来相亲的。

"程骁你能不能别那么幼稚？"有女生开腔，"回你们那儿训练去。"

高三年组的女生们都知道程骁有多花心，普遍对他没好感。

"你管呢？"程骁挑挑眉，上手想扒拉叶辞，"哎，逗你玩儿呢！不是，这就生气了？"

"少碰我。"叶辞像后脑勺长眼睛了,侧开一步,不给他扒拉。

"行行行。"程骁也不恼,大约是觉得一群女生装模作样地和叶辞学打篮球挺有意思,就抱着个球立在一旁看,嘴角噙着笑。

"一大就是说……"叶辞把他当空气,继续教同学。

叶辞对篮球算是普通热衷,主要是也没什么别的娱乐,就时不时和那群打街头篮球赌钱的痞子一起玩。

当时他年纪小,那伙人把他当小孩儿,对他还行,输了也不要钱,就干玩儿。玩出一身野路子的本领,正规球赛得收着打,叶辞就不太感兴趣,学校组织球赛他从来不去。

如此一来,他教人打正规比赛时,难免有些生手照本宣科的味道。

程骁看了一会儿,自觉将叶辞的水平摸得透彻,有些飘了,遂抱着篮球忍不住插话,从旁指点江山,叽叽歪歪,絮絮叨叨,企图吸引大家的注意,成为全程最闪亮的焦点。

终于,叶辞不堪其扰,抬手将篮球丢给一个学得有模有样的女生,让她先带人练着,转身大步走向程骁。

程骁指点江山指点得正激昂,自觉挺美,似笑非笑地瞄着叶辞:"干什么啊?"

叶辞用食指自下而上一顶,将程骁搂在怀里的篮球挑出来,单手罩住:"来一把。"

程骁直乐,觉得是叶辞教篮球教得不行被他识破,怕丢人所以强行耍酷,怕叶辞和他撕破脸,他咬了下嘴唇忍住笑意,道:"行啊,我教你几招?"

"心领了。"叶辞没表情。

"不用?真跟我比啊?"程骁又笑,"那我赢了的话,有什么说法?"

"我赢了,你回去。"叶辞指指远处那几个正嬉笑着朝这边看的男生，他们都是程骁他们班篮球队的，本来也是来练球的，结果练着练着就变成了"围观骁哥"。

在叶辞看来，这帮人午睡可能还没醒。

"那我赢了呢，"程骁朝狐朋狗友们递了个尽在掌握的眼神，"赌点儿什么？"

"随意。"叶辞言简意赅，"你赢不了。"

程骁轻轻骂了一句，朝叶辞勾勾手指："来。"

手指还悬在半空，叶辞已扬手一掷，篮球直奔程骁面门，杀气腾腾，这速度和力道，砸脸上鼻梁铁定骨折。程骁下意识地仰面躲，可叶辞手更快，那球像粘在了他的掌心，倏地收回。

他一收球，程骁那一躲就显得滑稽，像个防卫过当的胆小鬼，在一旁看热闹的女生们扑哧乐出了声。

程骁分了神，朝那边一瞟。

就这么一秒不到的工夫，叶辞抡圆胳膊狠狠将球砸向篮板，程骁拧身抢球，才跳到一半，球已原路弹回叶辞手上。程骁落地急转身，步子还没踩稳，篮球已从他裆下弹过，他转身去抢，叶辞一缕风般越过他控住球又绕回他面前，玩儿丢手绢似的。

程骁打的都是正经比赛，哪遇到过这么明着把人当猴儿耍的，正转得发昏，叶辞故技重施大力抢球砸篮板，程骁自觉看破一切岿然不动，死盯叶辞右手准备断球，岂料叶辞瞬间起跳高空接球，原地跳投得分。

程骁被他耍得转圈转圈再转圈，加之人高马大，说耍猴儿不确切，严格来说是耍猩猩。

旁边围观的女生们都乐得跺脚了，哈哈声不绝于耳。

叶辞朝程骁竖起一根手指，示意自己进了一个，随即将球朝他一抛，转向那些女生，沉稳道："刚才说好的，给你们表……表演。"

"……你行啊。"程骁回过神来，忍不住朝叶辞吹了个流氓哨，眸子倏地亮了，"玩过街篮啊？"

他怀疑自己贱得慌，被人家耍得团团转，反倒来劲了。

但叶辞实在不爱和这小流氓说话，幅度微弱地一点头。

"行，来来，我攻你守……"程骁兴奋地要求换位置。

防守叶辞也不虚，上学期运动会他没参加，但观赛必须全班到齐，他对程骁的水平有数。

不是他赢不赢的问题，是断球把程骁断成儿子还是断成孙子的问题。他和程骁换了个位置，正要开始，视角一转换，却瞄见体育馆门口站着个熟悉的身影。

"等。"叶辞惜字如金地叫停比赛。

也不知道霍听澜在场馆门口站多久了，毕竟方才所有人的注意力都集中在叶辞身上，没人朝门那边看。

而此时循着叶辞的视线，全场目光都投向了门口。

来天成念书的学生家境大抵非富即贵，有些人家里与霍家不乏生意往来以及逢年过节的拜会，有人认出那是谁，发出轻而压抑的惊呼。

"我死了！好帅！"

"啊啊啊他好像在看这边。"

有兴奋的女生用气声和同伴咬耳朵，两人激动得快要扭成一股麻花。

"他怎么在这儿？"

"他好像是校董之一吧我记得，霍家在天成有股份的……"

"就算是校董，他怎么在这儿？"

一众学生正窃窃私语着，叶辞已拔腿朝霍听澜跑过去，蓝白校服衣角倏地扬起，那背影莫名雀跃欢喜。

"霍叔叔，您……您怎么来了？"叶辞跑太快，步子刹得猛，鞋底将场馆地板锉出锐响。

"司机前天请过假，老家有急事。"霍听澜眸子低垂，微微蹙眉，"他没和你说？"

"说过！"叶辞怕连累司机扣工资，先是脱口而出，随即想起司机前天一早送他上学时是说了几句什么。当时他利用上学这段车程在后排琢磨一道构思巧妙的物理竞赛题，太专注，灵魂都被拘在电磁场里了，随口答应完就给忘了。

"确……确实说过，"叶辞笃定，"我忘了。"

"所以今天我来接你。"霍听澜一哂，徐徐道，"在校门口等了你半个多小时，不见有学生出来了，给你发消息也没回，担心你有什么事，就进来看看。"

"对不起，霍叔叔。"八十岁老头儿都没自己健忘，叶辞臊眉耷眼的，马上道歉，"一打上球，就忘……忘看手机了。"

"这点小事不用道歉。"霍听澜笑笑，瞳仁乌黑，关心道，"你不热吗？"

"啊，"叶辞一怔，"有点儿……"

他之前不热，但和程骁对垒神经多少紧绷了些。

"热就把外套脱了，我给你拿着。"霍听澜温和道，"再去和同学玩一会儿，我等你。"

"也不是玩儿，就是过……过几天运动会，有篮球比赛，我们班同学想……想学学怎么打球……"叶辞解释道，脱了外套递过去。

他这自然地一递，不远处的同学们激动得纷纷发出类似开水壶放汽儿的、压抑的尖叫。

"啊啊啊！帅哥和帅哥站在一起更帅了！"

叶辞脸蛋通红，僵硬地扭头示意那群眼睛已化为八卦探照灯的女同学，解释道："都是……普通同学，您别……别多想。"

"嗯，我知道小辞不会早恋。"霍听澜微笑，春风般温暖，"我对你很放心。"

外套脱了应该就不热了，霍听澜将衬衫领扣给叶辞系上了。

"对了，我刚才打球，您是……是不是都看见了？"叶辞带着点小小的虚荣，小声问道，"我……我帅吗？"

"帅。"霍听澜莞尔，轻声道，"先去，别让同学等急了。"

见叶辞跑回来，程骁朝门口张望了一眼，好奇地问："你和霍听澜挺熟的？你也不姓霍啊……"异姓的长辈，他琢磨了下，"他是你什么舅舅？"

据程骁所知霍听澜是有几个表姐妹的。

话音刚落，后脊梁莫名一阵恶寒，程骁吓得缩了下脖子，片刻前的嚣张劲儿像气球一样不知被什么戳破了。

叶辞也一言难尽地瞥了他一眼，攥了攥手，用一种不大但在场同学都能听见的音量道："我寄住在他家。"

至于治病什么的，涉及霍听澜的隐私，他没说。

其实前段时间有消息灵通的学生传过一些叶辞的家事，说他其实是楚家三房长孙，随了母姓。至于其他消息，由于叶辞早已不和楚家来往了，没人探听得到。

别人的家事不方便直接问，况且和叶辞要好的这些同学本来也不是冲着叶辞的家世和他结交的，小道消息也未必准，就都左耳听右耳出，没人太上心。

这回算是差不多有证据了，毕竟八竿子打不着的普通人再怎么不会寄住在霍家。

当然，那些都不重要，重要的是以后可以从叶辞这里探听到霍听澜的第一手八卦！

霍听澜优雅地步入场馆，在休息区坐下，唇角噙笑望着这边。

当着人家的面八卦未免太尴尬，那些崇拜霍听澜的学生们都不吭声了，拉着叶辞学投篮，可一个个眼中都闪烁着激动的光芒。

这球是教不下去了，叶辞敷衍地教了十分钟，宣布原地解散，让他们自由练习，随即在同学们好奇的目光中与霍听澜一起离开了场馆。

那天傍晚体育馆的事传播得飞快。与叶辞关系要好的那些女同学根本冷静不下来，一逮到机会就要兴冲冲地揪住叶辞拷问一番霍家的八卦。

大家八卦得很有分寸，没涉及什么不方便说的隐私，叶辞也就都老老实实地答了，每每撩起一片惊呼声。

白露过后，窒闷的暑气像在一夕之间消散了，教室里冷气停了，秋季运动会的日期也终于定了下来。

年级组发下通知，这一届运动会要与三十周年校庆一同举办，方阵与开幕演出的规模都要较往年更隆重，据说还会请来几位如今在各自领域都赫赫有名的优秀毕业生为校庆致辞。

日子定了，各项目的申报也提上日程，七班同学们的运动神经差得像是会传染，四个学期下来运动会项目硬是没报满过，短跑还好说，四百米以内都能凑合跑跑，长跑之类的项目体育委员求爷爷告奶奶也没人报，三级跳这种技术型项目更是常年掉车尾，被当成"三十米短跑后接立定跳远"，因此班级总积分常年稳定在下游，坚决贯彻"友谊第一比赛第二"原则。

高三上学期班上好不容易挖掘出个好苗子，体委这大半天一有空就追着叶辞转悠，念经似的："再报一个，辞哥，再报一个你就是我亲哥，加个标枪吧，标枪就一个人报了，还缺一个，我上节课又问一圈了……"

叶辞答应得不痛快倒不是嫌累，主要是实力碾压的比赛参加太多不好意思，只想帮体委解决两三个老大难项目，结果一松口就被体委缠住了，其他同学也疯狂怂恿，他太好说话，只得又报了两个。但都这样了体委还不饶他，可逮着一只小肥羊薅，放学了还从教学楼门口一路追到校门口："辞哥，我们七班这次咸鱼翻身可全靠你啊，辞哥！"

看热闹不嫌事儿大的女孩子们也异口同声，娇滴滴甜滋滋地喊："辞——哥——"

叶辞一激灵，险些被他们喊个趔趄，女孩子们嘻嘻哈哈地笑了起来。

"别，别喊了……"叶辞耳郭通红，扭头向体委无奈屈服道，"真是最后一个了，我报太多，别……别的班都没法儿比了。"

他说的是大实话，听起来却很狂妄，且因真挚而显得格外狂妄，惹得同学们又激动了一波。

放学高峰，校门前正交通拥堵，人挤人，学生们抻着脖子仰着脸寻找熟悉的车或是负责接送的人。

人群中，霍听澜的身姿显得格外挺拔，上身穿着深色衬衫，衬得面孔白，又显得眼仁黑沉，静静朝那边望着。

霍听澜隐去情绪，朝那些围观体委填报名表的学生走去。

有人看见他，急忙戳叶辞："咳，小辞，那个……"

几个学生抬头，都一怔，随即纷纷表现得站有站相，礼貌地朝霍听澜问好，模样都有点儿紧张。

他们这几家里有和霍家有交情的，也有暂时还攀不上交情的，其中有两张面孔霍听澜看着面熟，大约在年节拜访时见过，是别家的小辈。

他微笑，谦和回礼，随口解释道："我来接我们家小朋友。"

叶辞小声道："我运……运动会报个名，马上就好。"

这几天霍听澜接替了司机的工作，不辞辛苦地接他放学，且不肯在车里等，必要像其他含辛茹苦的老父亲一样立在校门口遥遥张望。

"不着急，慢慢报。"霍听澜神态自若地拿过叶辞斜背在右肩的书包帮他拎着，又接过他搭在小臂上的校服外套。

堂堂家主，像生活助理一样给叶辞拎包搭外套，且手法娴熟，显然不是作秀。

等着叶辞报完名，霍听澜与叶辞一同回到车上。这次车上有司机了，两人坐到后排。

"对了，刚才听你们讨论运动会。"霍听澜含笑问，"这次是和校庆一起办吧？"

叶辞抬了抬眼皮，好奇道："您怎么知道？"

他知道霍听澜是校董事会成员之一，但霍家那么多产业，天成私立仅仅是其中相当不起眼的一个，他不管事，平时就算真有什么重要事务大概也是交给特助处理的，校庆运动会这种程度的事估计越十级也找不上他。

"收到了一份校庆的请柬。"霍听澜自西服里抽出一张印刷精致的信函，展开道，"邀请天成优秀毕业生在开幕式上致辞。"

他高中时也是在天成念书，毕业后出国留学了。

"算起来，我还是你的学长。"霍听澜为难，眉宇间隐隐透出愁色，"这阵子工作忙，去不去我还没想好，你希望我……"

叶辞浅亮的眼珠一转，倏地探头，半信半疑地检查那张请柬。霍叔叔说的话，只能听一半。

"怎么，怕我造假？"霍听澜失笑，极是无辜，弹了弹硬挺的纸角，理直气壮道，"你查，校董亲笔签名，学校的印章……"

确实是校董亲笔签名，叶辞瞠目结舌。

受邀优秀毕业生：霍听澜

邀请人签名：霍听澜

两道横线上方，"霍听澜"三字那锋利俊逸的笔迹都是一模一样的。

此人仗着自己是校董，问学校要了张邀请函，自己邀请自己，好厚的一张脸皮！叶辞不禁叹为观止。

"就是想看看你参加运动会是什么样子。"霍听澜本来也没真想瞒他，被戳穿，也只是风度翩翩地一笑，"我可以去吗？"

"可以啊。"叶辞挠挠面颊。

他本来就想让霍听澜看他比赛，只不过按照原计划他应该会向班里同学要一些他比赛的视频发给霍听澜看，如果霍听澜能亲临现场那当然再好不过。

运动会那天老天爷赏脸，多云但没雨，不晒。

校庆的开幕式果然不同凡响，阵仗弄得挺大，各班方队为夺人眼球别出心裁，高一某班甚至有个好出风头的大少爷扛着班旗策马绕场一周。

好在七班开幕式表演的重任不需要叶辞分担，女孩子们穿着小裙子载歌载舞，叶辞和一众男生只负责在一旁"站桩"。

全校方队入场后，进入各种领导与学生代表讲话环节，接着就是优秀毕业生对三十周年校庆的致辞祝愿，除去霍听澜，确实还邀请到了几位在各自领域颇有名望的毕业生。

许是为照顾仍在操场上立正的小朋友，霍听澜的致辞最为简短利落，他一开口，方阵中骚动不断，时不时爆出几声尖叫。

然而霍听澜完全不受现场躁动氛围的影响，语气严肃沉稳，不知道的还以为是个什么正经人。

开幕式结束后，运动会正式开始，叶辞匆匆去洗手间换上一套方便活动的半袖和短裤。

换完衣服，叶辞回到运动场，像截青嫩得能掐出水儿的小苗，挺拔招展，立在阳光下，斩获视线无数。

这一上午叶辞在径赛与田赛的场地间来回赶场子，一会儿这个项目要检录了，一会儿那个项目要开赛了，第一名拿得手软，广播里尽是七班同学的打油诗："春风吹，战鼓擂，七班辞哥怕过谁……七班七班，逐鹿天成，辞哥辞哥，剑指群雄……"

叶辞脸皮薄，刚开始听见"七班辞哥"这种羞耻值拉满的称呼时直接在赛道上岔气儿了，忍痛冲刺完剩余的一百米，立在终点线旁揉肚子，脑袋垂着，生怕周围人看出他就是传说中飞扬跋扈的"辞哥"。

显然他对自己在外班的出名程度还缺乏明确的认知，周围就没几个不知道他的，只是都偷看他看得比较隐蔽而已。

赶过几轮场子后，叶辞暂时回班级看台歇着，待会儿他还有个一千五百米，是大项目，体委还算有良心，钻研着赛事表，抠抠搜搜地给他预留出一段休息时间。

他一现身，看台上七班的区域顿时爆出一阵震耳欲聋的欢呼和掌声，比明星见面会也不差。

叶辞腼腆又得意地笑了，脸上露出两枚小梨涡。他怕人看见了逗他，但笑容又压不住，只好低着头朝同学们给他留出的空位走。

几场比赛下来他汗出得后背都湿透了，全程陪他跑前跑后的一个叫姜晏的男生怕他着凉，往他肩上搭了件运动外套。

"辞哥，擦擦汗！"体委隔空抛给叶辞一条新拆封的大毛巾。

"谢了。"叶辞扬手接住。

"程骁你少盯人家看！"姜晏见隔壁班的程骁一直在打量叶辞，知道他们两个在体育馆闹过不愉快，怕程骁对叶辞使坏，于是挡在程骁眼前，"人家身上长的什么你没长？要看看你自己的去。"

程骁没好气儿地朝姜晏回了句："我看你了？管挺宽。"

"对啊我就是管得宽，学校都是我家盖的，我管管学校里的事儿怎么了？"姜晏眼睛一瞪，振振有词。

承建学校的项目当年确实是姜家揽下的，程骁瞠目结舌，说不过伶牙俐齿的姜晏，哑火了。

叶辞听出他们在吵什么，却没觉得受冒犯，对程骁这种幼稚的"挑衅怪"他连情绪都懒得波动，只淡淡瞟了程骁一眼，仰头喝水。

程骁自觉没趣，臊红着脸转了回去。

叶辞接过同学递来的巧克力能量棒啃着，从书包里翻出手机，果然有霍听澜发来的新消息。

霍听澜：小辞真厉害，拿到几个冠军了？

拿了几个冠军其实他都数着，只是想给叶辞向他炫耀的机会。

叶辞挠挠头，飞快报了一番成绩。

霍听澜不吝惜赞美，结结实实地把他夸了一顿。

叶辞相当受用，滑着手机，嘴角全程上扬，担心自己笑得太猖狂，用拳头抵住嘴唇，努力抿着——又被哄得露肚皮了。

叶辞得意够了，担心霍听澜待得无聊，垂眸敲字。

叶辞：等跑完一千五我今天就没项目了，陪您在校园里转转？

霍听澜也在这念过书，应该会想看看母校的变化吧。

霍听澜莞尔，发了个"好"。

叶辞绞尽脑汁地琢磨着有什么能招待人的，忽然灵光一闪。

叶辞：我们学校奶茶店有一个葡萄沙冰特别好吃，这段时间我一天一杯。

发完，他又有点儿赧，霍听澜又不是十几二十岁的学生，请人家吃奶茶店二十几块一杯的沙冰，太没格调……

他犹豫了下，撤回消息，对面却回得很快。

霍听澜：看见了，我要吃。

霍听澜：请我。

叶辞：嗯，我请。

叶辞休息得差不多了，一千五百米检录也开始了。

一千五百米要绕操场跑三圈半，叶辞跑着不费劲，就是之前挺给面子的太阳缓缓从云层后冒头了，皮肤凝着汗，再被毒辣的太阳光一晒，便微微刺痒，很不舒服。

率先冲过终点线后，他在同学们雀跃的欢呼声中顶着飘带冲出好几米，刹住步子接过姜晏递来的矿泉水，拧开咚咚灌了两口，抬手自头顶浇下，简单粗暴地驱赶通体的燥热刺痒。

浇完水，叶辞抹了把脸蛋上的水珠，朝草坪甩甩手。

"去更衣室换件衣服？"忽然霍听澜温柔低沉的嗓音从身后传来，"楼里有空调。"

一千五百米比赛开始后他就离开了主席台，在终点线附近等叶辞。

小豹子般矫健灵动的少年，发丝被风向后捋，露出小巧的脸，眼睛亮得像星星。

不过叶辞比赛时心无旁骛，基本不往赛道两侧看，没看见霍听澜。

"啊，好……"叶辞一扭头，"您什……什么时候来的？"

"站了有一会儿了，为了看你闯终点线。"霍听澜笑笑，扬了扬手中装着干净衣物的纸袋，引着他朝体育馆走去。

比赛还没结束，学生都聚集在运动场，校园的其他地方看不到几个人，好在奶茶店正常营业，换完衣服，叶辞带霍听澜去店里点了两杯喝的。

"您尝尝。"叶辞递给霍听澜一杯葡萄冰沙，"真的好喝。"

紫红杯壁凝着水珠，绵厚雪白的奶油上缀着几颗绿玉般圆润的葡萄，孩子气的饮品，霍听澜接过，尝了一口，莞尔道："嗯，很好喝。"

叶辞两腮微鼓，嚼着葡萄没吭声，透亮的眼睛微微一弯，高兴了。

呐喊与播报的喧闹声从运动场传来，距离太远，声音有些发闷，两人坐在僻静的树荫下吹着风喝东西。

叶辞咬着吸管，这会儿才终于空出脑子，默默复盘跑一千五时自己的跑姿够不够潇洒，淌着汗喘粗气的样子会不会显得傻，又懊丧自己怎么没往赛道两边看看，朝霍叔叔比个"1"什么的……

无非就是少年那点儿小心思，时时刻刻惦记着在重要的人面前耍帅。

明天一定要表现得更好才行！叶辞暗暗盘算。

运动会第二天，叶辞需要参加的项目很少，而且强度也不大。

像标枪这种，只需要助跑一小段，对仍然酸痛的腰腿相当友善，而且这么专业的东西学生们都不太会，大家一起快乐比赛。

项目都比完了，叶辞就回到七班看台上专心看比赛。

今天的太阳毒辣得不像话，他和姜晏一人出一只手，共同撑起一件校服外套当遮阳棚，另一手腾出来，拿立在两人中间的薯片吃。

"我以前还以为你不爱吃这些东西呢。"姜晏眉眼弯弯，"你那么酷，一看气质就不像爱吃零食的。"

叶辞不是不爱吃，主要是以前也没怎么吃过。

"我以前也……不知道，"叶辞唇角翘了翘，"我能这……这么爱吃零食。"

姜晏又拆开一个巨大的超值装，勉强塞到两人中间："这个洋葱奶酪味的也超好吃，你尝尝。"

简易校服遮阳棚下，响起"咔嚓咔嚓"的声音，两人像两只快乐的小仓鼠，边吃边聊天。

"我们班这次总积分应该是第一，我刚才去打听了。"

"那是必……必须的。"

"待会儿你必须代表我们班上去领奖，我跟班长和体委都说好了，贡献最大，形象还好。"

"我去啊？"

"又不用发表感言，那么多代表呢，发到你了鞠个躬就行。"

"那……行，我去。"

遥远的，又是一阵加油助威的鼓声响起。姜晏指向赛道，激动地摇晃叶辞胳膊："看看看！体委要冲终点线了！"

前排的同学们唰地站了起来，叶辞也叼着薯片站起来，兴致勃勃地扬着脑袋看，他不习惯喊，但也在心里默默为自己班的同学鼓劲儿。

碧绿砖红的球场与塑胶跑道上，一个个矫健的身影在秋风中大步奔跑着，耳畔是潮水般的欢呼笑闹。

正是天高云淡。

恰同学少年。

02 番外

春节

日子过得飞快，对备战高考的高三学生而言更是如此。

寒假一眨眼就到了，或许是担心放假消磨斗志，把筋骨都放懒散了，学校的假期安排得相当吝啬，就是从指缝里抠出那么几天让考生们过个年而已。

霍家人丁兴旺，天南海北分散各处，之前的家宴人都没能来全，那些关系较远一年也联系不了几次的亲戚，或是常年在国外念书的小辈只有在春节才能一个不落地聚到一起。

年夜饭安排在林瑶和霍昌裕居住的庄园中，毕竟也只有庄园才能从从容容地招待开霍家那么多人。

年三十一早，叶红君、叶辞和霍听澜就一起来了庄园。他们来得早，其他霍家人来得还不多，而且基本都是和霍昌裕夫妇关系亲近走动多的。叶辞之前在各种年节小型家宴上都和他们见过面，也不生疏，羞怯地微微笑着，主动和那几位叔伯姨婶打招呼。

除了几个聚在一起玩游戏机的小孩儿，这些霍家人大多跟着家政团队里忙里忙外，拣些轻松的杂事做，虽说一应琐事都有专业团队打理，但有些小活自己上手更有过年的氛围。

书房中，霍昌裕正亲自用毛笔写对联与福字。霍听澜的毛笔字也写得不错，奈何字迹锋芒太盛，凌厉有余而圆融不足，写起"吉祥如意春满门"之类的喜庆字句有些不伦不类，被林瑶说过不知多少回，因此眼下能做的只有挽起袖子为霍昌裕研墨。

另一边，叶辞正劲头满满地帮管家往红包里封钱，簇新连号的粉红票子，挺括平整得能割破手，一抖一弹，声音清脆，单是过一遍手就令人身心舒畅。

林瑶都快修炼成仙了，不管这些俗务，拉着叶红君在花厅喝茶挑东西。过年总该采购些年货新衣服之类的东西，但天一冷林瑶就懒得出门，各路奢侈品门店负责人这几天便轮番上阵，送货到家供她挑选，其中还有不少专为她预留的新春限定款。

林瑶挑挑拣拣，边看边点评，叶红君不懂这些，礼貌而拘谨地端着红茶杯，随林瑶点头微笑。

在旧金山参与的临床试验使她奇迹般痊愈了，看在叶辞的分上，回国后她一直受霍听澜照料，眼下已是衣食无忧。但她苦日子过惯了，不懂享受，也不敢乱花钱，吃穿用度方面仍偏向于俭省。叶辞嘴笨，劝不动她，也不知道怎么劝。这次她和叶辞一起来霍家过年，打扮得也只是整洁得体，但面对林瑶这样自小千娇万宠、打扮得珠光宝气的贵妇时，多少缺了些底气。

林瑶看出这点，有意将叶红君渗透一番，想改变她的生活理念。

"他们家今年的新春限定设计得还不错。"林瑶拿起一个压纹小牛皮材质的手包，白底，以欧洲素描风格绘制出水红色的蜡梅图样，但并不违和。那群外国设计师难得弄出了一款能入眼的中式设计，淡雅不张扬，与叶红君的气质极相称。

"小君你试试这个包。"林瑶拿起那个小手包，神态自若地塞到叶红君手里，退开两步歪头看看，柔声赞叹道，"好看哎，这个手包好衬你。"她扭头吩咐一旁侍立的经理，"麻烦把那款橘色的拿来给我。"

"这个……"叶红君微怔，面露忐忑。

见她摆明了要和自己客气，林瑶接过颜色与图样不同的另一款，亲昵又自然地和叶红君凑到一起，把两个手包贴着比量，温婉却不容抗拒地道："你用梅花的，我用绣球花的，这个大小正好可以装红包，这样多好，不用捏着一沓红包走来走去，怎么样？唉，我从小到大也没什么姐妹，都没试过和别人用同款。"

某些话术的风格与运用手法，以及裹藏在温柔中的强势与霍听澜如出一辙，只能说不愧是亲母子。

而叶红君也和儿子差不多好忽悠，稀里糊涂地就被林瑶从头到脚精心打扮了一番，还让上门服务的美甲师给做了一轮美甲和手部护理，简直梦游一样。

叶红君底子好，又是天生丽质不显老，唯一缺点就是大病初愈精气神差些，又太消瘦。而林瑶品味上乘，懂得如何扬长避短，叶红君让她这么一打扮，登时容光焕发。那些被颠沛岁月蚀磨出的伤痕，像是都被林瑶的巧手与昂贵的衣料配饰抹掉了，乍一看简直就像变了个人。

"新年新气象嘛，就该这样，从头到脚都换新的才叫过新年，你说对不对？老霍说我为了买买买乱讲歪理，还是你好。"

林瑶亲热地挽着叶红君，找叶辞邀功，叶辞果然被惹得眼眶泛红，默不作声地拉着叶红君照了几张合影。

他真的太久没见到叶红君这么闪闪发光的样子了。

妈妈还能这样……真好。

临近下午，霍家人越来越多，有不少是生面孔，霍听澜怕叶辞别扭，就让他在小花厅里陪林瑶和叶红君喝下午茶吃点心，还把那只又娇又嗲的拿破仑矮脚猫抱来给叶辞玩。

考生的假期时间本就金贵，没必要在没完没了的寒暄中耗费精力，当然是怎么舒服自在怎么来。

矮脚猫认识叶辞，且莫名与他亲近，主动翻身朝叶辞露出毛茸茸的小肚皮，还用肉垫扒拉叶辞的手腕，示意他陪它玩。

霍家过春节的流程都是固定的，傍晚到了饭点，先全体在宴会厅吃年夜饭，吃完让小辈拜年，长辈给发压岁钱。这些寻常流程结束后，因为林瑶喜欢排场，还会在庄园安排一场由专业团队策划的跨年烟花秀。

为避免年年的表演都一成不变，这新春烟花秀的主题每年都不一样，一般来说会挑一件霍家年内发生的大喜事并借此发挥。譬如去年，林瑶和霍昌裕为庆祝霍听澜的堂弟顺利进入全美排名第一的名校进行深造而选取了"蟾宫折桂"主题，压轴的烟花犹如一轮冰蓝满月缓缓升上中天。而今年为庆祝霍家的一位重要成员成婚，主题便选取了"相爱相守"。那夫妇二人到底是上了年纪，再如何追逐时尚潮流也难免会在某些时刻暴露中老年人本质。

看完烟花秀，一大群人浩浩荡荡回主楼，长辈们看春晚、打牌、闲谈，小辈们这段时间可以溜出去自己玩儿，但半夜十二点要回来听钟楼敲钟，再吃一顿饺子，这才算一套流程走完，可以各自回客房睡觉。

能自由活动了，叶辞先回房送了趟压岁钱。

霍家小孩子多，他准备了不少拜年红包，厚厚地揣了一大摞。吃完年夜饭，看见年纪或辈分比他小的他就腼腆地递个红包过去，本以为能把库存清理得差不多，结果收到的红包竟比他发出去的多得多。霍家规矩是成年人发红包，未成年人收红包，叶辞虽然成年了，但毕竟是刚刚成年，还没工作，模样性子又惹人疼，霍家长辈心里都拿他当个没长大的孩子看，争先恐后往他口袋里塞红包，霍听澜半个红包都没收到，叶辞的外套口袋却撑得快爆了。

霍听澜从红包堆里拣出林瑶和叶红君封的，将那两个沉甸甸的一左一右摆在叶辞枕边，神态自若地搞迷信："压岁钱放在枕边才能压祟。"

他语气像开玩笑，叶辞没留意，埋头从外套里掏出一个单独存放的红包，递到霍听澜手上。红包很厚，背面是叶辞潇洒俊秀的笔迹，金色签字笔，写得满满当当的，霍听澜垂眸一扫，捕捉到几个关键词。

大抵是一些祝福类的话语。

"您晚……晚一点儿，等我不在的时候，再看。"叶辞慌忙把红包反扣过去，小声道，"以后您的红包我……我给您发。"

在叶辞看来这和成不成年，有没有工作没关系，就是一份祝福，他希望霍听澜也有。

这个红包里的现金是他从旧卡里提出来的，都是他之前打工、赛车赚来的，用这笔钱给霍听澜封红包满足了叶辞隐秘的小心思——不论多少，他这也是自己赚钱给霍叔叔花了。

"谢谢，"霍听澜揣起红包，很有仪式感地给叶辞拜了个年，"小辞过年好。"

叶辞扑哧乐了："不客气，霍叔叔过年好。"

除夕夜在一片欢腾喜庆中过去了。

冬日的破晓来得晚，早晨六点，天色仍灰蒙蒙的。屋中亮起一盏光线微弱的暖色灯，叶辞睡得正恍惚，被灯光弄得时间感错乱，还当是晚上，眼皮掀开一瞬，又迷迷糊糊地合上了。

他能感觉到卧室里进来人了，有熟悉的龙舌兰香气，是霍听澜。

而且霍听澜正在摆弄他，但他没当回事。

之前有几次他学习得太晚早晨实在爬不起来，霍听澜为了能让他多睡几分钟，趁他睡觉时帮他穿衣服，和眼下的情况一样。

霍听澜之前说过今天的行程安排，但叶辞睡成这样，显然是没想起来。

大年初一，他们要和林瑶、霍昌裕一同去寺院上香祈福。

这一类事情往年都由林瑶操办，霍听澜是唯物主义者，都是跟着林瑶走形式罢了。林瑶表示大师让六点半从霍宅出发，赶早不赶晚，霍听澜认为没有必要，但为了让林瑶开心，他也没反驳。

叶辞正沉沉睡着，由他摆布。

过新年都讲究穿红色，前几天林瑶让人给他们一人采购了一套大红的保暖内衣，也就是秋衣秋裤。

昨晚叶辞抓着那团大红的秋衣裤纠结了好一会儿，乖顺的性子与酷哥包袱进行了一番拉锯战，终究败下阵来。

他实在穿不上身，虽说是贴身衣物，别人看不见，但也怪羞耻的，而且万一哪下动作大了，从袖口或者裤腿露一截大红出来，那可要命了。

不过……新年新气象，大年初一要出门，他从里到外换身新衣服，再正常不过了吧。

霍叔叔能有什么坏心思呢？

霍听澜唇角恶劣地翘了翘，将那条红秋裤抖开，穿过叶辞的双脚，向上抻拉……

穿完那条红秋裤，霍听澜沉声唤道："小辞，起来上香了。"

说着，他不轻不重地拍了拍叶辞。

"真不起来？"霍听澜又拍了拍。

叶辞仍顽强地睡着懒觉，霍听澜一哂，索性继续帮他穿衣服。

连牛仔裤拉链都拉了上去时，叶辞终于挣扎着爬起来，睡眼惺忪，头发东翘一绺西翘一绺，像只刚出壳的雏鸟。

"大年初一要赶早去上香，前几天和你说过。"霍听澜垂眸看表，"衣服都帮你穿好了，给你五分钟洗脸刷牙，够吗？"

"……够！"叶辞一怔，把自己从上到下摸了一通，见确实都穿好了，也没多想，甩甩脑袋振奋精神，一个鲤鱼打挺跳到地板上，冲进浴室洗漱。

昨晚除夕夜守岁睡得太晚，加上吃饺子前又剧烈运动过，叶辞上了车仍是昏昏欲睡，用脑袋枕着霍听澜的肩膀假寐，一双手自然地搭在腿间。

他前两年到处兼职时刷过盘子，当时高中都没念完，没多少选择余地，有地方打工就知足了。小餐馆条件差，他也不敢辞职，冬天后厨湿冷，塑胶手套不顶用，手闷在里面几个小时，摘下手套时十指常常肿胀得像十根水萝卜。几个月盘子刷下来，他落下病根了，一入冬就犯病，手指发红，又疼又痒。

上个冬天，他按网上查的说法买了些药膏，管他有用没用一股脑乱涂一气，忍忍就糊弄过去了。这次入冬手上冻坏的地方刚露出些端倪就被霍听澜发现了，被拎去医院做了几轮治疗，又开了些药膏每天定时涂抹，目前已经痊愈。但霍听澜担心病症反复，盯着他早晚搽护手霜，今天出门出得急，叶辞就忘了搽。

好在霍听澜之前在车上放了备用的。

他拧开那管甜扁桃味的护手霜，递给叶辞，叮嘱他涂抹，甜甜的扁桃味在车中弥漫开来。

大年初一寺院香客云集，摆放香炉的内院云雾萦绕，不过那种幽静的檀香气息很好闻，不会让人觉得呛。

一众细溜溜的线香中，林瑶请来的龙头香极是惹眼。

叶辞没在寺院里上过香，但也谈不上抗拒，出于尊重，有样学样地在蒲团上跪拜祈福，期间还神经质地反手拉扯了两下派克服的后襟，生怕弯腰时弯得太过露出点儿红彤彤的东西来，也是落下心病了，方才去上厕所，叶辞才惊恐地发现霍叔叔早晨帮他穿衣服时，居然趁他不备给他套了条红秋裤！

霍叔叔真是太可怕了。

一套上香祈福的流程走完，一行人打道回府。

临行前，叶辞得到了寺院住持亲手相赠的一枚银质护身符，体积小巧，差不多相当于小拇指的一半，上面刻了梵文与莲花图样，说是开过光，除了保佑平安之外，还能助人明心见性，广增智慧。叶辞不懂佛家的智慧指的具体是什么，便姑且按照提高学习成绩理解，还挺愿意戴的。

护身符是用一条红绳串起来的，上面还有两枚装饰用的小银铃，霍听澜认真地将红绳绕了两绕，系在叶辞的左腕上。

大年初一除了晚饭没别的安排，大家都可以自由活动。

霍家那些小辈存了巴结的心思，想把叶辞伺候好。这种传承多代的高门大户养出来的少爷小姐们都是教养与眼色俱全。叶辞对霍听澜的病症来说意义重大，是能在霍听澜面前说得上话的人，他们是必须要打好关系的。

天太冷，户外运动都是找罪受，一群半大孩子商量来商量去，最终决定撺掇叶辞来打游戏最稳妥。

"哥你平时都玩儿什么？"霍听澜的小侄子霍文宇被推选出来与叶辞对战。他在霍家属于罕见的"不肖子孙"，文化课成绩一塌糊涂，成天逃学，冬练三九夏练三伏一心要踏上电竞之路。

霍家那些不知天高地厚的小孩儿觉得霍文宇是"陪皇上下棋"的首选，输赢进退拿捏有度，就算给叶辞放水也不会被察觉。

"我平时不……不玩游戏。"叶辞接过手柄，挺新鲜地拨了两下。

霍宅各种游戏主机一应俱全，但叶辞做题都做不过来，平时哪有心思玩。

"那你就随便选一个，"霍文宇自信满满，"我都行。"

叶辞翻了翻卡带，腼腆地笑笑："赛车行吗？"

那是最新推出的一款赛车类大作，号称场景画质与驾驶手感皆细腻到足够以假乱真，游戏时玩家甚至闻得到显卡燃烧的味道。

"行，来。"霍文宇挺帅地活动了下手腕。

第一局，努力研究按键与摇杆的叶辞完败。

第二局，放了水的霍文宇堪堪和叶辞打了个平手。

第三局，霍文宇放水放到一半察觉到事态有变，紧急关闸，但仍输得不太好看。

"我要认真了啊。"霍文宇的面子渐渐挂不住了，也顾不上哄叶辞开心了，打算发挥出全部实力来一局。

语毕，他超车时被前方叶辞一个充满迷惑性的左右摇摆生生晃出赛道，撞飞一排虚拟观众。

霍文宇来劲了，撸胳膊挽袖子："你要是玩儿这种阴的我可就不留手了啊。"

这算阴的？叶辞唇角一翘，依稀透出几分一年前称霸风驰赛车场的风采，言简意赅："别留。"

第 X 局，欧洲小镇赛道。

霍文宇在不该加速的时机被叶辞逼上加速带一飞冲天，阿斯顿马丁挂在教堂尖顶下不来了。

第 X+1 局，夏威夷海湾赛道。

霍文宇被叶辞一个漂移甩尾扫进海里与大白鲨亲密脸贴脸。

第 X+2 局……

"啊啊啊啊啊我！不！服！"

霍文宇撕心裂肺的哀号响彻主楼，电竞梦断大年初一。

一干围观的半大孩子也早忘了叫叶辞过来打游戏是为了攀关系的，到底是少年心性，套近乎渐渐成了真崇拜，一个个兴致勃勃地摩拳擦掌，撇开失去梦想瘫成烂泥的霍文宇争着和叶辞对战，从赛车玩到格斗再玩到射击。叶辞的脑速手速都快得离谱，无论玩什么都是熟悉操作后就开始大杀四方，整座主楼就听这群孩子闹腾了。

一群人从中午一直玩到晚上开饭，叶辞与他们交换了一圈微信，说好等高考结束了再带他们玩。

昨天睡得太少了，叶辞吃饱了就开始发困，九点不到就回房休息了。

那只矮脚猫像是认准叶辞了，叶辞刚躺下，它就哆叫着挠门板，叶辞征求了霍听澜的同意，把那只哆猫塞进被窝里，搂着那云朵般温软的一团坠入梦乡。

不知道为什么，也许是这段时间学习压力略大，叶辞做了一个基调颇为悲伤的梦。

梦境中的色彩像被海绵吸走了，饱和度低，人像与声音也混沌不清，像老式的默片，也像是从意识之海的深层打捞起了一些极其陈旧模糊的记忆。

迷迷糊糊地睁开眼时，叶辞只记得这些了。

他做了个伤感的梦，具体情节完全想不起来，唯一清晰的一幕就是濒临梦醒时，从某处伸来了一只大手，温暖而有力，驱散了一切寒冷阴霾，原本灰暗的梦境骤然充满色彩，天地间一片灿烂光明。

"唔……"叶辞摸索出枕头下的手机。

早晨八点，矮脚猫黏在他身边，发出令人安心的呼噜声，一只肉乎乎的猫爪搭在他的胸口。

叶辞的动作惊扰了它，它用毛茸茸的脑袋娇气地往叶辞怀里拱了拱。

叶辞爬起来，抱着矮脚猫下地，半梦半醒地去霍听澜房间找人，霍听澜早起来了，正坐在桌前用笔记本处理公务。

"霍叔叔……"叶辞拉了把椅子坐到霍听澜身边寻求安慰，他刚睡醒，口齿还不太清晰，"我刚才好像做……做噩梦了。"

"梦见什么了？"霍听澜保存了一个文件，放下电脑。

"我也忘了。"叶辞理直气壮地回答。

"忘了？"霍听澜失笑。

"就记得挺……挺难过的……幸亏最后，你拉住我了。"

"嗯，不怕。"

霍听澜拉过叶辞系着红绳的手，拨了拨上面的护身符："你有护身符，也有我呢。"

融融的暖意在这方寸天地间蔓延。

又是一年新春。

照顾病人

JINZHIFANGUI

深冬，雪中掺了颗粒细小的冰雹，簌簌地敲着窗，更添静谧。

寝室里暖气烧得挺旺，但叶辞的手冻坏过，比常人怕冷，按霍听澜的叮嘱把双手插在暖手宝里焐着，面前书桌上摊放着一本十六开的大部头，每一页都用记号笔密密麻麻地划出了一大片考点。

叶辞的唇瓣无声地翕动，默诵着天书般艰涩的化学反应方程式。

几个月前，他收到了来自这所国内顶尖学府制药专业的录取通知书，一年半来每天挑灯夜战的努力没有白费。

都说制药专业是坑，就业前景差，学起来又累，对学生的发际线极不友善。正所谓"只要专业选得好，年年期末赛高考"，他们专业从大一开始就不轻松，但叶辞志向在此，倒也不嫌苦，反而觉得很有挑战，学得斗志昂扬。

化学这一块需要背的东西很多，叶辞记忆力还不错，背东西又快又扎实，但也架不住考点太多，期末不突击一下还是不行的。

寝室的另外三位同学也都是这副和尚诵经的造型，平时都是精致小帅哥，眼下一个个被考试祸害得蓬头垢面，上半身随背诵节奏麻木地前后摇摆，背得欲生欲死，宛如大型精神错乱现场。

叶辞每复习十页就休息五分钟，这一轮休息时间又到了，他拿起手机翻了翻。

考试季，各大高校都陆续进入期末阶段，天成七班的微信同学群中"哀鸿遍野"。

姜晏：我想死，说好的文科呢？为什么还要学高数啊啊啊……

姜晏：我不想努力了。

姜晏：画魔法阵 .jpg

姜晏：施法召唤一个漂亮姐姐养我。

陆明瀚：是不是我半个月没收拾你让你产生了什么错觉？

姜晏：你在想屁吃 .jpg

姜晏：有能耐你后半个月也别来。

陆明瀚：你等我考完思修。

叶辞：晏，别说了，再说体委从魔法阵里钻出来了。

姜晏：辞猫猫你也学坏了？！

叶辞：确实。

与霍听澜如出一辙的且非常气人的"确实"。

叶辞：流泪猫猫头 .jpg

姜晏：天哪当年那个随便戳一戳就脸红的叶辞哪去了？怎么越来越贫了！

姜晏：熊猫头降龙十八掌 .jpg

叶辞：奶猫捂头别打我 .jpg

显然，曾经的孤僻少年在同学们的熏陶下已学会了熟练使用表情包。而且据姜晏所说，只有软萌的小姑娘才会使用带有攻击性的表情包，越是猛男反倒越会使用可爱的猫猫狗狗表情包，于是身为精神猛男的叶辞存了一堆卖萌奶猫的表情包。

同学群里姜晏和陆明瀚斗起嘴来，叶辞忍笑返回消息列表，往下翻了翻，霍听澜的新消息已经是二十四小时之前的了。

叶辞这一天背书背得头晕脑涨，没怎么留心消息，但霍听澜这么久没动静不太寻常，就随手拍了张桌面发过去。

叶辞：图片

叶辞：背了一晚上，进度三十页。

叶辞：奶猫昏厥.jpg

叶辞：你在做什么？

对面一如既往地秒回。

霍听澜：加油。

霍听澜：没做什么，今天工作很清闲，我在休息。

中规中矩的回答，但叶辞就是觉得不太对劲，可能是因为他野兽一般敏锐的直觉。

叶辞：能语音吗？

霍听澜：你方便吗，寝室同学不在？

他们聊天虽然没什么需要避人的，但比较注重隐私，语音或视频都会尽量挑叶辞独处的时候。

叶辞：方便。

发完消息，他起身轻手轻脚溜到走廊，给霍听澜发送语音通话申请。

那边很快就接起来了。

"喂，小辞。"

不知道是不是错觉，霍听澜的嗓音较平日更低沉，还透着丝暗哑。

叶辞一怔，小声嘀咕道："你怎么了？"

"嗯？"霍听澜语气无辜，笑了一声，清清嗓子道，"没怎么，就是工作累了，躺着……闭目养神，怎么了？"

"闲着没事儿您就自己躺着闭目养神啊……"叶辞用鞋底蹭着走廊地面大理石的缝隙，不怕死地吐槽道，"听着怎么像空巢老人似的。"

"能不像吗？"霍听澜笑了，又清清嗓子，半开玩笑地埋怨道，"你上周都没回家。"

学校周一到周四会随机查寝，对夜不归宿的学生会进行相应处罚，但如果学生家庭有特殊情况也可以向辅导员打报告，申请长期在校外住宿。

叶辞和霍听澜的情况特殊，只要提交霍听澜需要安抚性治疗的诊断书叶辞就有资格申请在校外居住，但霍听澜主动提出让他先在寝室住一学年。

大一新生刚入学就搬到校外居住的话，会减少许多和同学相处的机会，关系难免会疏远些，而叶辞本身也不是热情健谈、三两句话就能和陌生人打成一片的类型。霍听澜见过叶辞孤零零没有朋友的样子，也见过叶辞在融入集体后与同学们开朗笑闹的样子，因此他更赞同叶辞住校。

这一学期叶辞都是每周末回霍宅住，平时住校。但这半个月期末复习太忙了，叶辞不想分心，而且在学校要看什么书查什么资料都方便，所以上周末就没回家。

"等我十二号这科考完就回家看你，很快了，"叶辞拿着手机道，"行吗？你最近没有要发病的迹象吧？"

"没有迹象，当然行。"霍听澜通情达理，温声安抚道，"期末了你就专心复习，学校的学习氛围好。这两天我怕打扰你，就没敢主动给你发消息。"

叶辞又和他聊了几句，切断了语音通话，随即反手就给何叔打了过去。

通话结束后，叶辞快步走进寝室，将十二号考试要用到的书和笔记整理进书包，火急火燎地换衣服。

"小辞你要出去吗？"室友抬起头，背反应式背得眼睛发直。

"嗯。"叶辞乖乖戴手套，"我家里人感冒了，高烧不退，我回去看看，要是学生会来查寝……"叶辞犹豫了下，这都快十一点了，不方便找辅导员请假，"算了，查就查吧。"

刚才那通电话，叶辞越听霍听澜说话越觉得不对劲，尤其是他动不动就清嗓子，感觉像在掩饰咳嗽。

他撂了电话找何叔一问，果然，霍听澜高烧烧了两天，看过医生也挂了水，但可能是这波感冒病毒闹得凶，加上其实头痛病已经处于发作前期，缺乏叶辞的安抚治疗，这几天上火上得厉害，烧退不下去，这两天连饭都没怎么吃。

室友看了眼手机，担忧道："学校大门马上就关了，还下着雪呢，能叫到车吗？"

"我翻墙，车我边走边叫，不行就骑个共享单车。"叶辞排除万难，挺酷地把书包往肩上一甩，朝三个室友摆摆手，"走了啊。"

霍宅的深夜并不安静。

点滴挂完，家庭医生给霍听澜拔了针，又量了一遍体温，还用听诊器听了听。霍听澜体温只是稍有下降，但好在肺没烧出毛病，毕竟体质好，比普通人抗折腾。

"今天饮食状况怎么样？"

房门外，家庭医生与何叔低声交谈，霍听澜揉了揉眉心躺回枕头上。

忽然，楼梯方向传来一阵急促的脚步声，听起来像是一步跃两三个台阶，一次呼吸起落的时间就从一楼蹿到了二楼，夹杂着少年气喘吁吁的声音。

霍听澜不可置信地抬眸，还没坐起身，叶辞已一缕风般闯了进来，羽绒服上沾着些未化的雪粒，围巾严严实实围到鼻梁，颧骨处软软的脸颊肉冻得像结霜的红果子，眸子透亮，额发让风吹得定了型，露出额头与英挺的眉，清寒逼人的雪气与少年气扑面而来。

"小辞……"霍听澜罕见地慌乱了一瞬，"怎么回来了？"

"生病怎么不告诉我？还拿我当小孩儿呢。"叶辞忿忿嘟哝着，把书包和羽绒服褪下来随手一丢，走到床前，"何叔说你是快发作了，没有我帮你治，都上火了。"

"你听他乱说。"霍听澜一晒，首先撇清叶辞的责任，"没上火。"

"我明天找辅导员说一下，这几天在家复习。"叶辞强势地安排了一通，果然不能不着家，看把家里人给急的。

霍听澜闭了闭眼睛，含笑道："别这么惯着我。"

"就……就要惯着你。"叶辞的口吃已经好得差不多了，只有偶尔情绪激动时才会结巴一下，"你不也……挺惯着我的吗，都是相互的，凭什么只许你惯着我，不许我惯着你。"

说着，他用手背贴了贴霍听澜的额头，心疼道："这么烫。"

"没事，打过点滴了。"霍听澜的心脏柔软得不成样子，"是你额头太凉……怎么冻得这么红，怎么回来的？"

"骑共享单车回来的，都这么晚了，大学城那边太偏了，叫不到车。"叶辞怕霍听澜教育他，遂先下手为强，用眼梢瞟着霍听澜，嘀嘀咕咕道，"你要是早告诉我，我白天没下雪的时候回来，就不用这样了。"

"嗯，对不起，不该瞒着你。"霍听澜认错态度良好。

"就是的。"反向教育了霍叔叔一波，叶辞眼珠心虚地转转。

房间里出现了片刻的安静，随即，霍听澜忽然抬手捏住叶辞后颈，把他拎了起来，道："谢谢你赶回来看我，现在你可以回自己的房间了。"

叶辞睁圆了眼睛，又低头看手机："我进来才三分钟不到……"

"万一传染给你，我会很自责。"霍听澜下地，拎着一脸蒙的叶辞往外走，忍笑哄道，"听话，知道你在家我就很开心了。"

叶辞人生中第一次被霍听澜拒之门外。

他黏在门板上，像林瑶养的那只嗲猫一样，用指甲一下下挠门。

"霍叔叔……霍叔叔……我申请探病……"

霍听澜哪舍得让叶辞站在外面挠门，还没叫几声就把门打开了，无奈道："真传染给你，害你期末复习不好怎么办，不是说要拿奖学金养我，这就反悔了？"

他说得有道理，叶辞琢磨了下，道："那你答应我一个条件。"

"你说。"霍听澜一笑。

"你吃点儿东西。"叶辞眼睛亮晶晶地提条件，"一碗粥也行。"

"行。"

霍听澜难得松口，愿意吃点东西，何叔忙吩咐后厨给准备了一碗蔬菜肉丝粥，想给他尽量多补充些营养。

米粒热腾腾地冒着气，叶辞一勺勺舀着，吹到温热的程度，再喂给霍听澜。

"霍叔叔。"

"嗯?"

"我是不是……"叶辞咳了下,小声问,"挺有责任感的?"

一听说霍叔叔生病了,他马上翻墙出学校,叫不到车骑车也要回来,又哄又喂饭的,就差把点滴拔下来扎自己手上了。

这不叫责任感,什么叫?

霍听澜沉默片刻,可能是在憋笑:"嗯,有。"

叶辞腼腆又得意地勾了勾唇角,继续喂粥。

"感觉你的体温好像降下来点儿了。"叶辞摸了摸霍听澜额头。

"嗯,头没那么疼了。"

"我看你就是上火了。"

"嗯,我上火了。"霍听澜语气纵容。

"以后再有这种事,告不告诉我?"

"告诉。"

"有病了,不舒服了,跟不跟我说?"

"说。"

叶辞满意地点了点头。

雪夜静谧,细雪沙沙敲打着窗子,让屋子里的人加倍惬意,身上暖,心里也暖。

有人关爱,什么季节都宛如春天。

平行世界

JINZHIFANGUI

赛事濒临尾声，观众席爆出的呐喊助威形成声音的巨浪。

一辆黑色磨砂赛车呼啸着飞驰过终点线，凌厉狠绝的气势将赛场声浪斩断了一刹那，随即又激起更惊人的狂潮。

"叶辞！叶辞！"

叶辞迎着声浪走下赛车。

方程式赛场是所谓"硬汉"的王国，这项极限运动对耐力的考验堪比马拉松赛跑，更别提赛车疾速过弯时高达几十公斤的瞬时离心力，足以折断普通人脆弱的脖子，因此大部分方程式赛车手都拥有魁梧健壮的体魄。

可这位全国排名前几的车手偏偏是个例外。他包裹在紧身赛车服内的身体劲瘦而紧实，雀鸟般伶秀的骨骼被薄但强韧的肌肉覆盖，汗水浸得眉眼乌黑湿润，反衬得肤色更加瓷白。

现场的巨大显示屏适时给出叶辞的面部特写，他朝屏幕递去一眼，不像其他赛车手那样露出获胜者的灿烂笑容或是趁机耍个帅，而是不甚自在地垂眸转身，用背影回避那些热情的摄像头。

这样的反应多少有些让人扫兴，但好在叶辞的粉丝对他一贯内向封闭的性格早已习惯，热情丝毫不减，几乎要喊哑了嗓子。

惯例回绝了媒体的采访后，叶辞在一众工作人员的簇拥下回到休息室，脱去紧裹在身上的赛车服。

汗水早已将赛车服里的短袖 T 恤浸透了一遍又一遍，白棉布半透，黏糊糊地粘在皮肤上，令人不适。

工作人员与他对接之后的安排，主要是接下来的颁奖典礼流程。叶辞拧开两瓶功能性饮料，依次仰头灌下，色泽浅淡的眼瞳虚望着上方的顶灯，像是在溜号，车队经理不放心地向他确认："都听明白了？有没有不清楚的地方？"

叶辞摇摇头，示意没有。

车队经理早已习惯叶辞孤僻寡言的性子，见怪不怪，又交代了几句，大抵是劝叶辞接受采访时表现得稍微"正常"点儿，别动不动得罪媒体，让他们乱写些有的没的云云。叶辞不反驳也不应承，一抹嘴角，把饮料的空瓶捏扁，朝垃圾桶投出两道抛物线，随即掀起黏腻得越发令人难以忍受的 T 恤，露出一截紧实细韧的腰腹，要往下脱。

这时，休息室门开了，霍听澜走了进来。

他是霍氏家族的现任领头人，叶辞所在车队的最大赞助商，同时在某种程度上，算是叶辞的忠诚粉丝。

自从某次为消磨时间偶然观看过一场叶辞的比赛后，这位矜贵沉稳的霍家家主就被叶辞赛道上穷追猛打的小狼狗风格与赛场外内向腼腆的性子制造出的反差感俘获住了——虽然在绝大多数人眼中，那明明是凶狠无情与孤僻冷漠。

在追着观看过几次叶辞的比赛后，他不仅成了车队有史以来最大方阔绰的赞助商，还时常像眼下这样，利用赞助商的特权制造机会与这位比他小了足足十二岁的小偶像碰面。

许是霍听澜气势太足，见他来了，车队经理与一众工作人员像收到什么信号，纷纷静下来，离开房间并随手掩好门。

"……"叶辞柔软的唇瓣抿了抿，像是有些无措，脱 T 恤的手在半空中一顿，随即将下摆扯了回去。

先、先就这么黏着算了……反正待会儿就洗澡了。

"怎么……"霍听澜察觉到叶辞的小动作，无奈一笑，柔声道，"不用见了我就这么拘谨，我又不会吃人。"

叶辞跌坐在沙发上，低头摆弄着一副赛车手套，闷声不语，也不点头，好像对"霍听澜不会吃人"这件事不完全认同似的。

休息室中安静了片刻。

"你今天的表现很精彩。"霍听澜诚恳夸赞道，尝试着与小偶像搭话。

叶辞自以为隐蔽地觑他一眼，随即轻轻挤出两个字："……谢谢。"

霍听澜有理由怀疑这是叶辞今天第一次开口说话。

"……过段时间有什么安排？"霍听澜询问。

这一轮赛季结束后，车手们会迎来一段时间的休赛期，如果怀揣巨额比赛奖金的叶辞将这段长假完全用于训练而不享受娱乐的话……那多少有些浪费人生的嫌疑。

叶辞困惑地眨眨眼，很是认真地思考了几秒钟，给予了霍听澜的提问足够的尊重，随即，他一板一眼道："训练。"

霍听澜一怔，失笑："不打算给自己放几天假吗？"

叶辞摇摇头。

为了维持体能，在休赛期他会进行各种强度极高的耐力训练，他已经想不起来上次"真正的放假"是什么时候了，他似乎压根就没有这项需求。

比赛，训练，比赛，训练……在极速中制造肾上腺素以寻觅生命的澎湃气息，确认自己仍然活着，这就是生活的全部。

霍听澜沉默片刻，轻柔而缓慢道："如果是赞助商提出的要求呢？赞助商希望你能好好休息几天。"

叶辞疑惑地抬了抬眼皮，表示不理解霍听澜为什么有这样的要求。

车队的成绩与赞助商的利益捆绑，换成其他赞助商，大约正巴不得叶辞像台人形机器一样疯狂地自我压榨，赢得更多比赛，为车队与赞助品牌带来更大的曝光……

"你这个赛季的每一场比赛我都看了。"霍听澜用一种令人信服的语气道，"你的状态我很了解……你最近把自己绷得太紧了，长期保持这个状态的话，可能会有些危险。"

叶辞攥了攥手中的赛车手套，偷眼瞟着霍听澜。

绷得太紧吗？或许吧，他自己也不清楚。

或许霍听澜对他精神状态的了解程度真的比他自己还多一些。

这很合理，毕竟霍听澜对他的关注度确实很高，非常高……

"不用觉得奇怪。"霍听澜徐徐引导，"你是我所赞助的车队旗下的明星车手，我要保证你处于良好的状态中，这对我来说是有益无害的……"

他话说到一半，叶辞忽然没头没脑地抛来一个软软的"好"字。

"好？"霍听澜眉梢挑了挑，确认道。

叶辞那性子说软也软，但在他印象里……叶辞很少有这么好说话的时候，他不擅长接受别人的好意，像对人类充满戒心的小流浪猫，旁人善意的举动会让他感到奇怪。

叶辞不自在地点点头："嗯。"

接着，像是要确定自己能保质保量地完成赞助商给出的休息任务，他询问道："在家……睡……睡觉，算吗？"

他结巴得很厉害。

不是因为一时紧张之类的原因，而是叶辞本身患有严重的交流障碍，三个字以上的语句无法连贯表达，就因为这个，他很少会开口讲这么多话。

"在家睡觉……"霍听澜无奈又好笑。

费尽口舌想让叶辞松松脑子里那根弦，找点喜欢的事情做，结果他想到的只有在家睡觉。

谁到了晚上都会在家睡觉，为了消除歧义，叶辞精确措辞道："睡……睡懒觉……不……不能算吗？"

他剧烈运动后的状态还没消下去，脸蛋仍然粉融融的，认真中透着几分罕见的稚气。

霍听澜觉得那个样子是很可爱的。

"算。"他含笑道。

赛季结束，叶辞依照约定，开始认真地享受假期。

简而言之，也就是睡他个昏天黑地。一天十几个小时都在床上，叶辞自觉已放得要多松有多松。

一转眼几天过去，叶辞几乎完全没有和外界联系。

这天傍晚，霍听澜抱着"检查一下叶辞放假情况"的目的，在微信上给叶辞发了条消息过去。

霍听澜：假期生活还好吗？

叶辞难得回得很快。

叶辞：还好。

问是不是还好，那就真的只回答"还好"两个字，具体是怎样的"还好"，他绝无可能主动多说两句。

好在霍听澜耐心十足，斟酌着又发过去一句：在做什么？

叶辞：做个冰袋。

冰袋？霍听澜皱眉问：怎么了，身体不舒服？

叶辞：有点烧，没事。

叶辞：我休息了。

头疼得稍微晃一晃就像有柄冰锥凿开头盖骨搅拌着脑髓，叶辞实在不想再摆弄手机。交代完情况，自觉霍先生不会再担心，他把手机随手往料理台上一丢，从冰格里拧出一大碗冰块，倒进塑料袋系上袋口，随即浑浑噩噩地拖着步子回卧室躺好，把冰袋端端正正地摆在滚烫的额头上。

顶着这种简易冰袋躺在床上的场景让他短暂地想起了叶红君。

他幼年时体弱多病，猛地烧起来，退烧药也不顶用，叶红君也不敢让小孩子吃太多药，一直就是这样给他降温的。

妈妈……心口不是疼，只是窒闷了一瞬。

在真正失去至亲之前，叶辞不知道原来那种影响会持续这么久。

母亲的离世并不像其他的精神创伤一样会经历受伤流血、结痂、痊愈、留疤，最后连疤痕组织也在岁月的打磨中变得平滑浅淡的过程。

母亲的离世是一种永恒的失去。

何况叶红君不是在祥和中辞世的，她走得那样痛苦绝望。

在她合上双眼的一瞬间，叶辞知道自己生命中的一部分永久地消失了，像被某种力量抹除了一个器官抑或一部分肢体，起初甚至都不是很疼，因为叶红君缠绵病榻已久，迎来终结是一种必然。叶辞像被打了麻药，用了止血带，经历了一场切除手术。

不那么鲜血淋漓，但也不存在被时间治愈的可能。

在那之后，他又经历了太多绝望黯淡的时刻……那些时刻又简单粗暴地将他吞食掉了一些。

塑料袋可能有破口，融化的冰水流出冰袋，滑过眼角，淌湿了枕头。

叶辞一般不允许自己沉浸在这种严重消耗自我的情绪中，可病痛总是会令人软弱，进而丧失一部分自制力。

高烧使感知紊乱，床垫软得不合理，身体仿佛陷入苍白的棉絮中，没入床垫，滑进空洞……

就在这时，门铃的响声将叶辞从空洞边缘捞了回来。

叶辞腰软得撑起上半身都吃力，自暴自弃地瘫在床上，将铃响当幻觉。

隔了十秒钟左右，门铃又矜持地响了一声，如此重复了数次。

叫门的人体贴又执着，并不死命催促眼下可能行动不便的户主，但也没有放弃的意思，令人怀疑如果就这样放任不管的话，对方是不是会耐心十足地站在门外按到半夜……

叶辞认命般呼出一口气，拎起半融的冰袋丢到地上。

独自在家，他仅穿了一条柔软亲肤的棉质长裤，裤腰松松挂住清削的骨峰，上身滚烫，隔开几厘米都能感受到那小火炉似的温度，脸颊烧得泛起春桃的色泽。

叶辞晃到门口，接通可视电话。

那边传来霍听澜的声音："是我，冒昧打扰……"开场白微一停顿，霍听澜看着屏幕，目光沉静，"给你发的消息都没回，担心你是不是出了什么意外。"

"我没……没事……就是……躺了一下。"叶辞干巴巴地解释不回消息的原因，便抿住唇不作声了。

霍听澜颔首，微笑道："那就好。"

他没要求进门坐坐，但叶辞再怎么零社交也知道当有热心的熟人专程上门确认他是否没有大碍时，他似乎不能杵在门口说一句"我没事"就让人向后转齐步走离开他家，那样太没礼貌了。

"您……"叶辞局促地舔了舔烧得发白的下唇，"您"了好一会儿，憋出愣头愣脑的三个字，"进来吗？"

霍听澜莞尔："你方便的话……你现在这个状态我不太放心。"

一楼，霍听澜获许进入，电梯升上五楼，门开了。

叶辞立在门后，上身已胡乱套了件 T 恤，标签横在尖俏的下颌下方，居然慌得穿反了。许是怕霍先生吃人。

面对霍听澜时，叶辞常莫名别扭——说防备也不算，与霍听澜认识这么久，虽谈不上熟，但叶辞知道霍听澜的人品值得信赖，完全不必提防。但是，也许是气质，也许是别的什么，与霍听澜打上照面时，叶辞会有种被狩猎者掂量肉质肥瘦的怪异错觉。

"烧了多久了？"霍听澜进门换上拖鞋。

叶辞略一回忆，不确定道："两……两三天吧。"

两三天……霍听澜皱眉："多少度？"

叶辞恍惚间感觉自己像个被老师查岗的差生："不……不知道。"

"量一下？"霍听澜温和询问，"医药箱在哪里？"

"什……什么……"叶辞懵了一瞬，指指客厅矮柜下的抽屉，那大概是最接近所谓"医药箱"的东西。

霍听澜走过去，蹲下身拉开叶辞指向的抽屉，抽屉中散放着几板头孢胶囊，一盒止痛药和几张创可贴，一支没了保护套的水银温度计因抽屉被拉动滚了几圈，轻轻磕在抽屉壁板上。

这个用来收纳药物的抽屉和叶辞居住的高级公寓一样，近乎空空荡荡。

霍听澜不动声色，垂眸检视那几板胶囊。

不知怎么，叶辞被一股没来由的羞耻与愧疚感击中了，为了驱散它们，他冒出一句："我吃……吃药了。"是辩解的语气。

霍听澜用食指和中指夹起一板胶囊，晃了晃，温声道："过期了。"

叶辞攥了攥手，不作声了，唯独由粉至红的面颊能显示出他的情绪波动。

"你去休息，量个体温。"霍听澜起身，"我去买药。"

"不用。"叶辞条件反射地拒绝。

霍听澜略一沉吟："吃药观察或者去医院，你定，我的车就在楼下，去医院也方便。"语毕，见叶辞仍要推拒，他无奈一哂，放轻了嗓音，像被叶辞生分的态度刺伤了，"我们都这么熟了……应该不用太见外？"

叶辞底气不足，拒绝的话语徘徊不定，终于噎在了嗓子眼。

他和霍先生……算得上熟吗？还"都这么熟了"？什么时候的事？

叶辞目露困惑，回忆起自结识以来与霍听澜的数次接触——几乎都是因为各种车队事务，反正他没能从中得出"我们很熟"的结论。

可霍听澜的态度太过理所当然，叶辞在社交方面又单纯得像杯白开水，很快就从怀疑霍听澜转为自我怀疑。

"那……麻……麻烦了。"叶辞垂下眸子。

他自认为平时对外人防备心很强，可今天也不知中了哪门子邪，竟被霍听澜三言两语绕昏了头，把门禁卡和电子锁密码都交代了出去。再等回过味儿来时，人已在床上躺了好一会儿了。

霍先生是……故意的吗？

应该不是。

就在叶辞开始疑惑霍听澜买退烧药为什么会花那么久时，门外终于传来了输入密码的响动。接着，霍听澜提着几个购物袋走进来，像这个家的男主人一样自然地来到叶辞放药的矮柜前，先从购物袋中掏出一个家庭用医药箱打开了，再把五花八门的家庭常备药品以及一支电子体温计放入医药箱的一个个方格中。

叶辞悄无声息地走到卧室虚掩的门后，露出小半张红彤彤的脸，盯着霍听澜看——像只悄悄观察饲主的小猫。

因为这位饲主正在改变他猫窝的布局。

他就这么躲在门后瞧了一会儿，霍听澜似乎察觉到了什么，转头看过来，叶辞吓得一激灵，嗖地缩回去，假装没在门后。

过了大约一分钟，客厅里整理药箱的窸窣响动停了，霍听澜走到卧室门口，轻声问："小辞，睡着了吗？"

小辞……叶辞的耳朵尖儿敏感地动了动。

叶红君去世后，就几乎没有人这么叫过他了。

"……没。"他坐起来，"您进……进来吧。"

霍听澜用手肘顶开门，暗色的丝绸衬衫，袖口向上折了两折，青筋浅浅浮凸的小臂外露着，一手端着热水，一手捏着一枚药瓶盖子，盖中是几颗色彩各异的胶囊与药片——知道叶辞不喜与人肢体接触，他没让药片沾手。

"正好，"霍听澜将手里的东西递过去，"把药吃了再睡。"

叶辞起身接药。他身下是前天换的白床单，因发烧被汗水洇得泛潮，呈现出一种极淡的灰蓝色，汗液与冰袋融化的水蓄在浅浅的锁骨窝里。

幸好叶辞没有什么体味，就算这样，身上也只有一种像干净的小动物才会散发出的柔软热乎的气息，绝不难闻。

不难闻归不难闻，但想也知道这一身汗腻在皮肤上会有多难受。

"换洗床单在哪？"霍听澜又不知从哪变出个退烧贴递给叶辞，"去浴室用热水擦擦身？"

"不，不用了。"叶辞摆摆手，"我去……去……客卧。"

怕霍听澜误会自己的生活习惯邋遢，叶辞犹豫了下，还是解释道："浴室没……没热水……热水器……坏了。"

热水器坏了有几天了，叶辞懒得报修，凑合着冲了几次冷水澡。本来他体质很好，往常就算在冬天洗冷水澡也没事，但前两天不知怎么那么倒霉，偏偏就着凉了。

"你……"霍听澜用一种怜惜的眼神轻轻望了他一眼，忍住了没多说。

叶辞去客卧睡下后，霍听澜管家似的包揽了这座公寓里的大事小情，其中自然也包括热水器报修。

这些小事情本来可以交给生活助理去做，在家则有管家，霍听澜上次亲手处理这种琐碎事务大概还是十年前在国外留学的时候，但叶辞排斥生人，霍听澜能乘虚而入已经很不容易了，眼下只得事事亲力亲为。

叶辞起初对"家里有外人"这个事实较为抗拒，本来想让霍听澜离开，可霍听澜不仅买了药，还买来一大堆生鲜食材分门别类地放进了他原本只放了几瓶苏打水和矿泉水的冰箱，一脸理所应当地表示要给他弄点儿吃的，不能饿坏了他们车队的明星车手，好像给赛车手做饭是赞助商的本职工作之一似的。

叶辞本来就结巴，拒绝的话说不利索，好不容易憋出一句，就被霍听澜轻飘飘地挡了回去，想强硬一点就更不可能了。伸手不打笑脸人，况且霍听澜也没有真的惹他反感，他只是不好意思和别扭而已。

叶辞闭眼躺在客房床上，听着客厅里模糊的脚步声。

他的住所已经很久没有除他以外的人涉足了，因此这种响动简直变得有些陌生。

起初，他几乎是全部心神都拴在霍听澜身上，竖起耳朵听。

渐渐地，那来来回回的脚步声与记忆中叶红君的脚步声重合了。

习惯性紧绷的神经在这样的错觉中松弛下来，叶辞昏沉地坠入梦乡。

难得一觉无梦，睡得酣甜满足。

叶辞是被一股浓郁的香气馋醒的。

他已经很久没有体会过"馋"的感觉了，公寓里没米没菜，常年不开火，厨房里只存了一些速食食品。有训练的日子里车队工作人员会负责他的饮食，其他时候他就随便应付一下。

自厨房飘来的香气使叶辞仿佛在半梦半醒间短暂地回归了少年时代。

十四岁左右。

那是他千疮百孔的人生中相对最宁静圆满的一小段时光——

家暴的继父去世了，母亲身体尚算健康，他学习不错，班主任为了鼓励他，让他在班级担任一个挂名的学习委员，希望与集体的联结能对他孤僻的性格产生积极意义，他嘴上不说，心里是喜悦的。

周末写完作业睡个午觉，醒来时狭小但整洁的卧室被夕阳涂抹得暖洋洋，门外有令人安心的脚步声，传来的食物香味让他明白晚饭妈妈炖了他爱喝的鸡汤……

就像此时此刻。

叶辞恍惚了一小会儿，才彻底清醒过来。

他推门走出卧室，霍听澜系着一条围裙，将汤盅摆在客厅的矮桌上，宽肩窄腰的悍利身材，却与这居家的温馨一幕莫名协调。

围裙是陌生的，叶辞的公寓冷清，毫无烟火气，根本没有围裙这种东西，事实上连厨房里炖汤用的砂锅都是霍听澜临时采购的。

饶是以叶辞那处变不惊的淡漠性子，也在踏出卧室的一刹那缓缓睁圆了眼睛。

"来吃饭。"霍听澜解了围裙，叶辞家没有餐桌餐椅，他拖来沙发脚踏当板凳，搭配矮桌倒是高度合宜，"这汤不油，你可以多喝一点。"

叶辞趿拉着拖鞋，梦游般走过去看。

汤水清润得像茶汤，表面不见油花，勺子一搅，像流动的丝缎般稠滑，怎么看怎么像出自叶红君之手。

"家里的厨师是广东人，我是和他学的。"霍听澜解释道，至于为何要学煲汤，他没说，叶辞更不可能追问。在这片刻安静中，叶辞想起霍听澜参加过几次他们车队赛后的庆功宴，大概没少见他捧着汤碗闷头喝的模样……

想太多了。

叶辞舀汤，驱散那一瞬间不合理到荒诞的念头，硬了硬头皮，主动开口道："今天……麻……麻烦了，谢谢。"

霍听澜失笑："这么客气做什么，应该的。"

那"分内之事"的语气和神态，就仿佛他不是车队的赞助商而是叶辞的生活助理。

一顿饭吃完，天色彻底暗下来。

霍听澜总算没顺势在叶辞家里住下——安全领地被霍听澜侵犯了整整一下午加一晚上，叶辞显然已濒临极限，渐渐开始不安得像只炸毛小猫。

"那我就先回去了，好好休息。"霍听澜用指尖点了点门上的密码锁，提醒道，"记得换个密码。"

今天为了方便霍听澜买药，叶辞把密码告诉他了。

正常来说，叶辞会直接点头，不废话。

可霍听澜脸上那人畜无害的温良表情竟使叶辞的颈子僵了一瞬，鬼使神差地，"不用"二字在叶辞反应过来之前已是脱口而出。

霍听澜莞尔，飞快接上一句："不换就不换吧，反正我也不可能偷偷溜进来。"

"……"叶辞愣愣地目送着霍听澜走远，手指忍不住搭在了密码锁上。

这话说得……本来觉得不换也没什么，现在忽然想换得不得了。

叶辞立在门口自顾自纠结，素来绷得比棺材板还冷肃的脸蛋终于透出一抹鲜活的苦恼。

想换，但前脚说完不换，后脚就偷偷换了，就好像在说自己担心霍先生哪天偷偷溜进他家做贼……

犹豫了下，叶辞默默关好门，回卧室躺好了。

这次重感冒来得气势汹汹，走得却磨蹭，叶辞彻底养好病已是三天后。

这些天他乖乖听霍听澜的话在家"享受假期"，没有训练，感觉全身关节都快锈住了，不活动活动不行了，这才收拾了个运动包，去车队专属的健身馆锻炼。

假期也享受得差不多了，不算言而无信，叶辞琢磨着。

本想来个二十公里耐力训练，可惜重感冒初愈，呼吸道仍不太配合，叶辞跑了六公里就有些力不从心，维持不住高配速。跑慢了没效果，他索性从跑步机下来，打算休息一下简单做几轮力量训练算了。

六公里刚跑完，身子热得喷火，吸取了前几天的教训，叶辞没敢把空调温度调低，只是脱了湿得能滴水的运动背心反手甩在肩上，从包里抽出条毛巾擦汗。

就在这时，从训练室门外走进一个人，是霍听澜，斜背着运动背包，穿着一条运动长裤，一件休闲 T 恤，腕上还戴着一款运动手表，显然是来锻炼的。

叶辞抬眸，看清楚来人，微微一怔。车队的这家健身馆都是霍听澜赞助的，他当然有权利来这里锻炼，但是……霍家那么大的宅院，他家里的健身房恐怕比健身馆设施要更齐全，私教也完全可以请回家里，偏要舍近求远跑来这练，也不知是什么心态。

难道是体恤民情吗？

"这么巧。"霍听澜看见叶辞，讶然地轻轻抬了抬眼皮，"感冒怎么样了？"

"没……没事了。"叶辞舔了下唇，将没来得及用的干毛巾胡乱一塞，抖开湿得能拧出半斤水的运动背心强行往身上一套。

霍听澜失笑："没带替换的干净衣服？你这黏在身上不难受吗？"

"没……不。"叶辞脑袋摇成了拨浪鼓，发梢碎汗飞溅，像条抖毛的慌张小狗。

"不嫌弃的话可以穿我的。"霍听澜指指自己的运动背包，诚恳道，"我带了两件。"

叶辞有点洁癖，从不穿别人穿过的衣服，正常遇到这种情况，肯定是直接说"不用"。但被霍听澜一问，却不知怎么，像是中了什么降头术，视线扫过霍听澜上半身，竟认真估量了一番两人的身高体重差。

估量完了，叶辞摇头拒绝："不了，你的太……太大了……"

"那好。"霍听澜不再逗着他说话，自顾自去锻炼。

叶辞不好马上就走，况且仔细想想，没必要因为健身房里来了个人就打乱原本的计划，就索性和霍听澜各练各的。

几轮力量训练做完，叶辞收拾东西准备回去，刚拎起包，就听霍听澜抛来一句："这么巧，我也练完了。"

叶辞："……"

霍听澜微笑着看他："冲个澡去？"

叶辞："……"

感觉自己已经患上"这么巧"PTSD了。

好在淋浴室都是一个个的单间，不至于害得叶辞社恐爆发打人毁物。

而冲完澡后，叶辞又被霍听澜乍听再正常不过，而细细琢磨字字是坑的三言两语拐去一家粤菜店共进午餐，并稀里糊涂地答应了明天也一起锻炼，还承诺给霍听澜做一些力量指导——霍听澜倒是不缺私教，但按他的说法，叶辞是专业运动员，他希望能在健身时得到一些来自叶辞的建议……听起来多少有些鬼扯，可从霍听澜口中说出来就迷之令人信服，或许这就是多年商业谈判练出来的堪比下蛊的说服力。

霍先生究竟是从什么时候开始计划这些套路的呢？

在很久、很久之后，久到叶辞的语言障碍都治好了八成的时候……这仍然是一个专属于叶辞的未解之谜。

【全书完】

图书在版编目（CIP）数据

禁止犯规. / 吕天逸 著. —武汉：长江出版社，
2022.9
ISBN 978-7-5492-8430-6

Ⅰ. ①禁… Ⅱ. ①吕… Ⅲ. ①长篇小说－中国－ 当代
Ⅳ. ①I247.5

中国版本图书馆CIP数据核字(2022)第137067号

本书经吕天逸授权同意，由北京晋江原创网络科技有限公司委托天津漫娱图书有限公司正式授权长江出版社，在中国大陆地区独家出版中文简体版本。未经书面同意，不得以任何形式转载和使用。

禁止犯规 / 吕天逸 著

出　　版	长江出版社
	（武汉市解放大道1863号　邮政编码：430010）
选题策划	漫娱图书　马　飞
市场发行	长江出版社发行部
网　　址	http://www.cjpress.com.cn
责任编辑	钟一丹
特约编辑	宋旖旎

总策划	两脚猫工作室	**开本**	889mm×1230mm　1/32
装帧设计	刘江南 吴 琪 李梦君	**印张**	8.25
印　　刷	深圳市精彩印联合印务有限公司	**字数**	200千
版　　次	2022年9月第1版	**书号**	ISBN 978-7-5492-8430-6
印　　次	2023年4月第7次印刷	**定价**	46.80元